本书受“西北民族大学省级重点学科中国语言文学”著作出版项目资助

外国文学史纲

罗文敏　编著

OUTLINE OF
FOREIGN LITERATURE

中国社会科学出版社

图书在版编目(CIP)数据

外国文学史纲/罗文敏编著.—北京：中国社会科学出版社，2018.10
ISBN 978-7-5203-1918-8

Ⅰ.①外… Ⅱ.①罗… Ⅲ.①外国文学—文学史
Ⅳ.①I109

中国版本图书馆CIP数据核字（2017）第329482号

出 版 人 赵剑英
责任编辑 宋燕鹏
责任校对 王佳玉
责任印制 李寡寡

出 版 中国社会科学出版社
社 址 北京鼓楼西大街甲158号
邮 编 100720
网 址 http://www.csspw.cn
发 行 部 010-84083685
门 市 部 010-84029450
经 销 新华书店及其他书店

印 刷 北京明恒达印务有限公司
装 订 廊坊市广阳区广增装订厂
版 次 2018年10月第1版
印 次 2018年10月第1次印刷

开 本 710×1000 1/16
印 张 18.25
插 页 2
字 数 231千字
定 价 69.00元

前　言

如何精练而全面地处理（提炼概括）海量信息（纲要和重点），应当是大学文科学生最需要锻炼的一种能力，它是仅次于记忆力的第二大社会生存能力。然而，它比记忆力更适合被训练和培养。说到对信息的处理，编者想起某世界五百强企业人事部经理在谈自己招聘时的最常用题型——名词解释。因为这种题型最能够在较短时间内看到被考核者的阅历与知识储备，尤其是能看到该应聘者能否从庞杂信息中梳理并提炼出核心信息而无重大缺漏，即全面而简练地概括信息的能力。这种能力在很多场合都很重要，我们有必要有意识地加以锻炼。

这是为中文相关专业必修课《外国文学史》教学编著的一部讲义性质的书，由于注重文学史知识的概要与凝练，在兼顾外国文学之“史”性知识点的浓缩性表达的同时，为简要而较为全面地呈现识记性内容，极尽简要、提纲与概略，故称“史纲”。外国文学史涉及范围广、时间长，需要提及的作家及作品众多，本书在编选内容上依照“上编：欧洲古代和近代文学”“中编：20 世纪欧美文学”“下编：亚非文学”这样的次序来编排，而前两编共约占全书的八成以上的篇幅。这也是一直以来中文专业“外国文学”课程的习惯性比例设置——重欧美而轻亚非。这个“惯例”形成的原因很多，但主要原因却不外乎两点：内容分量和课时分配。很多大学中文专业的老师都几乎不实际讲授“外国文学”的亚非部分。编者认为，加重亚非文学的学习分量，是时候该落到实处了。

至于本书的“过分”提纲挈领式表达习惯，我想，一二三式的列举，的确“破坏”了知识与叙述知识的话语这二者之间的美感与柔性，但编者还是坚持要如此提纲化列举，因为其最主要目的已经如本序言之首段所述，是概要提炼“史”为“史纲”，以便研习者有一个“浓缩信息”的印象。如此处理信息的效果，在某些段落中显得信息被“挤压”成跳跃性的词汇。当然，作为“外国文学史”的研习者，在读到我们所提供的关键语词时，一般能够意会并内心轻松补足被略去和跳过的非关键性文字。

如上所述，严格意义上讲，这是一部讲义。有趣的是，编者经学生提醒发现遗失的讲义资料已在网上流传，故心生尽早把这一“史纲”进行整理、完善并出版的想法。

本书从郑克鲁主编的《外国文学史》（高等教育出版社2005年版）和朱维之、赵澧等主编的《外国文学史》（南开大学出版社2009年版）两部教材中借鉴的信息非常多，难以一一列举或标注，在此，我们诚挚地向以上两部教材的编写者及其辛勤付出的智慧成果表示由衷地感谢。

本书仅为《外国文学史》的研习者提供信息处理（浓缩或概要表达）之成果的分享，适合作“教”与“学”之工具使用。编者内心唯感知识信息之处理多于科研创见之研讨，为此而惴惴不安。希望此书能够给读者多少提供一些助益，也希望读者能对书中的失误与待改进之处提供宝贵的修改意见。

编者于2017年3月19日

目　　录

中编　20 世纪欧美文学

下编 亚非文学

导　　言

一　西方文学发展几个时段的特点

（一）古希腊文学

古希腊哲学家普罗泰戈拉（约前480—前408）说“人是万物的尺度”。古希腊人同自然分离后，就形成了强烈的个体意识，主体与客体呈分立态势。尤其是强调主体站在自己对立物（自然与社会）的对面和高处，并强调对后者的征服与改造。古希腊人亦崇尚原欲（原始欲望）与人智（人的智慧）。

因此，古希腊文学的特征是：张扬个性、放纵原欲、肯定人的世俗生活和个体生命的价值，其根源是世俗人本意识。

（二）古罗马文学

古罗马人崇尚文治武功，把从古希腊继承来的对人的力量的崇拜，转化为对集权国家和自我牺牲精神的崇拜。因此多了些理性和责任、庄严与崇高。但其根源仍属古希腊原欲型。

古希腊罗马文学是欧洲文学“两希”传统的一个源头，而希伯来—基督教文学是欧洲文学“两希”传统之另一源头。

（三）希伯来文学

因为强调人对上帝的绝对服从，所以，希伯来文学是一种重灵魂、重群体、重来世的理性型文化。

（四）基督教文学

基督教文学中的英雄是被神化的人，在古希腊文学中则神被人化。基督教文学表现了人对上帝的崇拜，但人所崇拜的神性，其本质是人的理性意志的体现。这种对人性本质的追寻，趋向于理性和精神的境界，是一种自我认识的进步。

希伯来基督教文学的宗教人本意识，有两种体现，一种是重视“灵”和神，忽视“肉”和人；另一种是由牺牲精神和责任观念演化出来的博爱、自律意识。

所以希伯来基督教文学与文化有以下特征，即尊重理性、群体本位、崇尚自我牺牲与忍让博爱。

（五）中世纪文学

基督教被世俗教会推向极端，人与自我本质分离，换句话说，人不再成为真正的自我，人性被扭曲和压抑。

（六）文艺复兴文学

两希传统的两次碰撞。

第一次为1世纪中叶至2世纪末的“希腊化”，结果是基督教文化成形；第二次为14世纪至16世纪的文艺复兴，结果是人文主义诞生发展，人神关系得以“自调节”。

以上两者彼此互相吸收与兼容并蓄。譬如，宗教人本意识中的仁、恕、忍之思想，是对人的尊重与爱，符合人文主义重视人的生存与发展的本质。因此说，文艺复兴是西方重新选择文化模式的很好的契机。

（七）17世纪古典主义文学

重视理性，尤其是希望社会与人的生活被秩序规范约束。笛卡儿的“我思故我在”强调富有智慧的理性在思考问题、对待他人等方面的作用。

17世纪理性的规范作用集中表现为文学艺术领域的“三一律”

（时间、地点和情节三者的统一）。代表作是莫里哀的《伪君子》。

（八）18 世纪启蒙主义文学

崇尚理性约束下的有节制的感情，如卢梭《新爱洛伊丝》；自由、平等、博爱是以法国为核心的“百科全书派”的口号；崇尚与智慧相关的教育权利及其人权的实现。

（九）19 世纪欧美文学

1. 浪漫主义文学：受卢梭崇尚自然和 18 世纪后期英国的感伤主义的影响。

早期——“湖畔派”三诗人，华兹华斯、克勒律治和骚塞；后期——拜伦、雪莱和济慈。另外有俄国的普希金和法国的雨果以及他们早期的作品。

2. 现实主义文学

（1）早期：司汤达的《红与黑》是批判现实主义文学的奠基之作。

（2）19 世纪中后期欧美文学的主要代表

英国：狄更斯《双城记》；简·奥斯丁的《傲慢与偏见》；勃朗特姐妹的《简·爱》和《呼啸山庄》；托马斯·哈代的《苔丝》等。

法国：巴尔扎克的《人间喜剧》；福楼拜的《包法利夫人》；莫泊桑的《羊脂球》和《俊友》；左拉的《萌芽》等。

俄国：屠格涅夫《猎人笔记》；果戈理的《死魂灵》和《钦差大臣》；契诃夫的《樱桃园》；陀思妥耶夫斯基的《罪与罚》《卡拉马佐夫兄弟》和《白痴》；列夫·托尔斯泰的《战争与和平》《安娜·卡列尼娜》和《复活》等。

（十）20 世纪世界文学

1. 以下几位作家的选讲：D. H. 劳伦斯、海明威、川端康成、泰戈尔、加西亚·马尔克斯。

2. 现代主义文学流派提要

（1）象征主义（以诗歌为例）：先驱：波德莱尔、戈蒂埃；前期中坚：马拉美；后期中坚：瓦雷里、里尔克、叶芝、T. S. 艾略特。

（2）意象派：庞德。

（3）表现主义：卡夫卡、斯特林堡、奥尼尔。

（4）未来主义：马里内蒂《他们来了》。

（5）超现实主义：布勒东。

（6）存在主义：萨特《禁闭》《苍蝇》；加缪的《局外人》。

（7）荒诞派戏剧：贝克特《等待戈多》，尤奈斯库《秃头歌女》。

（8）意识流小说：乔伊斯《尤利西斯》，福克纳《喧哗与骚动》，普鲁斯特《追忆逝水年华》，弗吉尼亚·沃尔夫《墙上的斑点》。

（9）魔幻现实主义：加西亚·马尔克斯《百年孤独》。

（10）黑色幽默：海勒《第二十二条军规》，品钦《万有引力之虹》。

上　编

欧洲古代和近代文学

第一章　古代文学

本章学习重点

1. 古希腊罗马文学的特点；
2. 希腊神话；
3. 荷马和《荷马史诗》；
4. 古罗马史诗《埃涅阿斯记》；
5. 古希腊三大悲剧家及代表作品；
6. 《俄狄浦斯王》。

第一节　概述

一　古希腊文学

（一）荷马时期（英雄时期）

1. 时间：前12—前8世纪
2. 文学类别：神话、史诗
3. 神话

（1）原始社会末期，氏族公社时期的产物。

（2）欧洲最早的文学形式。

（3）神话内容：造神、创世、造人。

4. 神的谱系

老辈神谱：混沌神（哈俄斯）—爱神（埃罗斯）、地狱神（塔耳塔洛斯）、大地神（盖娅）—大海神（篷托斯）、天神（乌剌诺斯）+大地神（盖娅）—提坦神族（6儿6女）：司法女神（忒弥斯）+巨神（伊阿佩托斯）—普罗米修斯（A系列）；女神（瑞娅）+天神（克洛诺斯）—新辈神谱（B系列）；

新辈神谱：农神（得墨忒尔）、海神（波塞冬）、雷电神（宙斯）+天后（赫拉）—［太阳神（阿波罗）、战神（阿瑞斯）、女战神兼智慧女神（雅典娜）、爱神（阿佛洛蒂特）、月神（阿尔特弥斯）］

5. 神话特点：想象力、故事性、哲理性。

（二）大移民时期

1. 时间：前8—前6世纪；

2. 类别：抒情诗、寓言；

3. 抒情诗

（1）赫西俄德的《工作与时日》《神谱》。

（2）抒情三诗人：萨福（女诗人）、阿那克里翁、品达。

4. 寓言—《伊索寓言》：经典《龟兔赛跑》《农夫和蛇》《狼和小羊》《狐狸和乌鸦》《狐狸和葡萄》。

（三）雅典时期

1. 时间：前6—前4世纪；

2. 类别：戏剧、散文、文艺理论；

3. 戏剧：“三悲一喜”；

4. 散文：希罗多德、修昔底德、苏格拉底；

5. 文论：（1）柏拉图（前427—前347）《理想国》：理念说（模仿说）；迷狂说（灵感说）；（2）亚里士多德（前384—前322）《诗学》：模仿说；表现—再现说。

（四）希腊化时期

1. 时间：前4—前2世纪；

2. 类别：新喜剧、田园诗。

二　古罗马文学

在继承古希腊文学的基础上，又比古希腊文学更多了些理性、集体主义精神，尚武好功。“庄严崇高”是其核心。

（一）共和时期（前240—前30）

1. 利维乌斯·安德罗尼库斯：翻译家；

2. 埃纽斯《编年史》，“古罗马文学之父”；

3. 普劳图斯《一坛黄金》—［莫里哀《悭吝人》］，编译新喜剧；

4. 泰伦斯。

（二）黄金期（前100—17）

1. 西塞罗：修辞家、历史学家；

2. 利维乌斯：历史学家；

3. 卢克莱修：《论自然》，说教性诗歌；

4. 奥维德《变形记》；

5. 贺拉斯（前65—前8），《诗艺》主要内容：（1）模仿说：继承亚氏，（2）提出“寓教于乐”的原则，（3）“合式”：内容与形式；

6. 维吉尔：《埃涅阿斯记》，史诗，为罗马皇帝屋大维歌功颂德。

（三）白银期（17—130）

1. 普鲁塔克《希腊罗马名人传》；

2. 阿普列尤斯《金驴记》。

第二节　《荷马史诗》

一　故事情节

（一）《伊利亚特》：珀琉斯与忒提斯；厄里斯（不和女神、争吵女神）金苹果（“给世上最美的女神”）；雅典娜、赫拉、阿佛洛狄特三者争要；特洛伊王子帕里斯（哈里斯）判给爱神阿佛洛狄特，拐走希腊城邦斯巴达国王墨涅拉俄斯之王后海伦；希腊 10 年进攻之战。

“阿基琉斯的愤怒是我的主题”。希腊联军统帅阿伽门农，太阳神祭司的女儿，“床伴”，瘟疫—归还；抢走阿基琉斯的女俘，愤而退出战场。帕特洛克罗斯被杀，出战；特洛伊主将赫克托耳战死，葬礼。

（二）《奥德赛》：奥德修斯“木马计”屠杀特洛伊城；十年返家。塞壬女妖歌声诱惑；巨人岩洞关押。返家隐藏身份。杀死求婚者多人，维护个人的私有财产。

两个女性名字：赫克托耳—安德洛玛刻；奥德修斯—佩涅洛佩。

二　关键点

1. 表现了一种用有限的生命抗拒无限的困苦和磨难的拼搏精神；

2. 作品独具匠心的构思和叙事结构。[《伊利亚特》只写最后 51 天，详写 20 多天，重点写 4 天内发生的故事]；

3. 词汇丰富，善用比喻修辞和象征手法；

4. 史诗反映的是原始社会末期部落战争以及奴隶社会初期私有财产的争夺与占有。

《伊利亚特》——“美”“力”；

《奥德赛》——“智”“毅”。

三　人物形象

1. 阿基琉斯：

（1）英雄战士的典型：英勇无比；

（2）崇尚正义、自由、平等，敢向权威挑战；

（3）过分重视个人荣誉而显得任性；

（4）缺乏同情而显暴烈鲁莽。

2. 赫克托耳：他是集主将、长子、兄长、丈夫和父亲于一身的英雄，相比于前者，他更具有集体主义荣誉感。

3. 奥德修斯：伊大卡岛国王，聪明勇敢、机智顽强，忠于情感。[《尤利西斯》——精神游历、归家；《奥德赛》——身体游历、归家]

第三节　希腊戏剧

古希腊戏剧源于酒神（狄奥尼索斯）祭祀。悲剧前身是酒神颂歌，喜剧前身是民间祭神歌舞和滑稽戏。

一　悲剧

（一）概况

1. 题材来源：神话、传说，史诗；

2. 表现形式：诗剧。主要由话语和唱段组成。

（二）三大悲剧诗人

1. 埃斯库罗斯（前525—前456）

（1）概况：古希腊“悲剧之父”；增设第二位演员，使戏剧对话成为可能；代表作《被缚的普罗米修斯》；《俄瑞斯特亚》是唯一保存比较完整的“三连剧”。

（2）悲剧特点：笔法粗犷，用平铺直叙的“简单剧”（亚里士多德语）；深化命运主题，却依然自信乐观；指出悲剧精髓之所在——戏剧化地凸显——道德力量局部的“对”与“对”的抗争；

（3）代表作：《被缚的普罗米修斯》。剧情：盗天火给人间，被缚在高加索山，饿鹰啄食肝脏，夜间长出，一万年不屈服。内涵：敢于对抗权威的顽强斗争，可以看作民主派对专制派的斗争；“被边缘化的人”不愿承认失去中心位置的“吁权”斗争。

2. 索福克勒斯（前 496—前 406）

（1）概况：被文学史家赞誉为“戏剧艺术的荷马”，标志古希腊戏剧的成熟；增设第三位演员；代表作《俄狄浦斯王》是“十全十美的悲剧”（亚里士多德语）。

（2）相关情况：28 岁时击败埃斯库罗斯获头奖，一生获头奖最多；打破三部曲规格，引入歌队；深化悲剧命运主题，“坠网劳蛛”之悲。

（3）《俄狄浦斯王》

剧情：忒拜王拉伊俄斯—伊俄卡斯特，科任托斯，三岔路口—杀父，司芬克斯之谜—替克瑞翁之王位—娶母，瘟疫—查凶手，盲人预言家提瑞西阿斯。

要点：人的意志与命运的矛盾悲剧（命运悲剧）；逻辑严谨的深层结构：情节的“突转”和人物的“发现”；性格的铺垫与强化：优点同时变缺点，性格的复杂性。

3. 欧里庇得斯（前 484—前 406）

（1）概况：生前备受讽刺诗人挖苦，生后名声大振，成为中世纪以前最为著名的诗人之一；代表作现存 19 部：《赫卡柏》《特洛伊妇女》《海伦》《美狄亚》《伊菲革尼亚在陶洛人中》《安德洛玛刻》；代表作《俄狄浦斯王》是“十全十美的悲剧”（亚里士多德语）。

（2）悲剧特点：指出正是由于神的自私和任性，才使无辜者罹难；他是最擅长编写悲苦场景的诗人（亚里士多德语）；重视心理描写，关注人物在情绪矛盾中的激烈反应；偏爱女性题材中细腻情感的传达。

（3）《美狄亚》（前431）

剧情：科林托斯，美狄亚—伊阿宋，“金羊毛”，杀火龙，逃离；结婚生子；欲娶新公主，杀子离开。

要点：反映奴隶主民主制末期妇女争取平等权的斗争，妇女吁权获胜；由妇女的被“始乱终弃”变为负心男子的被弃；美狄亚的敢爱敢恨、聪明热情。

人物：美狄亚善待朋友、酷对敌人、坚强果敢，富于智慧，可信而不可爱；伊阿宋性格复杂的人物，既忠情又叛情，既寡断又果断（抛弃妻与子），核心性格是利益面前忘我的自私，他既符合人性中的共性，又将男性的劣根性暴露得很直白，乃至于把人性中的“喜新厌旧”性表达得淋漓尽致。

二　喜剧

（一）概况

1. 起源时间：公元前5世纪后半叶。

2. （1）阿提卡喜剧——后为希腊喜剧的代名词；（2）西西里喜剧。

3. 发展阶段：

（1）旧喜剧：公元前5世纪，政治讽刺剧，阿里斯托芬；

（2）中喜剧：前400—前323，主题风格：含蓄隐讽；题材内容：市民生活；代表作：阿里斯托芬《公民大会妇女》《财神》。

（3）新喜剧：前 323—前 263，情节："发现"设计；代表作：米南德《恨世者》（17 世纪莫里哀的《愤世嫉俗》有借鉴）。

（二）阿里斯托芬（前 445—前 385）

1. 概述：（1）传世剧本 11 部［《阿卡奈人》《云》《鸟》《蛙》］（2）特点与观点：健谈而有才华；主张：粗言俚语表达严肃而激烈的政治讽刺观点；讲求时间、地点的随意性；《云》是第一部有完整情节的旧喜剧。

2. 代表作：《鸟》

（1）旧喜剧中最完美的作品，阿里斯托芬现存最长的诗剧，1765 行。

（2）内容：（略）。

（3）《鸟》的多重寓意：鸟国——乌托邦；主张：玻斯忒泰洛斯——理想公民；（3）《鸟》的艺术：巧妙地发挥了叙述的衔接作用；语言优美，富有诗意。

第二章　中世纪文学

本章学习重点

1. 中世纪文学的文化历史背景与基本特点；

2. 中世纪文学的基本类型；

3. 中世纪英雄史诗；

4. 但丁及《神曲》。

第一节　概述

一　中世纪文学的时段划分

（一）早期：5—10 世纪。

（二）后期：11—14 世纪。（作为欧洲封建社会的中世纪：早期：5—10 世纪；中期：11—14 世纪；后期：15—17 世纪）。

二　中世纪文学是“新质文学”

（一）北方众多蛮族的文化在彼此之间交流与融合，同时这一融合的结果又在南侵之后与欧洲南方文化（古希腊—罗马文化）产生融合，于是欧洲整体性文化形成；

（二）东西方文化的交流综合体——拜占庭文化；

（三）在教会文化辖制人的同时，世俗文化也潜滋暗长，形成官方文化与民间文化的共存。

三　中世纪文学的特点

（一）思想方面

1. 支柱性思想：基督教思想（禁欲主义、来世观念）。

2. 旗帜性思想：爱国主义、英雄主义。

（二）艺术方面

1. 题材广泛，体裁多样（以诗歌为主，主要有史诗、长篇叙事诗、抒情诗、谣曲等）；

2. 艺术思维复杂化，因而艺术手法多样化（梦幻、隐喻、象征、暗示）；

3. 以爱情题材为核心挖掘内心情感的能力进一步增强。

四　中世纪文学的类型及特点

（一）教会文学（僧侣文学）

1. 5—10 世纪唯一的书面文学形式；

2. 写作者：教士、修士；

3. 目的：宣扬宗教禁欲主义、来世观念；

4. 文学体裁：赞美诗、祈祷文、基督故事、宗教剧；

5. 手法：梦幻、象征等；（这两种手法影响到但丁的《神曲》、19 世纪的浪漫主义诗歌和 20 世纪的现代派诗歌）。

（二）骑士文学

1. 时间：11 世纪前后。

2. 骑士：中世纪封建主的子弟，8 次十字军东征的产物，其信条是“忠君、护教、行侠”。主要行为是：为效忠的君王或心仪的贵妇人而出游建功，表现在骑士文学中就是“锄强扶弱、建功救美”。

3. 体裁：骑士抒情诗、骑士叙事诗（骑士传奇）。

（1）骑士抒情诗

产地：法国南部——普罗旺斯；代表："破晓歌"（恩格斯称它是"普罗旺斯抒情诗的精华"）。

（2）骑士叙事诗

产地：法国北部。

内容：冒险闯荡的英雄经历。

三系统：古代系统；拜占庭系统；不列颠系统：亚瑟王和其圆桌骑士的故事。

影响：反对禁欲主义和除暴安良的侠义行为；浪漫情调和情节—浪漫主义文学；骑士传奇影响了流浪汉小说，二者合而影响了欧洲的长篇小说。

（三）市民文学（城市文学）

1. 时间：12 世纪后期。

2. 性质：反映市民思想情感的世俗文学。

3. 内容：反封建、反教会、赞市民智慧。

4. 手法：讽刺、隐喻、象征。

5. 类别与代表：

（1）韵文故事：《驴的遗嘱》。

（2）长篇叙事诗：12—13 世纪简洁明快、幽默风趣的《列那狐传奇》。

（3）13 世纪抒情诗：欧洲第一位市民诗人吕特勃夫（？—1200）的《吕特勃夫的贫困》《吕特勃夫的婚姻》，最优秀的市民诗人维庸（1431—1463）的《小遗言集》《大遗言集》。

（4）戏剧：前身：宗教剧；类型：道德剧、笑剧、傻子剧；笑剧代表作：《巴特兰律师》。

（四）史诗与谣曲

1. 史诗：两类（早期英雄史诗、中期英雄史诗）

（1）早期英雄史诗

时间：氏族社会末期，集体口头创作而成。

内容：氏族部落英雄的丰功伟绩和复仇斗争。

思想：群体意识以及英雄主义观念。有反异教思想。

代表：盎格鲁—撒克逊人《贝奥武甫》（流传至今最完整的一部史诗，3100行）；日耳曼人《希尔德布兰特之歌》（复仇主题）；芬兰人《卡列瓦拉》；冰岛人《埃达》和“萨迦”。

（2）中期英雄史诗

时间：12—13世纪整理，封建制度确立后的产物。

思想：爱国、奉献、忠君。

代表：法国《罗兰之歌》；西班牙《熙德之歌》；德国《尼伯龙根之歌》；古罗斯《伊戈尔远征记》。

（3）法国《罗兰之歌》

时间：11—12世纪。

人物：查理大帝、罗兰、加奈隆。

思想：赞美罗兰为国捐躯、视死如归的英雄气概。

艺术成就：通过夸张和对比来表现人物形象和性格，目的为强化；紧凑集中的戏剧情节（几十天的故事夸张为7年，又集中写1年）；两条叙事线索并行不悖，增强了戏剧冲突的效果。

2. 谣曲

（1）时间地点：15世纪，英国；

（2）类属：由民间口头文学发展而来的故事性诗歌；

（3）思想：劳动人民的思想感情（反压迫、求平等）；

（4）代表：“侠盗罗宾汉”谣曲：锄强扶弱、劫富济贫。

第二节　但丁

一　生平与创作

（一）生平

1. 但丁（1265—1321）是从中世纪向资本主义的过渡时期最具代表性的作家。

2. 地位："意大利是第一个资本主义民族。封建的中世纪的终结和现代资本主义纪元的开端，是以一位大人物为标志的，这位人物就是意大利的但丁，他是中世纪的最后一位诗人，同时又是新时代的最初一位诗人。"——恩格斯

3. 生活经历要点

（1）1265 年，出生于佛罗伦萨一个破落的小贵族家庭。

（2）贝阿特里丝，邻居少女，18 岁前见过两次面，狂热的精神之恋，她去世，31 首悼亡诗《新生》；在《神曲》中带领他游历天堂。

（3）博览群书，博学多闻，成为当时最为博学的人之一。

（4）尊崇罗马大诗人维吉尔，精神导师，理性的化身，在《神曲》中带领他游历地狱和炼狱。

（5）在政治党派斗争中为维护民主，而惹怒教皇，被流放 20 年之久。

（二）创作

1. 温柔的新体诗的最高成就——《新生》：（1）西欧文学史上第一部向读者剖露作者最隐秘思想感情的自传性作品；（2）开了文艺复兴抒情诗的先河，具有以人为本的人文主义思想的萌芽。

2. 三部理论著作

（1）意大利民族语言和文学语言的奠基之作——《论俗语》

时间：1304—1305 年。

核心：语言和诗律。

目的：俗语之优越性。

（2）意大利第一部用俗语写成的学术论著——《飨宴》

时间：1304—1307 年。

核心：理性和高贵。

目的：诠释自写诗歌，介绍古今知识，提供精神食粮。

（3）政治论著——《帝制论》

时间：1310—1312 年。

核心：挑战神权说，倡导政教分离与平等。

二　代表作——《神曲》

（一）概况

1. 分《地狱》《炼狱》《天堂》三部。原名“神圣的喜剧”。

2. 情节形式：类似于故事诗，是但丁自己为主人公的幻游。

（二）情节内容：主人公在中年时迷失于黑暗森林，正举步维艰时维吉尔出现，带领但丁游历地狱和炼狱。地狱是一个上宽下窄的漏斗，共 9 层，罪人按生前所犯的罪孽接受不同的惩罚。炼狱也有 9 层，已经悔悟了的灵魂在这里修炼洗过。游历天堂时贝尔特丽丝出现，引导但丁游历天堂九重天。

（三）主题思想（优点）

1. 映照显示，启迪人心，让世人经历考验，摆脱迷雾，臻于善和真，使意大利走出苦难，寻得政治、道德上的复兴之路。

2. 意大利的动乱使但丁渴望祖国尽早被建设成为一个统一、富强、和平的国家；愤怒批判政教不分、教权侵入政权的社会现状，教皇、主教和教士“使圣殿变成了兽窟”；以人为本，强调人的理性与自由意志在现世生活中的作用；反对蒙昧，尊崇文化知识。

缺点：具有基督教神学观点、中世纪思想的偏见和世界观中的种种矛盾。认为比理性和哲学更高的是信仰和神学；对于中世纪的禁欲主义和旧礼教，既摈弃又在一定程度上认同；对封建君主具有软弱性和妥协性，这是市民阶层对于专横教会无能为力转而向王权寻求保护的表现。

（四）艺术成就

1.（叙事）受中世纪梦幻文学的影响，但丁以丰富的想象力、精深的神学和哲学修养以及新颖的构思为《地狱》《炼狱》和《天堂》三重境界设计了严密的结构、清晰的层次。

2.（人物）使包括但丁本人、维吉尔和贝娅特里丝在内的人物形象各个鲜明饱满。

（1）但丁“我”：苦苦求索人的理性与信仰的最高境界的探索者形象；

（2）维吉尔：象征理性的和蔼、慈祥的“父亲”形象；

（3）贝娅特里丝：象征信仰的温柔、庄重的“母亲”形象。

3.（修辞）比喻修辞的巧妙使用，使人物、场景形象生动。

4.（数字特征）以数字“3”和“10”的神秘象征为基础，建立精确的结构和对称的布局。

5.（语言）以俗语和民间诗歌的格律三韵句为诗歌形式，美感十足。

第三章 文艺复兴时期文学

本章学习重点

1. 文艺复兴、人文主义、“大学才子”派；

2. 主要国家的文学成就；

3. 塞万提斯《堂吉诃德》的人物形象和艺术特色；

4. 莎士比亚的创作成就及主要代表作《哈姆雷特》人物形象、思想内容和艺术特色。

第一节 概述

一 文艺复兴文学的历史背景

（一）13 世纪末 14 世纪初，意大利资本主义萌芽；

（二）15 世纪，新航路开辟，地理大发现，世界市场形成，推动资本主义经济发展；

（三）随着利益的进一步发展，资产阶级要求反对封建主和僧侣特权，反对封建割据，关心民族统一和商道安全。

二 名词解释

（一）文艺复兴：是第一次全欧性的反封建、反教会的思想文化运动，是在继承古希腊罗马文化和中世纪文化成就的基础上爆发的一场名为“复兴”实为创新的、涉及文学艺术等诸多领域的伟大变革。它产生于中世纪晚期的意大利，后在14—16世纪的英、法、西、德等国迅速扩展开来。它以人文主义为核心，是继古希腊罗马文学之后的第二个高峰。其代表人物是英国的莎士比亚和西班牙的塞万提斯。

（二）人文主义：主要指那种在欧洲文艺复兴时期占据思想先锋地位的反封建、反教会的思想。其核心特点有四：以人性对抗神性，以个性解放对抗禁欲主义，以理性对抗蒙昧主义，反对封建割据，拥护中央集权。影响着当时社会的科学、文艺等各个领域的创新与发展，为日后西方学术和文学的发展打下了坚实的思想基础。

（三）“大学才子派”：指16世纪后期在英国出现的一批人文主义剧作家。他们都受过大学教育，具有人文主义思想，学识渊博，在戏剧创作上颇有创新。代表人物有四：约翰·李利、罗伯特·格林、托马斯·基德和克里斯托弗·马洛。其中以马洛的成就最突出，他以《浮士德博士的悲剧》为代表的三部悲剧塑造了一系列追求权力、财富、知识的时代巨人形象。“大学才子派”对英国后来以莎士比亚为代表的戏剧繁荣作出了巨大贡献。

三　各国文学发展概要

（一）意大利文学

1. 彼特拉克（1304—1374）：（1）发展了温柔的新体诗，突破禁欲主义，表达以个人爱情、幸福为中心的人文主义思想精神。（2）抒情诗名作《歌集》。形式：十四行诗；开辟了欧洲抒情诗的典范，被称为“人文主义之父”。

2. 薄伽丘（1313—1375）：第一个通晓希腊文的人文主义者；短篇小说集《十日谈》：框架式结构；辛辣、嘲笑和讽刺笔法。

3. 15 世纪中期：（1）阿兰奥斯托：传奇体叙事长诗《疯狂的罗兰》；（2）塔索：叙事长诗《被解放的耶路撒冷》。

（二）德国文学：

14—17 世纪一直处于分裂状态，罗马天主教、罗马帝国、封建诸侯三重压迫。

1. 人文主义

（1）埃拉斯慕斯的讽刺作品《愚蠢颂》；（2）乌利希·冯·胡登《蒙昧书简》（1517）。

2. 宗教改革领袖马丁·路德（1483—1546）：（1）翻译德语《圣经》：德国民族文学语言之基础；（2）赞美诗《我主是坚固堡垒》：被赞誉为“16 世纪的马赛曲”。

3. 民间文学作品：（1）《梯尔·厄伦史皮格尔》；（2）《浮士德博士传》。

（三）法国文学

16 世纪欧洲唯一的统一的君主国。

1. 文学分平民派、贵族派。平民派：拉伯雷；贵族派：以龙沙为代表的“七星诗社”。

2. “七星诗社”：（1）统一民族语言，建立民族诗歌；（2）杜·贝雷的宣言书《保卫和发扬法兰西语言》；（3）龙沙：法国近代第一位抒情诗人，爱情诗《十四行·致海伦》。

3. 蒙田（1533—1592）：人文主义作家，其《随笔集》散文式的笔法，影响到了英国的莎士比亚和培根，乃至影响到了 17—18 世纪的一大批文学作品。

（四）西班牙文学

1. 16 世纪中叶，流浪汉小说出现。代表：无名氏《小癞子》（《托美斯河上的盲人导路童》）。

2. 佩洛·德·维加：（1）“西班牙文学之父”；“大自然的

奇迹”（塞万提斯语）。（2）曾写1800多部剧本，现存460部。（3）戏剧主张：A. 满足观众的要求；B. 反映现实；C. 悲喜夹杂，情节紧密合理；D. 情节巧妙安排。（4）代表作：《羊泉村》。农民反抗，反贪官不反君王。

（五）英国文学

1. 杰弗里·乔叟《坎特伯雷故事集》（1387—1400）重视个人爱情幸福的人文主义思想。

2. 托马斯·莫尔《乌托邦》（1516）：对话体幻想小说。

3. 埃德蒙·斯宾塞（1552—1599）：被称为“诗人中的诗人”，代表作《仙后》（1596）。

4. 1611年，英译本《圣经》广泛流传，成为英国民族文学语言的典范。

第二节　薄伽丘

一　生平与创作

（一）生平：乔万尼·薄伽丘（1313—1375）是意大利文艺复兴时期的杰出代表。

1. 童年缺乏母爱与家庭温暖；

2. 被迫经商与学习法律的经历，使他体验到当时意大利的现实、人情世态；

3. 一段时间的皇宫生活，使他的文化视野和情感生活得到丰富；

4. 1350—1374年的24年间，与彼特拉克交往密切，受人文主义思想影响。

（二）创作

1. 《菲洛柯洛》（传奇小说）：欧洲较早出现的长篇小说之一；

2. 1343—1344年，《菲洛美塔的哀歌》：欧洲最早的心理小说。

二　代表作：《十日谈》

（一）创作时间与背景：1348—1353，大瘟疫之后。

（二）故事来源与结构：历史、传说、民间故事；楔子；十天（每天三男七女中选一人）各十个故事。

（三）思想内容

1. 批判天主教会种种罪恶丑行，撕下僧侣们的虚伪面纱，暴露其奸诈面目；

2. 针对禁欲主义，宣告爱情不仅无罪，而且爱情的力量最不受约束和阻拦；

3. 要求放弃对来世的幻想，珍惜和把握现世的真实幸福；

4. 抨击封建等级特权和性别歧视，赞扬女性的聪颖；

5. 重视教育，推崇人的美德与才艺的和谐发展。

（四）艺术成就

1. 以讲故事的方式，既集中展示了社会生活的丰富画面，又传递了酷爱自由的人文主义信息；

2. 作为短篇小说集，以大故事套小故事的“故事会”方式，使各故事既相互衔接又各自独立，对后世影响很大，譬如“电影里的电影”；

3. 语言方面，吸收民间口语之优点，精练、俏皮而灵活；

4. 艺术形式方面，既奠定了意大利艺术散文的发展基础，又开创了欧洲短篇小说的艺术形式。

第三节　拉伯雷

一　生平与创作

（一）拉伯雷（1494—1553）是法国文艺复兴时代最为著名

的作家，也被赞誉为“人文主义巨人”（他通晓11门学科即医学、哲学、神学、法学、教育、数学、天文、地理、建筑、植物、音乐，三门外语即希腊文、拉丁文、希伯来文）。

（二）1532年，在民间故事的基础上，《巨人传》第二部先出版（《伟大而高大的伟大而珍贵的大事记》——类似于民间故事的名称），继承了夸张而幽默的民间文学的传统，讽刺笔锋犀利。

（三）1534年，补写第一部。随后：第三部出版时经国王特许，正式署名“医学博士拉伯雷”，书名《善良的庞大固埃英勇言行录》。三、四、五这三部分别在1546年、1549年和1564年出版。

二 《巨人传》

（一）总论

1.《巨人传》出版于1532—1564年，比《十日谈》（1348—1353）迟了近2个世纪。

2. 作为法国长篇小说的开端，《巨人传》以神话般的人物形象，荒诞不经的故事情节，妙趣横生的、有时不免流于油滑粗俗的独特风格，表现了反封建反教会的严肃主题，歌颂了新兴资产阶级巨人般的力量，具有鲜明的时代特点和丰富的思想内容。

3. 内容概要：第一部写高康大的出生、受教育、抵御外敌入侵和建立特来美修道院的故事；第二部写高康大儿子庞大固埃的出生、巴黎求学和结识巴奴日的过程；第三部写有关巴奴日是否应该结婚及引出的各种奇谈妙论；第四和第五两部写为了寻求关于婚姻问题的答案，庞大固埃、巴奴日和约翰修士三人结伴外出寻找“神瓶”（能发出神谕、预示未来、揭示谜底）的经历。总之，讲述的是父子两代人的出生、受教育及对婚姻问题的大胆探索的经历。

（二）思想成就

1. 相比于中世纪敌视科学、摧残学术的愚民政策和宗教偏见，

《巨人传》是一部百科全书式的长篇小说。

2. 两主人公高康大和庞大固埃都具有超乎寻常的体魄和力量，公正善良的品德和乐观主义的天性，体现了人文主义者对人、人性和人的创造力的充分肯定。对于人文主义教育，作家借高康大对儿子庞大固埃的话来表明："造就十全十美的毫无缺陷的人。"

3. 约翰修士在高康大的支持下创建的特来美修道院是人文主义的理想国，其院规是："随心所欲，各行其是"，其核心是：个性解放与自由。

4. 《巨人传》中乐天、达观的"庞大固埃主义"是16世纪的法国资产阶级勇于进取、不畏险途、对阶级力量和未来充满自信的精神状态的反映。

5. 《巨人传》从多方面对法国的黑暗现实进行了大胆而深刻的揭露。尤其是后三卷的批判锋芒更加犀利，在对欧洲的封建统治的强大支柱——窒息人性的天主教会的否定方面是大胆而彻底的。

6. 《巨人传》毫不留情地把批判的锋芒指向封建司法制度本身，把封建的司法制度比喻为"蜘蛛网"，它只会捕捉小苍蝇和小蝴蝶，而不敢干涉牛虻的胡作非为。

（三）艺术成就

1. 深深扎根于民间文学的土壤，借改造群众喜闻乐见的民间故事传说来表现新的思想内容。

2. 俗语、俚语、行话等市民语言以及寓言、象征等手法的运用，开创了通俗小说形式的先河。

3. 丰富的想象力和渊博的科学知识，使该小说成为一架折射社会世相的多棱镜。

4. 夸张与讽刺造成强烈的艺术效果。

（四）不足之处

1. 形式和结构远不够成熟，显得松散而随意。

2. 受民间口头文学的影响，人物形象脸谱化、类型化。

第四节　塞万提斯与《堂吉诃德》

一　生平与创作

（一）生平：米盖尔·德·塞万提斯·萨阿维德拉（1547—1616）是西班牙文艺复兴时期的诗人、剧作家，最伟大的现实主义小说家。

1. 1569 年，受人文主义影响，是年 22 岁。

2. 1571 年，西班牙对土耳其的雷邦多海战中，勇猛顽强，左手致残。

3. 1575 年，归国途中，被海盗掳去，5 年后被家人赎回。

4. 1587 年，被革出教会，随即又被诬多次入狱。

（二）创作

1. 1584 年，历史剧《奴曼西亚》；

2. 1613 年，短篇故事集《惩恶扬善故事集》；

3. 1615 年，《八出喜剧和八出幕间短剧》。

二　代表作《堂吉诃德》

（一）情节概要

1. 身份特点：50 多岁的老乡绅特别痴迷阅读骑士小说，并模仿书中骑士与仆从惩恶扬善；

2. 三次出行，三次失败，末尾归降，后悔莽撞之举；

3. 情节基础：堂吉诃德企图恢复骑士精神，以图扫除人间不平，这一主观幻想与西班牙冷酷的现实之间发生了冲突矛盾。

（二）人物形象

1. 堂吉诃德：（1）是一个喜剧性角色。因为他犯了希望恢复过时的骑士精神的错误，不自量力地做了很多一厢情愿的傻事；（2）他也是一个悲剧性角色。因为他的愿望是那样地善良美好而收获却是空空如也，而且不仅受人嘲笑和阻挠，还一再遭受打击与戏弄，对理想目标的执着追求总是以失败告终；（3）他同时也是一个学识渊博的人文主义学者，他对社会、法律、文艺等诸多方面都有着独特的见解，闪耀着人文主义的光辉。

2. 桑丘：是与堂吉诃德既对立又互为补充的形象。一方面，他讲求实际，头脑清醒，生性机敏，有衡量得失的聪明；另一方面，他目光短浅，愚昧盲信，狭隘自私。这些缺点在他与主人出行的过程中逐渐淡化并消失，而西班牙农民的机智、善良和乐观精神则逐渐放出光芒。

（三）思想内容

1. 讽刺封建统治，同情人民困难。作者以犀利的讽刺笔锋，对日趋没落的西班牙封建统治进行无情的鞭挞和嘲讽，对人民的苦难寄予深切的同情。

2. 人民变革现实的强烈愿望的反映。十五六世纪曾经辉煌一时的西班牙成了时代的落伍者，这激发了人们变革现实的强烈愿望。

（四）艺术成就

1. 将真实中的荒诞与荒诞中的真实紧密杂糅，真假难辨，具有后现代主义的不确定性。

2. 以多重讽刺视角来描写生活、塑造人物，经常借用堂吉诃德的疯话和桑丘的傻话来讽刺和鞭挞现实社会。

3. 对比手法的巧妙运用，讽刺了骑士小说的文风，并且也讽刺了骑士小说中所描写的矫揉造作的爱情，又嘲笑了堂吉诃德的脱离实际和无病呻吟，从而收到了强烈的讽刺效果。

4. 整体借戏拟手法和戏拟口吻，加深了讽刺的深度和广度，从某种角度看来，具有了后现代主义的解构重构性。

（五）地位影响

1.《堂·吉诃德》是以文艺复兴为起点的欧洲近代小说着力塑造人物典型的先驱之作。

2.《堂·吉诃德》也是第一篇欧洲近代现实主义小说。(《十日谈》取材于民间故事;《巨人传》塑造的是神话式人物)

第五节　莎士比亚

一　生平与创作

（一）生平：威廉·莎士比亚（1564—1616）是欧洲文艺复兴时期最为杰出的作家。他的作品反映了伊利莎白时期英国生活的方方面面，主要成就是戏剧。

1. 1564 年，生于英国艾汶河畔，斯特拉福镇。父亲是议员，镇长，年幼观剧。

2. 1585 年，赴伦敦，打杂、看马、提词、客串演员、演戏、编剧、进宫演出，大获成功。在家乡买田置产。

3. 1608 年，回乡，至死。

（二）创作

1. 总体分类：1590—1612 年这 22 年，创作 154 首十四行诗，两部叙事长诗，37 部戏剧。

2. 创作分期

(1) 早期（1590—1600）：历史剧、喜剧

代表：历史剧《亨利四世》《亨利五世》等 9 部。

喜剧：《仲夏夜之梦》《威尼斯商人》等 10 部。

悲剧：《罗密欧与朱丽叶》及《裘力斯·恺撒》。

特点及成因：愉快、乐观的浪漫色彩。伊利莎白统治极盛时

期，打败西班牙“无敌舰队”。

历史剧内容：反对封建割据，倡导中央集权。

代表作概要：

历史剧《亨利四世》（1595—1597）：描写亨利四世的统治及其活动。为《亨利五世》做了铺垫。亨利四世是作者理想君主的化身。其中亨利王子身边的伴生对偶人物福斯塔夫，其性格很典型：他是个喜剧人物，带有浓厚的封建寄生生活的性质，喜欢享受安逸而无进取心，贪婪、吹牛、拍马、逗乐是其性格，也是其谋生的主要方式。他是一个反映当时社会由封建社会向市民社会转型变化的典型人物。

抒情喜剧《仲夏夜之梦》（1595）：宣扬个性解放、爱情自由的人文主义理想，把尖锐的社会矛盾、阶级差距理解为善恶对抗，结局多为恶人悔悟、好人宽恕。它是一部充满幻想、浪漫色彩的抒情喜剧。

《威尼斯商人》（1596）：现实讽刺意义的作品。夏洛克：犹太高利贷商人；安东尼奥：年轻的小贵族；鲍西娅：聪慧的贵族女性。

《无事生非》（1598）；《皆大欢喜》（1599）；《第十二夜》（1600）。后三部是“抒情喜剧”“欢快喜剧”。

悲剧《罗密欧与朱丽叶》的主题思想及风格与这一时期的喜剧很接近，以主人公的坎坷曲折的爱情经历的述说来结构故事，凄婉动人。

（2）中期（1601—1607）：悲剧。

代表：四大悲剧：《哈姆雷特》（1601）、《奥赛罗》（1604）、《李尔王》（1605）、《麦克白》（1605）；还有《雅典的泰门》（1607）等。

特点及成因：悲愤、沉郁的色彩。英王室内部斗争逐渐公开化，同时民间各地起义的规模迅速扩大，社会现实混乱不堪，这些都与人文主义理想相去甚远。

代表作概要：

《奥赛罗》：造成的悲剧罪魁祸首“貌忠心奸”，“手帕圈套”。

奥赛罗：忠勇善战，大义凛然，率直而失明查，急躁又嫉妒心过强，易被奸人利用。（优点突出、缺点鲜明）

苔丝狄蒙娜：漂亮纯真，痴心忠贞，勇敢地冲破重重阻挠而深情地拥抱爱人奥赛罗的心，最终竟然被怀疑，致被害而死。

伊阿古：披着羊皮的饿狼（饿——贪权、贪色、贪财），因贪婪而狡猾，借刀杀人，极端利己主义的典型。

《李尔王》：亲情被权欲腐蚀的悲剧。

李尔王缺乏对亲人的提防之心，小女儿考狄利娅不似大女儿、二女儿的巧言令色，逆耳忠言警告过父亲，只听甜言，本英明的李尔王变得昏聩，小女儿担心而出走远嫁法国。两女儿为权欲、财欲而“狼狈为奸”，后又因“情欲”而“钩心斗角”。李尔王被抛弃，被迫流浪时才悔恨、明白、人性复归。小女儿平叛成功，迎父归来，俨然“忠臣”。

《麦克白》：权欲腐蚀人心，非分梦想的实现带来了灾难。

苏格兰大将麦克白战功显赫，国王邓肯钦赏。麦克白的妻子觊觎王后尊位，劝丈夫弑君篡位。女巫的隐语也鼓动了麦克白。于是邀王赴宴，邓肯被害。实现了美梦的二人，因梦想实现而惊惶不安，食不甘味、夜不安寝：麦克白内心因紧张而频生幻觉，引发众人怀疑；其妻也良心不宁而精神分裂，至于自杀。麦克白王在众人的愤怒声讨中亦自杀身亡。

中期悲剧特点：

总体特点：总体揭示人心被权欲、钱欲及情欲腐蚀而畸变的各种样态，呼唤人性复归，向往和谐的人际关系和社会秩序。

细节特点：

艺术氛围：因描写高贵英雄的可悲毁灭而具有悲壮氛围。

形象塑造：使人物在外界环境的斗争中，内心也冲突焦灼起来，形象因此而鲜明深刻。

艺术形式：保持悲剧基调的前提下，以喜衬悲、促悲，深化主题。

表现手段：充分发挥想象力，利用未知观念制造神秘气氛，并以此强化内心矛盾，推动情节。

意象运用：以看似无意实则有意的主导意象，奠定作品的主题基调，兼以大量近似意象的烘托，最大限度地表达了作家的意念和思绪。

（3）后期（1608—1612）：传奇剧

代表：四部传奇剧《暴风雨》《辛白林》《冬天的故事》《泰尔亲王佩力克里斯》。历史剧《亨利八世》。

特点及成因：神奇、怪诞，借助超自然力实现道德感化和善对恶的征服。背景成因：退归故里，远离王室斗争，思想平和。因此由中期的激烈冲突、惨烈争斗，转向平和与宁静，不再迎合大众的口味。

二　代表作《哈姆雷特》

（一）剧情概要

丹麦王子哈姆雷特在人文主义中心的威登堡大学学习，突然传来父王驾崩的消息，回国。守夜卫兵看见老王幽魂出现。告知王子。王子与幽魂对话，获知真相。王子的叔父服丧期间，即娶其嫂继承王位。王子为真相装疯卖傻，导演了一出毒杀的短剧，请新王与新后观赏。新王当即脸色大变，被哈姆雷特看穿，确信了父亲的灵魂所言属实。新王把哈姆雷特送到了英国，暗中命令陪行的人杀了他，未成功。哈姆雷特的情人奥菲利亚饱受失恋之苦加上父亲被王子误杀，精神崩溃坠入湖中溺死。而她的哥哥想为父妹报仇，与哈姆雷特比剑，用一把毒剑伤了哈姆雷特；后者剑术超他一等，最终击败了他，在临死前，他道出了新王的阴谋。其间皇后替哈姆雷特饮毒酒而亡。哈姆雷特杀了新王，自己也因剑毒发作而死。

（二）思想意义

1. 悲剧的直接原因：封建恶势力的强大，敌人的狡猾；悲剧的间接原因：人文主义者的力量不足以与之抗衡，而且思想不够成熟，崇尚孤军奋战因而势单力薄，崇尚正义复仇因此错失良机。

2. 悲剧的间接原因：人文主义在与封建主义的对抗中惨败，是对抗时机不成熟，时代条件不具备的深沉条件所致。

（三）艺术成就

1. 巧妙的情节安排：（1）三条复仇线索交相错杂，彼此推进。（2）人物关系错综复杂，推动人物情节向纵深发展。

2. 复杂的氛围营造：（1）场面广阔，形象逼真；（2）悲喜交集："崇高和卑贱，恐怖和滑稽，豪迈和诙谐，离奇古怪地混合在一起。"（马克思语）

3. 人物性格对比鲜明。

4. 用独白塑造性格、推动情节。

5. 语言韵散结合，比喻巧妙，皆成经典。

（四）人物形象

1. 哈姆雷特：文艺复兴时期人文主义者的典型。善良纯真的性格使他的人文主义理想变得幼稚、天真，更容易被现实击得粉碎，而且这一性格也容易被朋友出卖，被敌人利用，尽管如此，他依然是一个九死未悔的理想追求者。

2. 克劳狄斯：阴险狠毒、笑里藏刀，表面对人和气，善于笼络人心，实际无比凶狠奸诈。

3. 波乐涅斯：昏庸老朽，有一套自己的哲学。

4. 奥菲利娅：天真柔弱，是宫廷阴谋斗争中不幸的牺牲品。

5. 雷欧提斯：为达目的不择手段的莽汉，易被奸人利用。

6. 小福丁布拉斯：家仇国恨在他并不坚定性格的衬托下显得无足轻重。

第四章　17 世纪文学

本章学习重点

1. “巴洛克”“古典主义”；

2. 《失乐园》的思想内容和艺术特点；

3. 莫里哀和他的《伪君子》。

第一节　概述

一　历史背景

（一）总观：17 世纪是欧洲近代史的开端。这一时期除英法两国外，欧洲的封建势力加强了反动统治，在西班牙和意大利，天主教反动势力猖獗；严重影响和辖制进步的思想和文化。

（二）巴洛克文学

巴洛克风格是指意识上的混乱，精神上的消沉。“巴洛克”原是葡萄牙语，是珍奇和奇妙主义。其语言讲求夸张、繁艳的藻饰。

主题：宗教的狂热，人类在上帝的残酷威严面前无能为力；

形式：用极端混乱、支离破碎的形式，表现悲剧性的沮丧；

代表：意大利马里诺派，西班牙贡哥拉派，英国的玄学派，法国兰蒲绮夫人的沙龙派。

17 世纪西欧最著名的巴洛克文学家是西班牙卡尔德隆

（1600—1681），代表作戏剧《人生如梦》，表现对人生的藐视，对宗教的狂热。

17 世纪德国文化落后，格里美尔斯豪森（1622—1676）的自叙体流浪汉小说《痴儿西木传》是巴洛克文学的代表。

巴洛克文学影响了 17 世纪最杰出的英法作家弥尔顿、拉辛、高乃依。

（三）古典主义

古典主义是欧洲 17 世纪最主要的文艺思潮，它产生于 17 世纪初期的法国，扩展到全欧。直到 19 世纪初。法国古典主义是君主专制的产物，其特征是：1. 具有为君主专制王权服务的鲜明倾向性。2. 注重理性。3. 模仿古代，重视格律。

（四）“三一律”

“三一律”是古典主义戏剧托名古典而自创的戏剧规则。它是指时间、地点、情节三者的单一，即一出戏只演一件事，剧情须发生在同一地点，一昼夜之内。被托名的亚里士多德只提到动作或情节要一致，并未对时间、地点作要求。

二 英国文学

17 世纪的英国，代表新兴资产阶级利益的新教加尔文派中的积极分子，要求清理教会并整顿教会，故称“清教徒”，17 世纪的英国革命也叫清教革命。

1. 本·琼生是继莎士比亚之后英国 17 世纪的重要作家。他的代表作是《炼金术士》（1610）。

2. 17 世纪四五十年代，最主要的作家是约翰·弥尔顿。安德鲁·马维尔是杰出的清教诗人。

3. 约翰·德莱顿（1631—1700）是斯图亚特王朝复辟时期（1660—1688）的桂冠诗人。他创作了美化贵族生活的“英雄剧”，他也是 17 世纪英国最主要的古典主义理论家。

4. 复辟时期的约翰·班扬（1628—1688）是进步文学的重要代表。代表作《天路历程》（1678）具有宗教寓言性质。

三　法国文学

（一）17 世纪上半叶，法国文学界呈现受巴洛克风格影响的两派对峙的状态。一是贵族沙龙文学，二是人文主义文学。前者是以 1608 年兰蒲绮侯爵夫人家客厅为聚集地而形式的，以贵族文人虚构的悲欢离合的艳情故事和历史故事为代表；后者是市民写实文学，代表作查理·索莱尔（1579—1674）的小说《法朗西翁趣史》。

（二）17 世纪下半叶，法国古典主义统治文坛。其中有民主进步倾向的作家是：悲剧作家高乃依、拉辛，喜剧作家莫里哀，寓言诗人拉封丹。

1. 彼埃尔·高乃依（1606—1684）的悲剧《熙德》1636 年上演，轰动巴黎。剧中诗句极为优美，从而有“美得像熙德”之说。

《熙德》的主人公罗狄克是贵族老臣杰葛之子。他爱上的是伯爵高迈斯的女儿施曼娜。然而在一次朝廷争执中，高迈斯打了杰葛一个耳光。杰葛要儿子复仇。内心矛盾的罗狄克在决斗中杀死了高迈斯，痛苦的施曼娜不得不请求国王为她雪耻。此时，罗狄克奋勇抵抗摩尔人的入侵，成为凯旋的民族英雄，称为“熙德”。国王因此劝合二人结为连理。该剧的基本冲突是义务与情感的矛盾。最终，理智战胜情感，国王权力高于一切。

后来高乃依 1640 年创作了完全遵守“三一律”的《贺拉斯》。

2. 让·拉辛（1639—1699），法国古典主义悲剧的后起之秀，17 世纪法国古典主义悲剧的代表。

（1）高乃依与拉辛二人的区别

高：写崇高感情和理性，英雄主义精神；拉：挖掘人性弱点，写情欲造成的悲剧。

高：写意志坚强的理想人物；拉：写有缺点的人物。

（2）拉辛的悲剧《昂朵马格》1667 年上演，轰动法国。

爱庇尔国王庇吕斯—昂朵马格

昂朵马格是忠于国家，忠于丈夫，既保贞节，又得子嗣，是道义上的胜利者。

（3）拉辛的悲剧《费得尔》也于 1677 年面世。

雅典国王继室费得尔，前妻之子希波吕托斯。

海神处死王子，费得尔后悔自尽。临死前吐露真情。

该剧长于心理分析，技巧结构均是典范。但其进步倾向被红衣教所痛恨，他的帮凶们订下《费得尔》演出时的全场座位，开演时却不到场。诗人受此侮辱而长期搁笔。

3. 让·拉封丹（1621—1695），17 世纪法国杰出的寓言诗人。他曾尝试过多种文体的创作，但最著名的是寓言诗和故事诗。

他的寓言诗特点是：（1）民主思想倾向；（2）情节组织巧妙；（3）几乎影响到后世各国的寓言作家。

4. 尼古拉·布瓦洛（1637—1711），法国古典主义理论家。他的诗体理论著作《诗的艺术》是古典主义理论的权威作品。该作品内容为：（1）总结法国古典文学成就，制定古典主义法规。认为文学创作的最高任务是服从理性地模仿“自然”；（2）模仿古代作品是成功的“捷径”；（3）褒扬史诗、悲剧，贬抑寓言、闹剧。

第二节 弥尔顿

一 生平与创作

约翰·弥尔顿（1608—1674）是 17 世纪英国最主要的诗人、思想家和政论家，也是文艺复兴与启蒙运动之间的桥梁。

创作分期

（一）前期（1608—1639）

诗人幼受家教，喜爱古典文学和音乐，极为勤奋。1625 年 17 岁时进剑桥大学，获硕士学位。他曾在父亲的别墅苦读，融会贯通了古典文学、历史和哲学及各种艺术。成名作《圣诞清晨歌》，另有赞美莎翁的《莎士比亚碑铭》，姊妹篇《快乐的人》《沉思的人》。

（二）中期（1639—1660）

思想战线上的主将。

1641 年《论英国教会的教纪改革》；1642 年《论教会必须反对主教制》，《离婚的原则与实施》；1657 年《我仿佛看见了圣洁的亡妻》。

1644 年写了最有名的散文小册子《论出版自由》。

1651 年，欧洲大陆最有国际声望的大学者沙尔马修受国王之托写了反动的《为国王声辩》，从思想上围攻英吉利共和国。弥尔顿冒双目失明的危险回击了《为英国人民声辩》，轰动全欧。1653 年，无言以对的沙尔马修死去。1654 年，他又写了《再为英国人民声辩》，从思想上大获全胜。

他中期的散文作品，堪称 17 世纪欧洲散文的冠冕。

（三）晚期（1660—1674）

处境极端困难，双目失明。口授完成三大诗作：《失乐园》《复乐园》《力士参孙》。

《失乐园》结构宏大，气势雄伟，是他的代表作。

《复乐园》篇幅较短，结构紧凑。后者写的是耶稣在旷野禁食 40 天之后，受魔鬼试探而不动心的故事。《复乐园》取材于《新约 · 路加福音》第 4 章，魔鬼用豪奢的宴席、金钱财富、大国的王位、壮大的军容和全世界的荣华来诱惑耶稣，都不能使他动心。改用古典文学、艺术、哲学等诱惑他，用暴风雨来威吓他，均告无效。最后想让他从高山上圣殿的塔尖跳下，以验证他是否是神之子。结果魔鬼自己目眩而坠落，而耶稣则由天使迎入山谷。史诗是为歌颂革命低潮时期立场坚定的革命者，亦是自况写照。

剧诗《力士参孙》取材于《旧约·士师记》。参孙是古代以色列部落的士师（军事首长兼裁判官），力能搏狮，在战场上所向无敌。后来被女人出卖秘密（力气在头发里），敌人将他剪去头发，挖掉双眼，投入牢中做苦工。后来他的头发又长了起来，恢复了力气。敌人在节日纵酒为乐，要参孙献技供他们取乐。他乘机把大厦的支柱折断，大厦倾覆，压死敌人的首领和臣民无数，自己也同归于尽。该作亦是作者自况。

二　《失乐园》

《失乐园》是弥尔顿的代表作，1 万多行，1667 年初版时为 10 卷，1674 年再版为 12 卷。《失乐园》1658 年至 1665 年完成。以始祖和撒旦的失坠，隐喻祖国人民的失坠。

（一）故事梗概：上帝宣布其独子为天使、天军之王，大天使长撒旦不服命令组织起义，欲“暴夺帝位”。不料起义失败，反而坠入地狱火湖之中。但他在地狱自立为王，妄图引诱人类归顺以孤立上帝。魔王撒旦偷入乐园，潜入蛇身，去亲近人类。他巧舌如簧，骗得夏娃偷食禁果，亚当在夏娃的劝说下也吃了禁果，知耻遮体，被逐出乐园，靠劳动糊口。

（二）两条线索：一是亚当、夏娃偷尝禁果，失地上乐园。二是撒旦反抗天神，经过激战而败离天上乐园。

两线交点：撒旦引诱亚当、夏娃犯禁。

（三）两线含义

1. 亚当犯禁被逐之线：人类从采果到手工劳动的历史进化过程。人类进化所依靠两样：劳动、知识。亚当夫妇偷尝的是“智慧树”之果。

2. 撒旦反叛之线：敢于与权威抗争的崇高精神，是人类历史度过严峻时代所需要的精神。

（四）人物形象

1. 亚当：勇敢刚毅的、有自由意志的人。自由意志是推动人类前进之力。

2. 夏娃：外表美丽、活泼、天真，内心温柔、善良、贞洁。弱点是轻信，易受吹捧而无主见。

3. 撒旦：有勇有谋，有不屈不挠的毅力。体魄强健，声音洪亮，有王者风范，他的魄力与庄严值得尊敬，他的狡猾阴险令人憎恶。他类似于歌德《浮士德》中的魔鬼靡菲斯特，既是恶魔，又是光明之子，既有破坏的一面，又有促进改革的一面。

（五）艺术特色

1. 雄浑宏伟的风格。结构与图景均很宏伟。大规模的天上战争场面描写，刀光剑影如大雪纷飞；双方拔山相掷，地动天摇。

2. 巧妙隐蔽的讽喻。在敌人的严密监视下，他巧妙借用讽喻，隐含表达自己的抨击之情。

（六）局限性：借圣经题材和清教教义来鼓动革命热情，发生矛盾。

第三节 莫里哀

一 生平和创作

（一）生平

莫里哀（1622—1673），17 世纪法国古典主义喜剧家。

1643 年，组建“光耀剧团”。1645—1658 年是莫里哀在法国西南部民间流浪的 13 年，这些经历将其锻炼成一个出色的戏剧活动家。1658 年 10 月 24 日，应召在卢浮宫为国王路易十四演出，受赏识定居巴黎。第二年 11 月 18 日，《可笑的女才子》上演成功。

（二）创作

1. 早期（1658—1663）

（1）《可笑的女才子》嘲笑了一对外省资产阶级出生的女子刻意模仿贵族习气，引来两个贵族青年的趁机示爱的笑话，嘲笑了贵族沙龙文体的附庸风雅与矫揉造作。

（2）《丈夫学堂》（1661）、《夫人学堂》（1662）是两部古典主义喜剧。尤其是后者，是古典主义喜剧诞生的标志。《丈夫学堂》反对封建礼教，倡导顺应天性的矛盾。而《夫人学堂》则从女子教育问题引申婚姻、家庭、宗教等问题，批判了封建的夫权主义。

（3）1663 年写出《〈夫人学堂〉的批判》和《凡尔赛即兴》，反击指责，讨论喜剧问题，即，①戏剧要面向“池座观众”；②能否打动并教育观众，是戏剧好坏之标准；③喜剧之责任在移风易俗，表现“本世纪人们的缺点”。

2. 全盛期（1664—1668）

代表作品：最著名的《伪君子》（1664）、《堂·璜》（1665）、《恨世者》（1666）、《悭吝人》（1668）、《乔治·唐丹》（1668）。

（1）《伪君子》是一部讽刺教会僧侣的力作；《堂·璜》和《恨世者》是两部揭露封建贵族的剧本。

（2）《堂·璜》（又译《石宴》）的主人公堂·璜，是个贵族，表面文雅潇洒，实则为非作歹。借他来批判贵族的门第观念与恶德败行。

（3）《恨世者》（又译《愤世嫉俗》）是一部五幕诗体喜剧杰作，被认为是“高级喜剧”的典范。它把整个贵族社会作为讽刺对象，揭露其内部的腐朽、虚伪和钩心斗角。这出喜剧把贵族社会的丑态写得淋漓尽致，代表了莫里哀语言艺术的最高水平。

（4）五幕散文喜剧《悭吝人》（又译《吝啬鬼》）被看作与《伪君子》齐名的杰作。它的情节是从古罗马喜剧家普劳图斯的《一坛黄金》脱胎而来的。

阿巴贡，高利贷商人，要女儿嫁年过半百的老头，儿子娶一寡妇，而自己要（不花钱）娶年轻美貌的姑娘。他爱钱胜过一切，攒钱成了他的人生追求。他见人伸手要钱便浑身抽搐，发现钱箱被偷就会使他发狂。作为一个早期资产阶级的剥削者，贪财和敛财的冲动在他身上有着绝对的统治地位。阿巴贡在西方语言里已成了吝啬鬼、守财奴的代名词。该作也是欧洲文学史上最早揭露资本原始积累时期金钱如何破坏家庭温情的作品之一。

（5）三幕散文喜剧《乔治・唐丹》写富商乔治・唐丹为了取得贵族的身份，娶了一个没落贵族的女儿。但岳父母和妻子都看不起他，妻子还和人家私通，使他受尽了奚落和侮辱。这是莫里哀对资产阶级的妥协性的辛辣嘲讽。

3. 民间闹剧时期（1669—1673）

自觉吸收并运用民间闹剧的艺术传统。

（1）《布索那克先生》（1669）和《醉心贵族的小市民》（1670）是两出嘲笑资产阶级虚荣心的舞蹈喜剧。

前者写外省土财主布索那克来到巴黎同一个小姐结婚，结果受到捉弄，而他反把捉弄他的人当作大恩人。后者写巴黎富商茹尔丹一心想当贵人，被人玩弄还自以为乐。剧本揭露贵族的没落及资产阶级的奴颜婢膝。

（2）《史嘉本的诡计》（1671）是莫里哀晚年的杰作。史嘉本是一个仆人，他帮助小主人反对家长的专制作风。在莫里哀笔下，史嘉本的聪明、勇敢和机智，远远超过任何一个有地位的人。反映了作者的民主倾向。

（3）1673 年创作的《无病呻吟》是他的最后一部剧作。同年 2 月 17 日，他肺炎发作，亲自主演完该剧第四场后辞世。

二　《伪君子》

《伪君子》（又译《达尔杜弗》）是莫里哀的代表作。从 1664 年到 1669 年，该作历经坎坷方得正式上演，遂成为经典。

（一）内容梗概

《伪君子》是五幕诗体喜剧。主人公答丢夫是一个宗教骗子，他以伪装的虔诚骗得富商奥尔恭和他母亲的信任，成为这一家的座上宾和精神导师。答丢夫并不以此为满足，竟无耻地勾引奥尔恭的年轻妻子。奥尔恭的儿子达米斯向父亲告发了这一丑行。然而，执迷不悟的奥尔恭反把儿子逐出家门，进而把全部财产的继承权赠予了答丢夫。面对如此严重混乱的局面，奥尔恭的妻子欧米尔设下巧计，让丈夫亲眼看到答丢夫向自己调情的丑态。答丢夫见骗局败露，面目立现狰狞，要将奥尔恭一家赶走，并向国王告密，陷害奥尔恭。但国王英明决断，下令逮捕答丢夫。

（二）人物形象

1. 答丢夫：他是一个披着宗教外衣行骗和掠夺的恶棍。他的最大特点是伪善。莫里哀通过这一形象深刻地揭露了教会和贵族上流社会的伪善、狠毒、荒淫无耻和贪婪，突出地批判了宗教伪善性、欺骗性和危害性。正如剧中所说："以假虔诚来配合他们的恶习。"所以答丢夫的形象具有高度的典型性，它已成为伪善、"故作虔诚的奸徒"的代名词。

2. 奥尔恭：他是一个思想保守的巴黎富商，是王权的支持者。可是他又狂迷宗教，因而受答丢夫的欺骗而变得十分愚蠢。

3. 桃丽娜：身为女仆，却头脑清醒，目光敏锐。她最早识破答丢夫的伪善面孔，看穿他贪财好色的本性。同时她也反对主人奥尔恭的专制作风和封建观念。在众多人物的对比中，奥尔恭愚蠢，达米斯急躁，欧米尔软弱，而桃丽娜聪明、机智、勇敢、灵活。

（三）艺术特点

1. 国王英明，恶人获罪，好人遇赦。这个喜剧结构体现了古典主义的文艺要求和主题倾向。

2. 时间、地点、情节三者单一，符合“三一律”规则。

3. 结构严谨，冲突集中，层次分明。

4. 喜剧中插入悲剧因素。吸取其他喜剧手法，增强喜剧效果。玛丽娅娜和瓦赖尔的婚姻悲剧结局。答丢夫差点把奥尔恭一家置于死地，亦是悲剧。

5. 语言各有特点，符合性格本身要求。

桃丽娜：犀利、明快、朴素、生动，爽朗性格，富于民间智慧。

答丢夫：矫饰、造作、堆砌辞藻。

（四）艺术局限

1. 受“三一律”约束，社会生活画面不够广阔。

2. 受理性束缚，主人公答丢夫性格单一，有“扁平化”倾向。

第五章　18 世纪文学

本章学习重点

1. 启蒙运动及启蒙文学的基本特征；
2. 18 世纪几个重要国家的主要文学成就；
3. 伏尔泰、卢梭、席勒在文学上的主要贡献及代表作品；
4. 歌德及其《浮士德》。

第一节　概述

一　历史背景

（一）启蒙运动

启蒙运动就其字面意义上讲，是指当时的进步思想家提倡用近代文化“启迪”人们的理性和智慧，“照亮”愚昧、落后、黑暗的封建社会，以消除教会和贵族统治所散布的迷信与偏见。它不仅是一个新型文化运动，而且是一场反封建、反教会的思想革命运动。自由与平等成为启蒙运动中最鲜明的两面大旗。其理论武器是“理性”。恩格斯说：“他们不承认任何外界的权威，……一切都受到了最无情的批判。”但是他们把启蒙教化看作改造社会的基本途径，并把理想寄托在“开明君主”身上。

（二）启蒙文学

1. 启蒙文学具有鲜明的倾向性和教诲性。

2. 启蒙文学具有民主性。“中等人”（资产者、下层人民）形象成为正面主人公。

3. 启蒙文学更强调真实性。直接取材于现实，而不像文艺复兴取材于传统。

4. 启蒙文学创造了许多新的文学形式，如哲理小说，正剧（即莱辛的“市民悲剧”和狄德罗的“严肃悲剧”）、书信体小说、对话体小说、抒情小说、教育小说等。

二　英国文学

（一）18 世纪中叶开始的产业革命使英国成为世界上第一个工业国。而 18 世纪初期的英国文学的温和派代表人物是亚历山大·蒲柏（1688—1744）。随后出现的散文的兴盛，为现实主义小说的发展开辟了道路。1719 年，笛福的《鲁滨逊漂流记》标志着英国现实主义小说的诞生。

1. 丹尼尔·笛福（1660—1731）是 18 世纪英国现实主义小说奠基人。他的小说创作多采用流浪汉小说的结构，以普通人的现实生活为主要描写对象，通过他们的遭遇，反映社会现实，表现强烈的海外殖民扩张意识。其小说中的新人物、新内容、新手法都深刻影响了后世。

2.《鲁滨逊漂流记》

（1）是以苏格兰水手亚历山大·赛尔柯克在荒岛上的真实经历为原型的。小说中的鲁滨逊经历了人类从采集、渔猎、畜牧到种植等生产发展过程，彻底改变了自己无衣无食的苦难命运。鲁滨逊的形象体现了上升时期资产阶级的创业精神，鲁滨逊也成为欧洲文学史上最早的一个理想化的资产者的形象。他的冒险精神和他的占有欲紧紧相连。

（2）鲁滨逊的经典在于他的性格和精神的真实。而这种真实是通过细节描写的精细使读者相信“确有其事”。

（二）约拿丹·斯威夫特（1667—1745）的讽刺小说《格列佛游记》（1726）共分四卷，假借托船长梅尔·格列佛的口气叙述他四次航海的经历，到过小人国、大人国、飞岛中、慧姻国等国家，作者幻想旅行的方式用反语对比、夸张等手法来影射和讽刺现实。

（三）撒缪尔·理查逊（1689—1761）的书信体小说《帕美拉》（1740—1741）与《克拉丽莎》（1747—1748）是18世纪四五十年代的欧洲家庭小说的代表。

《帕美拉》的主人公是一名女仆，她守身如玉，拒斥了主人的种种威逼利诱，终于感动主人，向她正式求婚。《克拉丽莎》写少女抗婚外逃，却受到贵族的欺骗被折磨而死的故事。理查逊写现实中的爱情、婚姻问题，注重人物情感与心理分析，突破笛福经历式描写的局限，进而集中写一个完整事件。

（四）菲尔丁集各家之大成，是这一时期的高峰。

（五）感伤主义：它是18世纪后半期英国中小资产阶级面对产业革命带来的尖锐复杂的社会矛盾而流露出的软弱伤感的情绪反映。他们目睹贵族和资产阶级的暴虐，以及社会的变革与动荡，对“理性”表示失望。作品多崇尚感情的力量，着力描写人物的不幸和痛苦，以引起读者的同情和怜悯。

代表作：劳伦斯·斯特恩的《感伤旅行》（1768）；奥立佛·哥尔德斯密斯的《威克菲牧师传》（1768）。

（六）18世纪英国戏剧代表：理查·布林斯莱·谢立丹（1751—1816）的《造谣学校》（1777）。

（七）18世纪英国诗歌代表：威廉·布莱克（1757—1827）和罗伯特·彭斯（1759—1796）。

（八）18 世纪四五十年代的“墓园派”诗歌，50 年代后的“歌特式小说”，都影响了后来的浪漫主义文学。

三　法国文学

（一）18 世纪初，法国文坛大胆揭露封建黑暗的讽刺性与写实文学，其代表作是阿兰·列内·勒萨日（1668—1747）的长篇小说《吉尔·布拉斯》（1715—1735）。小说通过主人公从底层朴实平民到宫廷欺诈者首相秘书的经历，揭露社会的黑暗。作品受了西班牙流浪汉小说和法国 17 世纪市民文学的影响。

（二）从 18 世纪 20 年代开始，启蒙文学占了主流。

1. 早期：孟德斯鸠（1689—1775）的书信体现讽刺小说《波斯人信札》（1721）。书中以路易十四和奥尔良公爵摄政时期两个旅行的波斯青年与家人通信的形式，评述法国的政治、宗教和社会问题。它是法国启蒙文学的第一部重要的文学作品和最早的一部哲理小说。

2. 中期：启蒙运动发展到成熟，此时成就集中表现在编纂《百科全书》上，故启蒙思想家被封为“百科全书派”。该书 32 卷，全面总结了启蒙运动的成就。

代表有：（1）狄德罗（1713—1784）是法国启蒙思想家中最杰出的唯物主义者和无神论者。他为欧洲近代戏剧开辟了道路，主张创造“严肃喜剧”或“市民剧”，此类代表作是他的《私生子》（1757）和《一家之主》（1758）。狄德罗的三部小说代表作是：《修女》（1760 年写，1796 年出版）；对话体小说《宿命论者雅克和他的主人》（1773—1774 年写，1796 年出版）；《拉摩的侄儿》（1762 年写，1823 年法文版）。后者写作家与一位著名音乐家拉摩的侄儿的对话，透露出主人公是个自甘堕落于黑暗社会的落魄文人，作品也描写了正在成长中的资产阶级的社会心理。

（2）卢梭，他是法国启蒙运动中的民主派，他影响了后来的浪漫主义文学。

（3）加隆·德·博马舍（1732—1799）自称是伏尔泰和狄德罗的学生。代表作是以费加罗为主人公的三部喜剧：《塞维勒的理发师》（1772）写理发师费加罗帮助少女罗丝娜摆脱老医生霸尔多洛的纠缠而与阿勒玛维华伯爵结婚的故事；《费加罗的婚姻》（1778）是前者的续篇，矛盾发生在费加罗与伯爵阿勒玛维华之间，费加罗机智、敏感、富有斗争精神和乐观精神，表现了第三等级对封建贵族的胜利；还有市民剧《有罪的母亲》（1792）等。

四 德国文学

恩格斯评价18世纪的德国说："这个时代在政治和社会方面是可耻的，但在德国文学方面却是伟大的。"

（一）40年代前的启蒙文学的代表人物是高特舍特（1700—1766）。

（二）40年代以后，启蒙运动高潮，民族文学繁荣。代表人物是克洛卜施托克（1724—1803）、维兰德（1733—1813）和莱辛。

（三）莱辛（1729—1781）是德国启蒙运动最主要的代表人物，德国民族文学的奠基人。

1. 理论：（1）重要美学著作《拉奥孔，或论画与诗的界限》（1766年）讨论绘画与诗歌在反映现实上的区别；（2）戏剧理论：《汉堡剧评》（1767—1769）论述如何建立德国民族戏剧。主张写"市民悲剧"。

2. 剧本：（1）《萨拉·萨姆逊》（1755）是德国第一部"市民悲剧"。（2）著名剧作还有：喜剧《明娜·封·巴尔赫姆》（1767）；悲剧《爱米丽雅·迦洛蒂》（1772）；诗剧《智者纳旦》（1779）。其中《爱米丽雅·迦洛蒂》是莱辛最成功的作品，也是一部典型的

“市民悲剧”。

（四）“狂飙突进”

它是发生在德国 18 世纪七八十年代的第一次全国性文学运动，它因克林格尔的剧本《狂飙突进》（1776）而得名。

1. “狂飙突进”的特点是：强调文学的民族性；反对封建束缚，强调“天才”个性；歌颂理想化的大自然和淳朴的人民。

2. “狂飙突进”的中心在斯特拉斯堡。

3. 主要作家有：赫尔德（1744—1803）、歌德（1747—1832）瓦格纳（1747—1779）、棱茨（1751—1792）、克林格尔（1752—1831）。

4. 1770 年，歌德与赫尔德在斯特拉斯堡相见，标志着“狂飙突进”运动的开始。

5. 以福斯、华尔格等为代表的“哥廷根林苑派”，也是组成力量，而赫尔德是理论家和精神领袖。

（五）18 世纪末期，歌德与席勒进入所谓魏玛古典主义时期，并成为古典派的代表作家。主要以个性教育、自我完善来代替革命。推崇古代艺术，讲究形式的和谐完整。

五 意大利文学

18 世纪意大利文学的主要成就是哥尔多尼的系列作品。卡尔洛·哥尔多尼（1707—1793）是一位卓越的戏剧家。

哥尔多尼的成就：

1. 哥尔多尼大胆改革“假面喜剧”（也称“即兴喜剧”），变成既能刻画鲜明人物性格，又能反映生动的社会生活的新型喜剧，他把这种新型喜剧称为“性格喜剧”“风俗喜剧”。

2. 哥尔多尼写有 150 多个喜剧。《女店主》是他的代表作。剧中女店主米兰道琳娜是一个年轻、漂亮、聪明、机智的姑娘。父死她继主位。三个贵人（侯爵、伯爵、骑士）都来向她求爱。她不卑不亢，自如应对其诱惑与威胁，巧妙捉弄他们，当众宣布与自己的仆人——勤劳忠诚的法希里齐奥结婚。赞扬了米兰道琳娜的平民优越感与独立自主精神。

第二节　菲尔丁

一　生平和创作

（一）生平

亨利·菲尔丁（1707—1754）是英国18世纪的戏剧家和杰出的小说家，他影响了全欧19世纪的批判现实主义文学。他做过律师、法官，因劳累致病，英年早逝。

（二）创作

1. 早期：职业戏剧家（1730—1737），25部剧本，均遭禁演。这些剧本揭露英国竞选活动的种种黑幕，讽刺英国的政治制度的腐败与虚伪。

2. 中后期（1742—1754）小说创作

（1）小说艺术特点：他的小说在继承理查逊传统的基础上突破了资产阶级家庭生活的狭小范围，敢于对传统的道德、宗教、法律提出尖锐的批评；在艺术形式上，他大多采用流浪汉小说的结构，大大扩大了小说表现社会生活的能量；他的小说情节生动曲折，人物心理描写深刻，他称其为“散文滑稽史诗”，即用散文来写普通人的喜剧性故事；在人物塑造方面，他强调描写性格，描写典型，而且要“严格模仿自然”。

（2）第一部小说：《约瑟·安德鲁传》（1742）是模仿塞万提斯的风格而写成的。

内容：主人公是地主布比家的青年仆人约瑟·安德鲁，因为拒绝女主人的诱惑而被驱逐。他离开伦敦到乡间去找自己的女友茅妮，路遇乡间牧师亚当斯密和茅妮。他们经历了许多奇事险情，最后回到乡间，约瑟与茅妮结婚。

思想：通过这三人的冒险奇遇，展示了上层社会的虚伪、自私、欺诈、荒淫，下层社会的纯洁、舍己为人和阶级友爱。

人物：亚当斯密是一个堂吉诃德式的人物，天真淳朴，心地善良，有正义感，但不谙世态人情，经常闹笑话惹麻烦。他是作家的理想人物。

（3）《大伟人江奈生·魏尔德传》（1743）取材于强盗头子魏尔德的劣迹真事，是一部极富战斗性的政治讽刺小说。魏尔德是盗贼首领，他手下一伙歹徒抢劫拐骗，作恶多端，魏尔德却装成正人君子出入于官府法院。在入狱后，他又和另一个强盗头子争夺控制其他犯人的权力。魏尔德的形象体现了当时英国资产阶级疯狂掠夺财富的一种时代特征。小说自始至终以歌功颂德的笔调为这个反面人物立传，用的是反讽手法。

（4）1749 年，菲尔丁发表了代表作——长篇小说《汤姆琼斯》。

（5）《阿米莉亚》（1751）是菲尔丁最后一部也是最钟爱的一部小说。主人公阿米莉亚出身富贵人家，却自愿嫁给了一个穷军官布斯上尉。她婚前婚后的苦难遭遇构成了小说的主要内容。菲尔丁通过纷繁复杂的社会生活场景与人物的描绘，抨击了英国的法律和司法界，提出了许多严肃的社会问题，在内容与小说形式上更接近于 19 世纪批判现实主义的作品。

二 《汤姆·琼斯》

《汤姆·琼斯》（1749）不只是菲尔丁本人的代表作，而且标志着 18 世纪英国现实主义的最高成就，是英国小说史上划时代的杰作。

（一）故事梗概

汤姆·琼斯是个来历不明的私生子，乡绅奥尔华绥收养了他。他爱上了另一乡绅威士特恩（威士登）的女儿索菲亚（苏菲亚）。与养父的外甥布立非冲突。布立非贪财、中伤致汤姆被逐。索菲亚逃婚去伦敦。在去伦敦的路上及到伦敦之后，二人均多次遭遇各种险情。最后真相大白，原来他与布立非同母异父，也是养父的外甥。汤姆成为被确认的养子，也与索菲亚结婚。

（二）小说成就

1. 小说通过汤姆和索菲亚争取婚姻自由的经历，描绘了英国社会生活的全景，具有史诗般的规模与气势。

2. 小说人物多达 49 个，通过他们的相互关系表现善恶斗争中善必将战胜恶的人道主义理想。尤其是作者要证明汤姆的无辜及其“善良的天性”是该喜剧的基本设想，汤姆的经历与遭遇被视为一种特殊类型的道德力量。

3. 人物形象刻画：一方面性格优缺点均有兼顾，另一方面采用人物性格与品质分组对照的美学原则，使人物形象在相互辉映中更显突出。

4. 艺术方面

（1）结构：小说分成 18 部分，每 6 部为一大块系列情节，这是史诗化的对称结构。这一结构的性质决定了汤姆的旅程是一个证明自己无辜的旅程。其风格是新古典派的，是对古典史诗的一种挑战，也是对史诗的英雄角色喜剧性的再阐释。

（2）情节：人物身世悬念设置贯穿自始至终，情节巧妙，环环相扣。萨克雷认为，“没有哪个情节是无关紧要的，它们都作用于故事”。

（三）人物形象

1. 汤姆·琼斯：是个心地善良，性格坦率的正直青年。他为人诚实、热情、豪爽侠义、见义勇为。他经常不顾传统道德，违反世俗偏见，凭着单纯的正义冲动做出许多侠义崇高的事情。他的身上体现了健全、善良、真诚的“人性”，符合“自然道德”。

例如：他同雇工乔治在魏斯登庄园打了一只鹁鸪，为了不牵连乔治，他宁愿被责骂及至被打得半死也不供认与乔治“共犯”而是独自担当罪责；当乔治意外被解雇后，一家人生活无着落，他甚至亵渎“神圣”的宗教，把《圣经》卖掉去救治乔治；为了索菲亚的安全，汤姆曾奋不顾身拦截惊马；赴伦敦途中，他从强盗手中救出中隐士，从凶手手中救出华特夫人；在去伦敦的流浪途中，他解除了一个企图抢劫他的“强盗”的武器，但当他了解到这个“强盗”本是穷苦人，为妻子女儿方才铤而走险时，他便不顾法律的规定，放走“强盗”，还把自己仅有的几个钱给了他；尽管他深知应该尊重师长，跟同伴和睦，但当他被布立非和趋炎附势的家庭教师肖欺侮得忍无可忍时，他就会坚决抵抗。

在对待爱情上，他虽然控制不住自己的情欲，曾受白拉斯顿夫人的诱惑，但他内心里一直深爱着索菲亚，并为了保护她奋不顾身地同歹徒搏斗。他曾经冒着生命危险给索菲亚弄到一只小鸟。

2. 布立非：与汤姆形成鲜明对比的是，他是一个野心而贪财的地地道道的小人，伪善狡诈是他的性格特点。在他老成持重的外表下，却包藏着极端冷酷的自私自利的心，小说通过这一形象抨击了当时英国伪善的文明与道德。他每次看似无意实则精心地对汤姆贬低，对自己的抬高，都完全被认为是为了履行道德和职责一样神圣。因此，他是一个披着清教主义外衣的利己主义的伪君子典型。

（1）在爱情上，他金钱至上。他想娶索菲亚，只是因为索菲亚是一大笔财产的女继承人，并非像他所妒忌的汤姆那样，是爱恋索菲亚本人。为了实现目的，他教唆舅父把汤姆赶出家门，扣压母亲的遗书以掩盖汤姆的真实身份，还勾结律师道林，叫他出面做假见证，因而琼斯被以谋杀罪关到监狱里。

（2）在为人处世上，他谗陷成性。汤姆冒险为索菲亚抓来的小鸟，被他放掉，他大言不惭地说：世界上的一切生物均应享有自由；园丁乔治被汤姆包庇，这个秘密，汤姆由于信任他，拿他当朋友，告诉了他，而他却以“人应当不撒谎”为名，予以告发。

可怜无依的乔治受到了汤姆同情，冒罪卖《圣经》救济他，而布立非却趁机花半价买下，把书拿向肖昆老师求救，目的是泄密，不露声色地陷害汤姆；诚尽孝心照料养父奥尔华绥，因高兴其病愈而以酒庆贺的行为，被布立非以汤姆盼望着养父快死而诬告。

（3）在面对困境上，他处心积虑：当从道林律师转交的母亲的遗书中知道了汤姆的身世秘密时，他扣压并隐瞒真相，目的是独吞舅父家产；当真相大白，阴谋破产时，他所表现的卑鄙下作便能够同他过去的阴险狠毒“同样地突出”，他“匍匐在地上，吻着他（汤姆）的脚，请求”汤姆宽恕；当被逐出家门后，他又暗自窃喜，谋划重新开始他贿赂律师、迎娶富孀的行动。

3. 奥尔华绥：他是个慷慨好施、善良正直的乡绅，他常常为欺诈行为所欺瞒而不察真相，被人愚弄而赏罚不明，但他心地宽厚而乐于助人。对婚姻问题，他始终认为爱情是婚姻幸福的唯一基石，而一切的其他动机结成的婚姻都是罪恶。在作者心目中，奥尔华绥是一切善良人中最可爱的人，是有理想的光辉。

4. 威士特恩：与奥尔华绥性格形成鲜明对照，专横暴戾、粗鄙、自私，对待妻子、女儿同样也是粗暴专横的家长制作风。

5. 索菲亚：她是一位纯洁、美丽而又单纯的少女，是作者理想的人物。她温柔、贤淑，但当她的自由幸福受到阻碍，遭到破坏时，她敢于反抗，面对父亲的暴力与威胁，她毫不屈服，宁肯自杀也不嫁给布立非。最后以离家出走来对抗传统的社会习俗。经过许多波折不幸，她终于获得了幸福。

第三节　卢梭

一　生平和创作：

让—雅克·卢梭（1712—1778）是法国杰出的启蒙思想家、文学家、法国启蒙运动中激进民主派的代表，19 世纪浪漫主义文学的先驱。

（一）生平

1712 年 6 月 28 日，卢梭生于日内瓦的一个钟表匠家庭，是受法国天主教迫害而逃到瑞士的新教徒的后裔，出生后 10 天母亲去世。10 岁以前的卢梭生活在自由气息很浓的社会环境与家庭环境里面。10 岁以后，卢梭的生活便开始染上了“寄人篱下”或“漂泊天涯”的色彩。这种生活几乎终其一生，晚年的卢梭更被自己的病态敏感所折磨，陷入被迫害妄想症的困扰，感伤话语“像一只衰老的悲鸣着的夜莺在寂寥的林中发出低低的哀鸣”（罗曼·罗兰）。

（二）主要作品及其思想

1. 作为思想家的卢梭有三部名著

（1）文化批判——《论科学与艺术》（1749）。他认为：人性本善，是私有制“文明”败坏了人的灵魂，封建“文明”使人异化；提出卢梭主义“自然”与“文明”对立，人当返归自然地寻求自我。

（2）社会政治批判——《论人类不平等的起源和基础》（1755）。他认为：人类的不平等起源于私有观念及私有制的产生；人民有权以暴力求平等与自由。

（3）“天赋”人权与“主权在民”思想——《社会契约论》（1761）。他认为：“天赋人权”：人人生而平等，生而自由。

“主权在民”，国家主权完全属于人民，政府管理者仅是人民随时可以委任或撤换的代表。

2. 作为文学家的卢梭有三部名著

（1）讨论教育的哲理小说——《爱弥儿》（1762）。

卢梭要按照“自然法则”保存和发展儿童来自自然的善良天性，他开门见山地说：“出自造物主之手的东西，都是好的；而一到人的手里，就全变坏了。”作品为培养体魄健康，爱好劳动，独立自重，热爱自由、平等与正义的如主人公爱弥儿那样的“新人”，而设计了教育环境，方法与内容。

（环境：远离贵族社会和城市，接近自然；方法“顺乎自然”，解放学生的个性，使其全面发展。内容：根据学生身心成长的自然进程分阶段进行相关内容的教育。）

该作既是人道主义教育的经典名著，又是后世塑造新人形象的教育小说的滥觞。

（2）不论善恶都秉笔直抒的自传——《忏悔录》（1766—1770）。

一方面，卢梭在该作中借“忏悔”以“控诉”欧洲多国统治者与教会对自己的迫害。另一方面，他坦诚披露来历并审视自己因人性被扭曲而产生的诸多丑行，并自豪于自己的个性特点。将他自己童年时期、流浪时期，后来接触上层社会以及成为作家以后的生活经历与感受融于笔端，表达了自己酷爱自由与平等的愿望。

（3）信札体哲理小说——《新爱洛伊丝》（1761）。

3. 文艺思想特点

（1）以“自然崇拜”哲学为指引，努力开掘新情感；

（2）突破理性重缚，主体感情第一；

（3）讴歌大自然，拓宽审美视野；

（4）以“你要认识你自己”为箴言，坦诚描写和寻求“自我”。

4. 思想影响

（1）德国的“狂飙突进”运动；

（2）19 世纪欧洲浪漫主义文学。

二　《新爱洛伊丝》

小说全部情节以书信往还的形式展开。故事原型出自 12 世纪法国哲学家阿贝拉尔和他的女学生爱洛伊丝之间的悲剧恋爱，而卢梭写的是 18 世纪的年轻恋人反封建的悲剧，故添一“新”字。

（一）故事梗概

知识渊博，敏感、俊美的平民知识分子圣普乐在给贵族小姐朱莉做家庭教师时，两人深深相爱了。朱莉的父亲德丹治出于门第偏见赶走圣普乐，把女儿嫁给了五十多岁的俄国贵族沃尔玛。纯洁的爱情不能见容于封建道德。被迫结婚的朱莉是个贤妻良母，她对丈夫坦白了她和圣普乐的爱情，丈夫谅解并主动邀请圣普乐回来团聚。圣普乐成了他们儿子的家庭教师。朱莉与圣普乐日日相见，表面彬彬有礼，相安无事，实际上两人都在极力克制着内心感情的波涛，屈以社会偏见而忍受着感情上的痛苦。一天，朱莉为搭救落在水中的儿子，染病后死去。朱莉死后，圣普乐愤怒地给她父亲写了一封信，指责他“为了自己的偏见而牺牲了她的幸福”。在遗嘱中，她将丈夫与儿子托付给圣普乐，并要求圣普乐与他们最好的朋友克莱尔结婚。

（二）思想成就

1. 作者利用入情入理的书信体形式将符合人性的自然爱情与封建等级偏见之间的冲突鲜明地揭示出来。

2. 作品对当时的现实社会作了对比，对贵族及其“文明”予以断然否定，体现了法国人民在大革命前夕反封建与争取自由的时代精神。

3. 作品以写心灵纯洁、行为高尚的“新人”朱莉、圣普乐、克莱尔和普德华为核心，写了新的纯自然的人类情感这一新的小说内容，“爱美德”是这些“新人”的最高价值。对当时上层社会淫乱的风尚，朱莉与圣普乐能做到“爱而不乱”，她与丈夫相敬相亲，以至于认为“和任何别的人结婚，甚至和她爱过的人结婚，也不会比和现在的丈夫结婚更幸福”。所以，新的情感不仅是纯自然的，而且是理性的，是用“爱美德”来驾驭的，无论对于爱情还是对于家庭生活，均有必要，因为生活是复杂的。

4. 借写社会风俗和夫妻间的忠诚来描画自己在启蒙思想影响下的理想社会图景。

（三）人物形象

1. 朱莉生性软弱，温柔多情。“软弱”使她在父亲的哭泣恳求面前委曲求全，以尽子女的“天职”，从而改变了婚姻的初衷，埋葬了自己的爱情，而“温柔”与“爱美德”的特点不仅让她成为作品的核心人物，也让她成功穿行于个人与社会、亲情与友情的间隙，成为种种关系的协调者。

2. 圣普乐是一个生性热情、勇敢而坚强的平民知识分子。他富有激情地恋爱又深明大义地妥协，无论进退都怀着一颗赤诚的心。他学识渊博又酷爱自由，敏锐地观察到了殖民统治的罪恶本质。

3. 沃尔玛是作者眼中一个可爱的贵族新人。他酷爱理性，背叛了炙手可热的大贵族阵营而潜到下层民众中“乐于为善”，理智、体贴与宽容是他性格的主要特点。

（四）艺术特点

1. “题材的简单和中心思想的连贯。”以朱莉、圣普乐、克莱尔三个人的友谊与婚恋这一贯穿全文的中心主题来展开情节。

2. 歌颂大自然并突出人的纯洁情感。日内瓦湖畔和阿尔卑斯山山麓的湖光山色映照下的三个大自然儿女的多情表白。在克莱尔的安排下，主人公多安莉和圣普乐的首次亲吻便是在知克拉朗的森林中，亲吻如夜空间闪电般撞出了二人心头“触电”般的感觉和情感的火花。

3. 强烈的自我描写与情感慰藉的创作倾向。

4. 独特的“无言的絮语”的写作方式——书信体第一人称的独白更吻合卢梭游离于主流社会之外的孤独心灵的表达，有话无言，只好借助于书信来表达。

第四节　席勒

一　生平和创作

（一）生平

1. 约翰·克里斯托弗·费利德里希·席勒（1759—1805）是 18 世纪德国的杰出诗人和戏剧家，他与歌德一起把德国的古典文学推向高峰，为德国民族文学的发展作出了巨大的贡献，他也是德国“狂飙突进”运动的主要代表之一。

2. 席勒生于符腾堡公国的马尔巴赫城，父亲是医生，母亲是面包师的女儿。1773—1780 年，他被公爵强制安排在一个被称为“奴隶培养所”的卡尔·欧根军事学院学法律。1780 年毕业后在斯图加特做军医。1781 年，他自费出版了剧本《强盗》。

3. 1782 年，《强盗》在境外的曼海姆剧院上演出，席勒未经公爵允许就越境去那里观看，为此而被关禁闭，并被剥夺了写剧本的权利。席勒于是逃离斯图加特流浪，直到 1787 年定居魏玛。

（二）创作

1. 1777—1780 年，席勒创作了剧本《强盗》，这部作品是席勒的处女作。《强盗》的主人公卡尔是一个有理想、有作为的进步青年。他仇恨暴政，蔑视法律，同情被压迫的人民，想要改造社会，在德国建立一个共和国，“让罗马和斯巴达与之相比都比不过”。在别人看来卡尔是一个强盗，因为他参加盗群，用恐怖手段反抗统治者的暴政。因此，卡尔是不满现状却又无力改造的“狂飙突进”分子的形象，是一个“向全社会公开宣战的豪侠青年”，恩格斯、马克思称席勒这种把人物作为宣扬作者思想的工具的写法称为“席勒式”传声筒写法。

2.《斐哀斯柯》（1783）是席勒的第一部历史剧，描写 16 世纪热那亚共和主义者的反暴斗争，全剧反专制倾向非常强烈，创作中包含群众场面和紧张的戏剧冲突，这是席勒历史剧的共性。

3.《阴谋与爱情》（1784）是市民悲剧，是青年席勒创作的高峰。

4.《堂·卡罗斯》（1787）是一部诗剧，剧本以爱情纠葛为主线，以 16 世纪西班牙宫闱故事为剧情，表达了作者企图通过开明君主来实现社会变革的梦想。这标志着席勒由“狂飙突进”向“古典主义”的过渡。

5. 1787—1796 年的历史和美学研究。

（1）《尼德兰革命史》（1788）。

（2）《三十年战争史》（1791—1793）。

（3）《审美教育书简》（1795），追求人类本性的完善，提倡理性的自由。

（4）1796—1804 年重新开始文学创作，其中最著名的是 1799 年《华伦斯坦三部曲》和 1803 年《威廉·退尔》。《华伦斯坦三部曲》取材于德国 30 年战争史，共分《华伦斯坦的军营》《皮柯洛米尼父子》《华伦斯坦之死》三部。描写德军统帅华伦斯坦从深负众望到身败名裂的全部过程。

在这场德国皇帝与各诸侯国间的 30 年内战中，作为军队统帅的华伦斯坦有赶走外国侵略军实现国家和平强大的强烈愿望，也有以此行动为工具阴谋篡位的罪恶目的。因此，他不是民族英雄，剧中仅有一位心地单纯为国捐躯的英雄麦克斯，他的品质崇高，但其个人悲剧在于他把自己的主帅华伦斯坦理想化为能拯救德国的民族英雄，崇拜并忠实于他，然而，偶像叛国变节。

6.《威廉·退尔》是席勒的最后一部剧作，也是其后期创作的最好作品。

维廉·退尔原是 14 世纪瑞士民间传统中的英雄，歌德把这故事告诉了席勒，席勒以此为原型写成了一部歌颂民族解放斗争的史诗剧。剧中谴责了奥地利统治者的暴行。威廉·退尔是一个传统的神箭手，他正直、勇敢、痛恨暴虐的异族统治，忘我地帮助被压迫的同胞。起初，他对奥地利统治者抱有幻想。后来，他因未向总督的帽子行礼而受到迫害，人民的起义就此爆发，退尔也机智地逃出魔掌，射死总督。起义的人民解放了自己的家乡。

这部作品发表在拿破仑入侵德国之时，反映了德国人民日益增长的爱国情绪，鼓舞了人民的解放斗争，该作同样在中国抗日战争期间发挥了鼓舞斗志的作用。

二 《阴谋与爱情》

（一）故事梗概

剧本的主人公是一对热恋中的青年。斐迪南是某公国宰相的儿子，他爱上了乐师的女儿露伊斯。但是，宰相迫使他与公爵的情妇结婚，目的是控制公爵，独揽大权，斐迪南不从，秘书伍尔牧便策划了阴谋，逮捕乐师，逼迫露伊斯为救父亲而给宫廷侍卫长写假情书，使斐迪南怀疑露伊斯不忠。斐迪南中计，给露伊斯服了毒药。露伊斯在临死前揭穿真情，斐迪南在悲痛中也服下毒药，最后，制造罪恶的人也被囚入狱。

（二）剧情分析

剧情以现实人物为原型而构设，其矛盾冲突以宰相为代表的“重权”派和以斐迪南、露伊斯为代表的“重情”派的对抗而展开。在情感与权力的游戏中展现压迫与挣扎对真情的戕害。

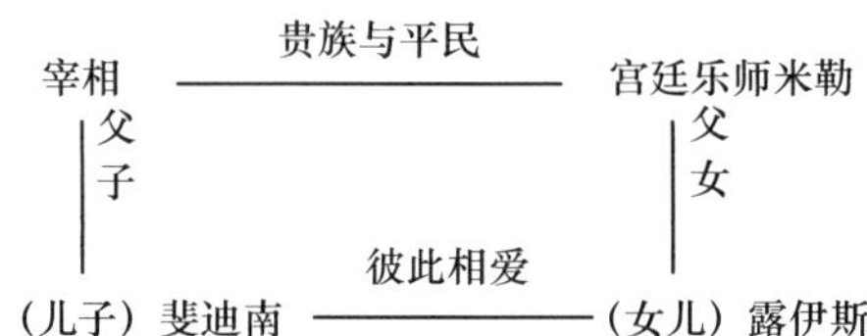

（三）人物形象

1. 宰相瓦尔特是一个在封建朝廷权势斗争中玩弄权本的老手。他曾用阴谋害死前任，又通过公爵的情妇来操控公爵，为达此目的，他不惜牺牲自己的幸福。因此，强烈的权势欲，以及阴险、暴虐是瓦尔特的主要性格。

2. 伍尔牧是一个鬼鬼祟祟的“文妖”和阴谋家。他出身平民而投靠统治者，依靠自己的小聪明取悦上司，以图谋私利。剧中巧妙地写出他与宰相既狼狈为奸又钩心斗角的关系。

3. 公爵是站在宰相和伍尔牧背后的公国的最高统治者。他虽然一直没有出场，但从侧面描写中透露出他的荒淫无道。他竟然用7000名士兵来交换一盒珠宝，这是他送给情妇的礼物，足见其冷酷昏庸之极。

4. 露伊斯是一个美丽、纯洁、善良的姑娘，她对斐迪南的爱情很真挚，她向往那种打破阶级界限、“人就是人”的未来，她有一种独立自尊的精神，她决不能忍受权贵的侮辱，但又缺乏积极主动的反叛精神，她内心产生的义务与爱情的矛盾，实际上就是想爱与反抗的矛盾，她最后“错误地对阴险的地狱屈服了”。

5. 米勒代表了 18 世纪德国市民的自觉性与软弱性。他的社会地位虽然卑微，但是他耿直、自尊，从不向权贵谄媚，而对统治者的迫害，他也敢当面对抗，甚至向宰相下“逐客令”。但他性格的主要方面还是安分守己。

6. 斐迪南是两个阶级对抗中的特殊人物，是贵族阶级的叛臣逆子。他看到了平民的高尚和纯洁，因此热爱“天神似完善”的露伊斯，这种爱情是真诚平等的，使他勇敢行动跨越等级的鸿沟，抵制权力的威严。斐迪南的形象反映了在新思想的冲击下封建关系已经开始崩溃，叛逆者从旧营垒中分化出来。但是，斐迪南的主观、偏激和妒忌也说明了这个决心与旧传统决裂的贵族青年仍然不能实现消除一些旧阶级的烙印。

（四）思想成就

1. 通过爱情悲剧把 18 世纪德国的社会矛盾搬上舞台，揭露了封建统治者的暴行，歌颂了市民阶层的反抗精神。

2. 由于同时表现了爱情悲剧与宫廷的政治阴谋，因此剧本对封建统治的揭露力量大大增强。

（五）艺术特色

1. 人物性格的复杂性。正面人物的优秀品质使人钦佩，但是他们身上的种种弱点也使人们认识到他们的悲剧绝非偶然。这是莎士比亚对席勒的影响，同时表现了现代主义精神。

2. 剧本的情节丰富生动，富有戏剧性。露伊斯与斐迪南的恋爱引起一系列的多层次的矛盾。剧情复杂多变，导致悲剧的结局。

3. 富有激情的、席勒式的浪漫的语言。作品中的主人公个个激情满怀。

第五节　歌德

一　生平和创作

（一）生平

1. 约翰·沃尔夫 ·歌德（1749—1832）是德国最伟大的诗人、作家和思想家，他是“天才的诗人”（恩格斯语）、“世界的一面镜子”（海涅语），他的创作把德国文学推向一个前所未有的高峰，同时对欧洲文学的发展也作出了巨大贡献。

2. 1749 年 8 月 28 日，歌德出生于法兰克福一个学术和艺术气息非常深厚的富裕市民家庭。歌德生性敏感，精力充沛，感情丰富。1771 年，他在斯特拉斯堡大学获法学博士学位，回家乡做律师，并陆续写出了一批体现“狂飙突进”精神的优秀作品。

（二）创作

1. 第一阶段（1775 年前）

（1）1773 年，德国第一部现实主义历史剧《铁手骑士葛兹·封·伯利欣根》，表现了铁手骑士葛兹在反抗皇帝和封建领导主的斗争中的善良，正直与勇敢的品质。这部轰动德国的历史剧使歌德成为“狂飙突进”的主将。

（2）1773—1774 年，创作了抒情古诗《普罗米修斯》，此神话表现了诗人强烈的反抗与叛逆、敢于否定统治者权威的精神。

（3）1774 年创作了书信体小说《少年维特之烦恼》。少年维特是 18 世纪德国新兴市民阶级青年知识学子的形象，作者对他与少女绿蒂爱情悲剧的描写，“搅动了每个胸怀着无名的骚乱和渴望的不满”的青年的心，维特作为有追求有理想的有志青年的代表在年轻人中间产生了共鸣；维特觉醒了，却无力反抗，无路可走，自杀成了他唯一的选择，他悲怆激烈的命运批判了德国封建社会腐朽的等级偏见和生活环境的鄙陋庸俗；感伤主义的笔触，再加上细腻衰婉的心绪独白，拨动了愤懑不平者的心弦，“维特热”的出现当在意料之中。

2. 第二阶段（1775—1794）

（1）1775 年秋—1786 年秋，“魏玛十年”，理性与克制的工作。

（2）1786—1794 年，旅游意大利，追求淳朴、静穆、和谐的学术理想。

1775—1789 年，剧作《在陶里斯的伊菲革尼亚》从结构到语言标志着歌德创作风格和思想意识向富于理性的转变。

1789 年剧作《塔索》进一步表现了自我克制和向现实的妥协。同年的法国大革命使歌德惊喜又惊恐。

3. 第三阶段（1794—1805）

（1）1794 年 7 月，歌德与席勒结交。

（2）1796 年，二人合写上千首《警句》。

（3）1797 年，二人意写歌谣的“歌谣年”。

《绿苔》。作品写一对青年的爱情故事，艺术上闲适平和。

4. 第四阶段（1805—1832）

一方面提出“世界文学的时代已快来临”的观点，另一方面创作向哲理化的纵深层面开掘。

1809 年，长篇小说《亲和力》；1811—1814 年，自传性作品《诗与真》；1816—1817 年，《意大利游记》；1819 年，诗集《西东合集》；1827 年，组诗《中德四季晨昏杂咏》；1829 年，完成了成就仅次于《浮士德》的小说《威廉·迈斯特》的第二部《威廉·迈斯特的漫游时代》，侧重用象征和寓意表达作者理想；1832 年，话剧《浮士德》的第二部。

（三）评价

1. 诗歌方面

诗歌是“放在歌德金字塔顶端的花束”。2500 多篇精品诗歌，无愧于“天才诗人”的称号。诗歌艺术主题为：歌颂爱情与大自然；对统治阶级的愤恨与藐视；对世间万象的哲理思考。诗歌艺术样式多变，吸取不同国家的诗歌体裁的精华，取得了极高成就。

2. 世界文学方面

关注人的思想与现实的冲突，表达人道主义与个性完善的思想。他的思想历程与欧洲文艺复兴的资产阶级思想发展历程也具有某种相似性。譬如其历程是，早年：尚自由与激情——人文主义；中年：尚古典与实际——十七八世纪务实思想；晚年：深思人与世界的关系——辩证的结构与空想社会主义。

二 《浮士德》

（一）作品基本情况

1. 时间

《浮士德》的创作时间长达 60 年之久，是一部史诗性的诗剧，与《荷马史诗》、但丁的《神曲》齐名。

2. 取材

《浮士德》取材于德国中世纪的民间传说，浮士德原名叫约翰·乔治·浮士德（1408—1540）。1587 年，德国故事书《约翰·浮士德的一生》叙述魔法师浮士德与魔鬼订约漫游世界，满足各种欲望，享受人间的欢乐，最后死于魔鬼之手的故事。浮士德的形象表现了 16 世纪宗教改革时期资产阶级的思想要求，深受人们的欢迎。

3. 结构

诗剧《浮士德》共分两部，12111 行。第一部共 25 节，不分幕，第二部分为 5 幕。全剧以主人公浮士德的思想发展为线索，写他探索真理的一生。

4. 内容

（1）《天上序幕》是全剧的开端，它借魔鬼靡非斯特与天帝的争论来打赌：人性本善——进取，还是人性本恶——满足。这一论争对全文起统领作用。

（2）与《天上序幕》之赌赛相承接的是“书斋赌赛”——不满向前或满足停滞。阴暗的书斋是中世纪精神牢笼的象征，主人公走出书斋，则表现了歌德对中世纪思想体系的否定及对人与自然关系的肯定。

（3）对从 15 世纪文艺复兴到 19 世纪初 300 年来欧洲新兴资产阶级的精神发展历程作了全面的回顾与总结。

学者生活　　中世纪　　人文主义思想

爱情生活　　文艺复兴　　崇尚情欲

政治生活　　17—18 世纪时期君主治国　　贤君治国理想

追求古典美　　17—18 世纪古典主义、18 世纪下半叶艺术救国

改造大自然　　做自由与生活的享受者，这是最美的刹那，用劳动建立起来的“人民安居乐业，无灾无害”的幸福乐园

（二）人物形象及其象征意义

1. 主人公浮士德

（1）他是欧洲积极探索的知识分子的代表，也象征了人类对精神领域的思考与开掘的良好愿望。他既积极追求美学层面的“美”，又热情向往道德层面的“善”。他既有美好的愿望又有不断追求的行动。因而他是新兴资产阶级进取精神的代表。

（2）虽然随着他的追求发展，他性格中的矛盾暴露出来，至善与至恶、理智与感情矛盾对立，但他身上的浮士德精神——永不满

足、勇于探索的实践精神还是主导性的。

（3）一个追求者的有限能力与终极善的不可穷尽性之间的矛盾，是浮士德式探索悲剧的核心。

2. 靡非斯特

（1）他是恶和否定的象征，代表了消极与停滞。

“否定”。他是天帝至极肯定与浮士德具体肯定的对立面，又是社会历史发展“虚无”价值论的体现者，他认为人的奋斗追求与辛苦努力都仅是徒劳。

“恶”。他冷酷面对玛甘泪的悲剧，无情焚毁了山上一对老夫妇的房屋和教堂，处处闪现着恶的影子。

（2）他是敏锐批判的象征，是与“善”和“进取”相依相存的，一般人类前进不可或缺的力量。有了批判的存在，善会更善，前进之力才会更加充足、强劲。

（三）艺术成就

1. 总体采用象征手法，揭示了宇宙间的矛盾运动及其与人类发展关系非常紧密的思想，表现了精神世界和精神发展过程。象征了悲剧不可免，同时，象征手法使人物兼有形象性与哲理性，具体性抽象性辩证地统一在一起。

2. 巧妙运用浪漫主义的幻想和诗化描写，在注重现实的传统之基础上渗透进了“现代性—化丑为美”的现代美学观点。

3. 20 世纪现代主义文学创作手法——时空倒错的场景调换、人物能够分身与变形等手法的使用，使作品格外引人。

4. 包容杂糅了多种诗歌体裁和艺术表现形式，并使之辩证统一，使不同的艺术形式都成为一种文化批判工具，来检验和评判欧洲自古以来的文化遗产。

第六章 19世纪初期文学

本章学习重点

1. 浪漫主义文学思潮产生的历史背景、哲学基础；

2. 欧洲各主要国家浪漫主义的主要成就和主要特点；

3. 拜伦《恰尔德·哈洛尔德游记》《堂·璜》的思想内容和艺术特点；

4. 雪莱《解放了的普罗米修斯》的思想内容和艺术特点；

5. 雨果《悲惨世界》的人物、思想和艺术特点；

6. 普希金《叶甫盖尼·奥涅金》的人物形象和艺术特点。

第一节 概述

浪漫主义文学思潮在18世纪末19世纪初的欧洲文坛占主导地位。它是新时代的产物，德国古典哲学、空想社会主义理论和感伤主义文学是它的基础，是与古典主义的斗争中发展起来的。浪漫主义文学偏爱表现理想、感情和非凡事物，主观性是其本质特征。浪漫主义作家热爱大自然，重视民间文艺，以此与他们厌恶的城市文明对立。在艺术上，他们反对古典主义因袭陈规，主张创作自由，喜用夸张、对比等手法。

一　背景

（一）文学背景

兴盛于18世纪的英国现实主义小说在19世纪初有了新的发展。简·奥斯丁（1775—1817）描写英国乡间日常生活的《傲慢与偏见》（1796）、《爱玛》（1814）等作品在英语国家反响很大，是18世纪英国现实主义小说与19世纪批判现实主义小说的桥梁。19世纪20年代，法国的司汤达迎着浪漫主义的风潮提出了类似于现实主义的文学主张。19世纪20年代中期，大诗人普希金由浪漫主义转向现实主义。

（二）哲学基础和政治背景

1. 法国大革命之后出现的社会动荡、混乱与灾难局面宣告了启蒙运动理想的破灭，浪漫主义正是这种失望情绪在文学上的反映。

2. 德国古典哲学突出“自我”，强调天才、灵感；空想社会主义对现存制度的失望、抗议及对理想社会的展望，这两者启发了浪漫主义。

3. 18世纪英国感伤主义以及法国卢梭的思想（对个性解放和感情自由的宣扬，对想象的崇尚，返回自然的主张）影响了浪漫主义。

（三）浪漫主义的特点

1. 思想方面

（1）强调突破古典主义描绘现实的清规戒律而自由创作；

（2）抨击现存制度的丑恶方面，怀恋昔日的宁静，向往和平民主；

（3）赞颂爱情，描写中世纪和以往历史题材；

（4）以回归自然和向往田园来对抗现实。

2. 历史方面

（1）凸显主观情感的自由抒发，崇尚爱情描写，发现了非理性的梦境，直接与20 世纪现代主义文学相通；

（2）艺术形式探索的收获是：重视民间文学，创造诗体长篇小说，开掘比喻与华丽语言；

（3）提倡想象，重视审“丑”，善对比、夸张；

（4）崇尚忧郁感伤的情调，以“世纪病”为代表。

二 德国文学

（一）德国早期浪漫派

1. 代表人物有奥古基特·施莱格尔（1767—1845）、弗利德里希·施莱格尔（1772—1829）、诺瓦利斯（1772—1801）、蒂克（1773—1853）等。

2. 思想及作品

（1）施莱格尔兄弟是浪漫主义理论家，提倡个性解放，放纵主观幻想，中年后趋于保守。

（2）诺瓦利斯是德国早期浪漫派的主要代表，他的作品宗教色彩很浓。诗歌《夜的颂歌》歌颂黑夜和死亡，甚至否定人生。小说《亨利希·封·奥夫特尔丁根》反对歌德《威廉·迈斯特》，赞美13 世纪是人类文化的黄金时代。

（二）德国后期浪漫派

1. 代表人物是布伦塔诺（1778—1842）和阿尔尼姆（1781—1831），他们美化天主教和封建制度，收集并加工了大量民歌与童话，代表民歌集《儿童的奇异的号角》（1806—1808）。

2. 格林兄弟（雅各布·格林、威廉·格林）搜集和编写的《儿童与家庭童话集》（也叫《格林童话》）。

3. 霍夫曼（1776—1822）以神秘的奇异幻想和荒诞离奇的情

节反映现实。

4. 沙米索（1781—1838）是同时期最具进步倾向的作家，代表作童话体小说《彼得·史雷米尔奇异的故事》（1814）通过一个人用影子换得财富但丧失了人的要素而痛苦不堪的奇异故事，揭露了资本主义的金钱罪恶。

5. 亨利希·海涅（1797—1856）的《论浪漫派》使他由浪漫主义转向了现实主义。

三　英国文学

在19世纪的头30年里，获得欧洲文学最高成就的是英国的浪漫主义文学。

（一）早期浪漫派代表是“湖畔派”三诗人——华兹华斯（1770—1850）、柯勒律治（1772—1834）和骚塞（1774—1843）。

1. “湖畔派”的特点是憎恶资本主义文明及人际交往的金钱关系；向往中古时期的封建社会；因隐居于英国西北部的湖区并且诗歌多写乡村生活、奇异神秘的风光或故事而得名。

2. “湖畔派”代表作

（1）华兹华斯

《黄昏漫步》（1793）；《抒情歌谣集》（1798，与柯勒律治合著）；《抒情歌谣集·序言》（1800）是浪漫主义的宣言，口号“诗是强烈感情的自然流露”；他的诗多描写大自然所具有的精神美，他被誉为“自然诗”。较著名还有《丁登寺》（1798）、《孤独的割麦女》《杜鹃颂》等。

（2）柯勒律治

诗歌代表作：长诗《古舟子咏》（1798）、《忽必烈汗》（1816）、《克里斯脱贝尔》（1816）。

特点是具有神秘浪漫色彩，多写酷似现实的玄妙离奇的故事；

《古舟子咏》讲老水手在一次海上航行中杀死了一只信天翁，因而遭到上天的惩罚。南风把船送到了赤道上后风平浪静，船员在烈日晒裂船板而纷纷干渴而死，老水手不得已而跪求上天，可鬼影出现，耳中传来的魔咒让他懈怠。最后，他终得宽恕，鬼影消失，清风送船靠岸。

理论上重视形象思维与想象力。在语言使用上反对华兹华斯完全用村俗口语，认为那是粗鄙的语言。

（3）骚塞

由欢迎革命到转向反动，受封“桂冠诗人”称号；抒情诗多写异域风光或神秘离奇故事；代表作长诗《审判的幻影》为刚死的暴君乔治三世歌功颂德。

（二）第二代浪漫派代表是拜伦（1788—1824）、雪莱（1792—1822）和济慈（1795—1821）。

1. 这三位作家的特点：有革命理想，反专制暴政，同情人民苦难，有鲜明的资产阶级民主主义倾向；塑造了一系列社会叛逆者形象；在诗歌艺术方面有很大创新与提高。

2. 雪莱和济慈的代表作

（1）雪莱

长诗《麦布女王》(1813)。描写执掌人类命运的麦布女王携带少女艾安蒂的灵魂云游宇宙，纵览古今，评说人间，表达了诗人的社会历史观点和政治、哲学思想。这首诗被后来的英国宪章派奉为“圣经”。

著名长诗《伊斯兰起义》（1818）原名为《莱昂和茜丝娜》，副标题是“黄金城的革命”。长诗通过对黄金城革命的描写，再现了 18 世纪法国资产阶级大革命的战斗精神。诗中表现了诗人的空想社会主义思想。

诗剧《钦契》（1819）取材于 16 世纪意大利的历史故事，采用现实主义的手法，鞭挞贵族的荒淫暴虐和教皇的虚伪毒辣，表现了诗人反封建、反教会的立场。

政治诗《暴政的假面游行》《给英格兰人的歌》（1819）是针对“彼得卢大屠杀”而写作的。诗人号召人民为争取自由而奋进斗争。

抒情短诗《西风颂》（1819）采用象征性的艺术手法，寓意深远。雪莱歌颂自然界的西风，实际上是歌颂人间社会的革命风暴。

抒情短诗《致云雀》（1820），雪莱在“欢快的精灵”——云雀身上，灌注了诗人对光明与自由的憧憬，他不断地向人类播撒同情、欢乐和希望。

抒情诗剧《希腊》（1821）借缅怀希腊的光荣历史，歌颂希腊人民反对土耳其压迫、争取独立自由的斗争。

著名诗剧《解放了的普罗米修斯》取材于古希腊的神话故事和希腊戏剧家创作的悲剧。这部披着浪漫主义神话外衣的诗剧，实际上植根于19世纪初期的英国社会现实，它真实揭露了专制统治给劳动人民带来的痛苦和灾难，歌颂了人民群众反抗专制统治的革命精神和英雄气概，表达了建立自由平等的美好社会的崇高理想。

1822年7月8日雪莱渡海溺水而死，年仅29岁，马克思称他是“一位真正的革命家，社会主义的急先锋”，恩格斯称他为“天才的预言家”。

（2）济慈

著名长诗《伊莎贝拉》（1818）借中世纪的题材批判资本主义的罪恶。济慈是一个追求美、对美极为敏感的诗人，代表作有《夜莺颂》《秋颂》《希腊古瓮颂》《忧郁颂》《无情的妖女》等。26岁夭亡，英年早逝。

（三）瓦尔特·司洛特（1771—1832）是19世纪前30年英国文学中最重要的作家之一，他也是欧洲历史小说的创始人，为后来的批判现实主义小说的发展提供了借鉴。他的代表作是《艾凡赫》

（1819）。

四　法国文学

由于法国革命后复辟与反复辟的斗争异常激烈，它的浪漫主义思潮带有鲜明的政治色彩。

（一）夏多布里昂（1768—1848）

夏多布里昂思想保守，拥护波旁王朝。

1. 中篇小说《阿达拉》（1801）标志着法国浪漫主义文学的开端，作品宗教色彩十分浓厚。

2. 中篇《勒内》（1802）是《阿达拉》的续篇。

主人公法国贵族青年勒内自幼在忧郁孤独中长大，成人之后到处漫游，对一切都投以没落的慨叹，感到人生无常。他患了“世纪病”，曾想自杀，后来在痛苦中远涉重洋，逃到美洲原始森林中去寻找安慰。最后在基督教中找到精神的归宿。

夏多布里昂在这部小说中再一次想证明人在自己的情欲面前是无能为力的，只有对上帝的纯洁的信仰才能摆脱痛苦和怀疑。

《勒内》发表后影响很大，主人公勒内是欧洲文学中第一个表现出“世纪病”特征的浪漫主义“英雄”的形象。

（二）斯塔尔夫人（1766—1817）

斯塔尔夫人是一个具有自由主义思想的温和派。

1. 理论著作《论文学》（1800）提出文学为社会环境所制约，社会造就文学。她把欧洲文学分为南方文学和北方文学。其特点与古典主义和浪漫主义相似。

2. 两部最重要小说《黛尔芬》（1802）和《柯丽娜》（1807）都是充满浪漫主义色彩的作品。前者深受《新爱洛伊丝》的影响。

（三）拉马丁（1790—1869）

拉马丁是在复辟王朝时期走红的浪漫主义诗人。

诗作《沉思集》（1820）、《新沉思集》（1823）、《诗与宗教的和谐》（1830）主要反映没落贵族对自己命运感到悲观绝望的情绪。

（四）维尼（1797—1863）

维尼是诗人、剧作家和小说家。他说："我们可能信仰的唯有苦闷和死亡。"

（五）二三十年代，雨果（1802—1885）、缪塞（1810—1857）、大仲马（1802—1870）等进步浪漫主义作家登上文坛。

1. 1827 年雨果发表《〈克伦威尔〉序言》，成为浪漫主义的理论纲领。

2. 1830 年雨果的悲剧《艾尔那尼》上演，引导浪漫派战胜了古典派。

（六）司汤达《拉辛与莎士比亚》（1823—1825）名为拥护浪漫主义，批评古典主义，实际为现实主义开辟了道路。

五　俄国文学

（一）俄国第一个浪漫主义诗人茹科夫斯基（1783—1852）的代表作故事诗《斯维特兰娜》（1812）宣传听天由命的思想。

（二）20 年代，现实主义代表作有二：格利鲍耶多夫的喜剧《智慧的痛苦》（又译《聪明误》）；普希金的历史剧《鲍利斯·戈都诺夫》、诗体小说《叶甫盖尼·奥涅金》。

（三）30 年代，普希金《别尔金小说集》《上尉的女儿》。

第二节　拜伦

一　生平与创作

乔治·戈登·拜伦（1788—1824）是英国 19 世纪初期伟大的

浪漫主义诗人，10 岁时继承了家族的爵位与庄园，父亲早逝，自己生理残疾，苏格兰大自然的风光以及乡间的朴实生活在拜伦幼小的心灵中留下了深深的印记。21 岁毕业于剑桥大学的拜伦虽然在贵族院获取了世袭议员的席位，却受到歧视。1809 年，他因愤懑而离国旅行。

1816 年 4 月，拜伦被迫离开了英国去意大利，同年写有多首长诗《锡隆的囚徒》（1816），主人公弗朗斯瓦·博尼瓦尔是历史上的真实人物，他为捍卫瑞士独立而被关押了六年之久。长诗对为了民族自由而遭受苦难的战士充满了同情。

1823 年，拜伦离开意大利去希腊支持其解放战争。他变卖世袭庄园，再加版税积蓄捐赠希腊。1824 年 4 月 9 日，希腊军统帅拜伦雨中巡视中染上风寒，于 4 月 19 日去世，希腊为其国葬，全欧为之哀伤。

长篇叙事诗《恰尔德·哈洛尔德游记》（1812—1818），共四章。在浪漫主义文学中，《恰尔德·哈洛尔德游记》第一次以政治和社会问题为题材，内容新颖而独特。长诗主人公恰尔德·哈洛尔德是一个叛逆的贵族青年，一个孤独而忧郁的漂泊者，是“拜伦式英雄”的雏形。诗人在恰尔德·哈洛尔德的形象里，反映出自己生活与性格的某些特点：高傲孤独，放荡不羁，对上流社会的憎恶与鄙视等。但主人公那种冷漠静观的消极的生活态度则与拜伦不同。拜伦热切关注着人民的斗争，焦虑着人民未来的命运与前途，怀抱着从事英雄事业的理想。

《东方叙事诗》（1813—1816），共 6 篇。在组诗中，诗人对封建的资本主义的现实提出了强烈的抗议，进行了彻底的否定。“拜伦式的英雄”，主人公都是悲剧性的孤傲的叛逆者。他们都有非凡的才能和力量，但在腐败的社会中却无法施展，他们为自己的无所作为而感到痛苦，因自己的才能和情感的虚耗而感到绝望。他们以挑战示威的态度，以异样的勇敢和热情，以不屈不挠的意志和毫不妥协的精神，或报复或反抗社会的专制与压迫。这些主人公身上，有诗人本人生活遭遇的明显印迹，被称为“拜伦式的英雄”。

哲学诗剧《曼弗雷德》（1816—1817）。主人公曼弗雷德也是一个悲剧性的孤独的叛逆者。他苦闷厌世，独居阿尔卑斯山古堡中，埋头科学，想从知识中求得幸福与安宁，但知识只会带来痛苦，他拒绝了宗教诱惑又不向现存秩序屈从。在诗剧中，拜伦以浪漫主义幻想与象征的方式，借主人公与命运的斗争，概括了现实世界中欧洲各国人民同反动势力之间的矛盾的冲突。也借曼弗雷德的形象，反映了启蒙思想在社会实践中的破灭，以及资产阶级革命性的消失。尤其是诗剧由对英国社会的否定，发展成对整个人类生存意义的怀疑与否定，主人公只寻求“忘却”和死亡。这是对孤独者精神力量的过度美化。

《普罗米修斯》（1816）赞美普罗米修斯敢于抗拒一切邪恶势力的不屈不挠的伟大灵魂。《路德派之歌》（1816）号召工人为自由而勇敢反抗暴君。

1817—1821 年的创作《塔索的悲哀》（1817）、《威尼斯颂》（1819）、《但丁的预言》（1821）表现了对祖国的忧虑，以及被放逐的痛苦不屈的精神。

诗剧《该隐》（1821）取材于圣经传说，诗剧的主要人物有三，该隐、该隐的兄弟亚伯、叛逆天使路息非。该剧与圣经传说人物不同在于：传说中该隐是第一个杀人犯，诗剧中他是反抗专制统治与神权的战士，由于路息非的指导，他认识到能吃到面包是由于自己不辞辛劳的耕种，并不是哪个神的恩赐。因此，该隐坚决捍卫自己的思想自由。传说中路息非是第一个背叛上帝的堕落天使，诗剧中他是个反抗神权统治的形象，他赞扬理性与自由思想。

《审判的幻景》（1822），针对两年前桂冠诗人骚塞悼念英王乔治三世的同名诗作《审判的幻景》而作，揭露了英王的暴虐与骚塞的媚态。

《青铜时代》（1822—1823）是拜伦重要的政治讽刺诗。长诗痛斥“神圣同盟”的政策，歌颂西班牙人民的英勇斗争，颂扬俄国人民反拿破仑侵略的卫国战争。

二 《堂·璜》（1818—1823）

（一）基本情况

1. 《堂·璜》是一部未完成的长篇叙事诗，是拜伦最后也是最优秀的一部诗作。

2. 堂·璜是西班牙中世纪传说及后来文学作品中的一个到处追逐女性的纨绔子弟。但在拜伦的笔下，堂·璜仅是一个普通的贵族青年，但借他在许多国家的冒险与奇遇，展现了这些国家的生活与风尚，抨击了资产阶级的伪善道德。

（二）内容

《堂·璜》计划共 16 歌，但仅完成了前 9 歌。

1. 1—6 歌描写堂·璜因爱情风波而逃离故乡西班牙，遭遇海上沉船，后在希腊岛上和海盗女儿恋爱，在君士坦丁堡的奴隶市场上被卖到苏丹后宫。

2. 7—9 歌描写堂·璜从苏丹后宫逃走后参加 1790 年俄军围攻伊斯迈尔城的战役，因作战有功而被送往彼得堡。最后，堂·璜作为俄国女皇的使节到了英国。长诗到此中止，拜伦原计划让堂·璜到达巴黎参加法国大革命。

（三）思想成就

1. 长诗描写了众多封建统治者的代表人物，深刻地暴露了封建专制的暴虐与伪善，对专制统治表现出坚决彻底的憎恶。

2. 愤怒抨击了“神圣同盟”的反动势力，谴责他们为奴役其他民族所发动的侵略战争。与他们相比，“熊是开化的，狼是和善的”。

3. 对英国的揭露与讽刺最为深刻，最高现实主义精神。指出英国充当镇压革命、扼杀自由的欧洲宪兵。而那些大银行家大财阀才是“欧洲真正的主人”，进而讽刺了伦敦上流社会的虚伪道德与奢侈生活。

4. 号召人民起来斗争，改变那个不道德的人压迫人的旧世界。如第二歌中的著名篇章《哀希腊》，甚至号召顽石也起来反抗世上的暴君。

5. 确信未来世界是个自由的世界。

（四）艺术成就

1. 内容丰富，风格与情调多彩多姿。既有热情的暴露、辛辣的揶揄，又有温柔的抒情、诙谐的欢笑，还有沉思、辩论、嘲笑等。变化多端又浑然一体。

2. 手法灵活，正面描写与旁敲侧击紧密结合。

第三节　雨果

一　生平和创作

维克多·雨果（1802—1885）是法国浪漫主义文学运动的领袖，是法国文学史上最有才华的作家之一。他的创作反映了19世纪法国的重大历史进程的波澜壮阔。

雨果天资聪颖，经历了几乎整个19世纪的历史事件，在诗歌、小说、戏剧、文论等领域的成就都很高。在中国普通读者的心目中，雨果是一位伟大的小说家，而在法国人的眼里，雨果首先是一位伟大的诗人，后世众多著名诗人的作品都是在雨果作品的启发下写的。就连世界文学史上现代主义诗歌的先驱波德莱尔都曾坦言他的经典作品《恶之花》是对雨果诗歌的模仿乃至抄袭。

（一）雨果在文学多个各领域取得成就

1. 诗歌

诗歌代表作有 8 部诗集。

《秋叶集》（1831）、《微明之歌》（1835）、《心声集》（1837）、《光与影》（1840）、政治讽刺诗集《惩罚集》（1853）、《静观集》（1856）、《凶年集》（1872）和被认为是法国诗歌和世界文学中最丰富最完美的抒情史诗之一的诗集《历代传说》（1859—1883）。

2. 小说

长篇历史小说《巴黎圣母院》（1831）、中篇小说《穷汉克洛德》（1834）、长篇小说《悲惨世界》（1862）、长篇小说《海上劳工》（1866）、长篇小说《笑面人》（1869）、长篇小说《九三年》（1874）。

3. 戏剧

《克伦威尔》（1827）、《艾尔那尼》（1829）、《逍遥王》（1832）、《吕依·布拉斯》（1838）。

4. 文艺理论

《〈克伦威尔〉序言》（1827）

（1）该序言是文学史上划时代的文献，被当作浪漫主义的宣言。

（2）序言呼吁文艺必须抛弃古典主义的桎梏，推陈出新。

（3）认为美丑可以并置，文艺应当将二者融为一体。因为“万物中的一切并非都是合乎人情的美……丑就在美的旁边，畸形靠近着优美，丑怪藏在崇高的背后，美与恶并存，光明与黑暗相关”。文艺的真实应当是两种要素强烈而鲜明的对照。言下之意，借夸张与想象来写非凡事物，以突出效果。这实属浪漫主义笔法。

雨果说“浪漫主义的真正意义不过是文学上的自由主义而已”；

（4）批判“三一律”的教条，肯定情节的一致是合理的；

（5）打破古典主义语言“高雅”“精美”的教条，主张语言“一律平等”。

（二）《巴黎圣母院》

1. 故事梗概

卡西莫多又聋又丑，自小被巴黎圣母院的神父克罗德收养，做巴黎圣母院撞钟人，克罗德看起来一本正经，道貌岸然，然而自从遇见吉卜赛的美少女埃斯美拉达后，被美色诱惑的神魂颠倒，遂指使卡西莫多强行掳走埃斯美拉达，途中被骑兵上尉队长福比斯所救，福比斯英俊潇洒，埃斯美拉达因而爱上了他。但福比斯生性风流，被怀恨在心的克罗德刺杀，但没有死。于是克罗德将此事嫁祸于埃斯美拉达，她被判死刑。行刑时，卡西莫多将埃斯美拉达救走并藏于圣母院中，乞丐群众为救埃斯美拉达而冲入教堂，误与卡西莫多大战。最后埃斯美拉达还是被克罗德带领的军队绞杀在广场上，卡西莫多愤然将克罗德从教堂顶楼摔落地下，最后卡西莫多抚着埃斯美拉达的尸体殉情。

2. 传统解读

传统观点认为《巴黎圣母院》是一部历史小说。因为作者揭露中世纪教会和贵族统治阶级的罪恶，并不限于个别贵族和教士，而是描写了代表整个中世纪宗教的巴黎圣母院，代表政治反动势力的国王路易十一。书中巴黎的流浪汉和乞丐们对圣母院的攻打，象征着人民群众对教会和国王权力的反抗。

还有观点认为小说反映了作家对封建统治阶级的憎恨和对受压迫的下层人民的同情。被社会嘲弄和迫害的下层人民的代表卡西莫多和埃斯美拉达，都被赋予天真、善良、真诚等品性。雨果企图证明爱、善良、仁慈是能够改造社会、拯救人类和创造奇迹的，他认为世界就是善与恶的角逐场。

3. 文本细读

(1)《巴黎圣母院》是一部命运悲剧小说。因为作者在文本中多次强调了“命运”这一个词，尤其是在序言中。还有，主人公的命运令人同情。

(2)《巴黎圣母院》的主人公是克罗德·孚罗洛。以他为中心引出了卡西莫多和埃斯美拉达。

(3) 情欲的“罪恶”之说有失偏颇。情欲的恶果不能成为否定情欲美好的理由。推埃斯美拉达上绞刑架并非克罗德之情欲目的。

几部主要小说的内容概要。

1.《海上劳工》写青年渔民吉利亚特暗恋着老水手利蒂埃利的侄女戴吕施特。老水手的船触礁遇险，但机器仍然完好。侄女和叔父许下诺言：运回机器的人就可以娶侄女戴吕施特为妻。吉利亚特便勇敢地乘轻舟前往，他克服了巨大的困难，终于将机器运回。吉利亚特有了娶戴吕施特的权利，可是他无意中发现戴吕施特和一青年神甫相爱。他决定牺牲自己，成全一对恋人的爱情。该小说主要是写大海上的劳动者同大自然的勇敢搏斗。赞美海上劳动者的无私、诚实、善良的品质和精神。

2.《笑面人》写的是十七八世纪之交英国尖锐的宫廷斗争和社会矛盾。小说通过讲述英国国王詹姆士二世将政敌两岁的儿子格温普兰卖给人贩子，人贩子将小孩毁容，让他的嘴角咧到耳根，变成可怕又可笑的笑面人而流浪民间的故事，有力地揭露了英国统治阶级的残暴和人民群众的苦难。小说的传奇性很强。

3.《九三年》是雨果晚年的重要作品，也是他的最后一部小说。描写的是 1793 年共和国军队镇压旺岱反革命叛乱的故事。革命军年轻有为的司令官郭文子爵把反革命头子朗特纳克侯爵从监狱救走，因为朗特纳克是在已经通过暗门安全逃走的情况下又重新回到大火中救出三个孩子，这时他被捕了。郭文子爵的行为因触犯了法律，而被送上断头台，此时，西姆尔登也用枪结束了自己的生命。雨果在小说中提出了“在绝对正确的革命上，还有一个绝对正确的人道主义”的著名观点。

二　代表作《悲惨世界》

《悲惨世界》于19世纪40年代动笔，1862年发表。作品反映了整个19世纪前半期法国的社会生活的方方面面。

《悲惨世界》实际写的是冉阿让的悲惨生活史。冉阿让原是一个贫困家庭出生的工人，有一年冬天，他失了业，为了给7个嗷嗷待哺的外甥偷面包，被捕入狱，判了5年苦役。在监狱服刑时由于数度越狱，总共度过了19年的牢狱和苦役生活。刑满出狱后因黄色身份证无法找到工作，又开始偷窃，但仁慈的主教米里哀不但没有把他送给警察，反而用自己的真诚感化他，从此冉阿让转变成一个舍己为人的人。后来冉阿让改名为马德兰，做过企业家，并被推为市长。但不久又因暴露了过去的身份而被捕下狱。逃出后，冉阿让从一个坏人手中救出已故女工芳汀的孤女珂赛特，前往巴黎。后来又不断遭到警探的追缉。冉阿让的一生充满坐牢、苦役和颠沛流离的痛苦。这是小说的主要线索。

在《悲惨世界》的作者序言中，雨果曾提出当代社会的三个迫切问题，即“贫穷使男子潦倒，饥饿使妇女堕落，黑暗使儿童羸弱”。这是理解这部小说的钥匙。冉阿让、芳汀、珂赛特以及街头流浪儿格夫罗舍，都属于不幸的受苦的人们。他们受尽人世痛苦，遭遇社会无情迫害，被社会所抛弃。雨果在描写他们痛苦的生活和命运时，也揭露了资本主义的尖锐矛盾和贫富悬殊。

冉阿让因为饥饿的孩子而偷了一块面包，竟服了19年苦役。

从这一点上，他是底层穷苦人民的代表。

芳汀是一个贫苦和诚实的姑娘，被诈骗后沦为妓女，伪善残忍的资产阶级道德和法律剥夺了她工作和生存的权利，最后她被迫以出卖肉体为生。她是逼良为娼的社会的牺牲品。

珂赛特落到坏蛋德纳第夫妇手中，被迫从事力所不能及的沉重劳动，备受摧残，完全失去了童年的快乐。

雨果这部小说最主要的价值是它揭示了在资本主义社会这个悲惨世界里，穷苦人注定要过悲惨的生活；同时它也指出，资产阶级的法律的对象是穷人。

在小说中雨果认为法律有高低两种，米里哀主教宽恕罪恶的宗教感化为高；警察沙威的刑罚惩治罪行非但没让罪恶减少，反而激化和增加了犯罪。雨果试图通过冉阿让的转变说明米里哀主教的精神感化法的伟大。这是雨果的人道主义思想。冉阿让在主教米里哀的宽恕与感化下变成一个乐善好施的企业家。可以说，雨果关于工厂组织以及企业家行为的准则的构想，是空想社会主义影响的结果。

道德感化思想，也体现在冉阿让对自己的死对头警察沙威的问题上。沙威是统治阶级的忠实奴才和冷酷残忍的爪牙。这个铁石心肠的宪警机关的鹰犬，不断地迫害那些贫穷饥饿无家可归的人。他迫害每一个他认为对“社会秩序”构成危险的人。就是他，也被冉阿让感化了，因为当他被起义战士捉住而执行枪决时，冉阿让放走了他。他的内心受到震撼，人性开始复活。他的自杀，就是善对恶的胜利。

小说也描写了巴黎人民起义的壮丽场面，那些曾经的贱民像巨人一样投入了战斗。小说塑造了一系列共和主义者的英雄形象。作家始终认为人道主义是人类生活的最高准则，而革命斗争只是为了实现它而不得已的手段。

《悲惨世界》在艺术上取得了以下成就。《悲惨世界》是一部现实主义与浪漫主义手法紧密相结合的作品；情节安排上，作家力图使情节戏剧化，写了不少的“离奇事件”；《悲惨世界》的风格属于政论性的小说；《悲惨世界》的语言充满了高昂激动的热情，经常运用多义词，富有隐喻性，有时类似于成语格言。

第四节　普希金

一　生平和创作

亚历山大·塞尔盖耶维奇·普希金（1799—1837）是俄国浪漫主义文学的主要代表和俄国现实主义文学的奠基人。屠格涅夫说普希金不仅创造了俄罗斯语言，还创造了俄罗斯文学。

青年时代，普希金为俄罗斯反拿破仑战争的爱国热情所鼓舞，同时受十二月党人的思想影响，写了不少反对专制暴政、歌颂自由的政治抒情诗。如《自由颂》（1817）、《童话》（1818）、《致恰达耶夫》（1818）、《致普柳斯拉娃》（1818）、《乡村》（1819）等。

这一时段的作品里充满浪漫主义的思想，同时也反映了十二月党人的革命理想和一往无前的决心。这些诗作在贵族青年中广为流传，对解放运动起了促进作用，也引起了沙皇亚历山大一世的惊恐，他要把普希金流放到西伯利亚去，后来在普希金老师的说情下，才改流放到南俄他父母的领地。

1820—1824 年，普希金被放逐南俄 4 年。这一时期的作品有《短剑》（1821）、《囚徒》（1822）、《致大海》（1824）等。

叙事长诗有写于 1822 年的两首《高加索俘虏》《强盗兄弟》，写于 1824 年的两首《巴赫奇萨拉伊的泪泉》《茨冈》。

这些诗篇表达了诗人对自由的渴望，反映了进步贵族青年寻求社会出路，对上流社会充满愤懑，对纯朴的山民、茨冈人的同情等复杂情感。

长诗《茨冈》是一部浪漫主义叙事诗，以后普希金从浪漫主义过渡到现实主义。它写的是贵族青年阿乐哥同城市“文明”社会发生冲突，因“衙门里要捉他”而出走到自然中去。到了茨冈游牧群中，尽管物质生活贫乏，但他们的精神生活却丰富自由，这正是阿乐哥所追求的生活，于是和他们一起在草原流浪。阿乐哥爱上茨冈姑娘真妃儿，后来真妃儿坦率地告诉他不爱他了。于是他怀着阴暗的报复心理杀害了真妃儿和她的情人。阿乐哥由此遭到茨冈人的唾弃，孤零零地留在草原。

它是俄国贵族青年寻找出路的写照。由于贵族阶级的思想习惯所养成的个人主义劣根性，贵族知识分子很难与普通劳动人民融为一体。普希金认为以德性为前提的自由，是人类真正的诗意栖居方式。

1824 年至 1826 年，普希金被流放到父亲领地米哈伊洛夫斯克村，过了两年的幽禁生活。

1825 年，创作了现实主义历史剧《鲍利斯・戈都诺夫》，这是普希金最著名的戏剧作品。该剧取材于 16 世纪末 17 世纪初俄国的动乱年代的事件。大贵族鲍利斯・戈都诺夫杀害王储，自己登基称皇并取消了“尤利节”，失去了民心。这个阴谋事件被一个年轻的僧侣葛里戈里得知，葛里戈里僭用皇储季米特里之名投奔波兰，在波兰贵族地主的支持下，起兵进攻莫斯科，推翻了鲍利斯，自立为王。

戏剧冲突是在鲍利斯和假王储之间展开的。鲍利斯上位后施行暴政，不得民心，最后因得不到人民的支持而倒台。假王储利用人民对暴政的不满情绪而取胜，但他怀着个人野心，引波兰军队入侵，为私欲置国家的安危于不顾，也终于被人民看穿，失去了他们的支持。

1826年至1837年去世间的创作。

1827年，创作了著名诗篇《阿里昂》《致西伯利亚》。1831年，完成了被称为俄国批判现实主义文学奠基作的诗体小说《叶甫盖尼·奥涅金》。1831年，还完成了4个小悲剧《石客》《吝啬的骑士》《莫扎特和沙莱里》和《瘟疫流行日的宴会》。

1832年，《别尔金小说集》出版，包括5个短篇《驿站长》《风雪》《射击》《棺材匠》《村姑小姐》。

其中影响最大的是《驿站长》，小说通过别尔金三次访问驿站长，讲述了一个小驿站站长辛酸悲惨的一生。忠厚善良的驿站长维林，终日辛劳为旅客服务，遭到往来官吏的欺凌，只有单纯美丽的女儿冬妮娅是他唯一的欣慰。女儿被过路的骠骑兵军官拐走后，他十分伤心，4次寻女，最后想尽办法来到彼得堡，期望“把我的迷途的羔羊领回家”。可是狠心的军官明斯基却将他拒之门外，给他几张钞票，维林把钞票捏成一团扔到脚下。维林孤苦无靠，回去之后借酒消愁，不久悲愤而死。作者以同情的心情描写了小职员的悲惨命运，开了俄国文学描写“小人物”的先河。

1833年，创作童话诗《渔夫和金鱼的故事》、叙事长诗《青铜骑士》。1834年，短篇《黑桃皇后》。1835年，长篇《杜布洛夫斯基》。1836年，创办文学杂志《现代人》。

1837年，著名长篇《上尉的女儿》完成。该小说取材于18世纪普加乔夫起义。小说以主人公格利涅夫的个人遭遇为线索，再现了普加乔夫起义的历史。

贵族青年军官格利涅夫在一场暴风雪中迷失方向，遇见了一个中年人带他到一个村舍，为了表示感谢，请他喝酒。第二天分别时将自己的兔皮袄送给中年人，这个中年人就是落难的普加乔夫。后来，格利涅夫在服役时爱上了炮台司令米隆诺夫上尉的女儿玛莎，因另一青年军官施伐布林也在追求玛莎，这导致了他们的不和。不久，炮台被普加乔夫起义攻陷，司令夫妇被处死。玛莎和格利涅夫被捕。此时施伐布林则投靠义军，借机威胁格利涅夫，企图夺占玛莎。普加乔夫重旧情，释放了格利涅夫，并成全了格利涅夫和玛莎的婚姻。最后普加乔夫因起义失败被处死刑。

小说的意义在于塑造了普加乔夫热爱自由、宁死不屈的英雄形象。

1831 年 2 月 18 日，普希金与莫斯科一位 19 岁少女娜・尼・冈察罗娃结婚。随后迁居彼得堡，重入外交部任职。但家庭生活并不愉快，普希金因此有些忧郁。由于法国公使馆丹特士男爵调戏诗人的妻子，普希金于 1837 年 2 月 8 日与丹特士决斗，身负重伤，两天后去世。

二　诗体长篇小说《叶甫盖尼・奥涅金》

作品描写一个彼得堡贵族青年奥涅金厌倦了贵族社会的社交生活，而此时伯父去世，他因继承遗产来到乡下。并与另一贵族青年连斯基成为朋友。他们与邻村地主的两个女儿达吉亚娜和奥丽嘉交往，来往一段时间后，达吉亚娜给奥涅金写了一封表达好感的信，但她的这份天真纯真的爱情却被冷淡拒绝。

连斯基疯狂地爱上了奥丽嘉，在舞会上奥涅金调戏了她，导致他与连斯基的友情破裂并决斗，在决斗中他杀死了连斯基，悲剧发生后他只好离开村庄。

过了一段时间的漂泊生活后，奥涅金又回到彼得堡遇达吉亚娜。这时她已嫁给一个年老的将军，成了社交界的贵妇，奥涅金被达吉亚娜吸引，心中燃起爱的火焰，不断热烈地追求她。她迫不得已终于当面对他说：我虽然爱着你，但不能属于你。因为我嫁了别人，我要永远对他忠诚。

奥涅金是在俄国贵族社会的环境中长大的青年，过的是花花公子的浪荡生活，整天周旋于宴会、舞会和演出，在场面上逢场作戏，追逐女性。然而，“他的性格和爱幻想的天性，与众不同的怪癖，辛辣而冷淡的才气”，这种性格又使他与上流社会格格不入，对上流社会的花花世界感到厌倦，终日郁郁寡欢，陷入“忧郁病”的状态中。虽然他曾读过英国资产阶级政治经济学家亚当·斯密的经济学著作，也受到过法国启蒙主义者卢梭的鼓舞。他和那些终日醉生梦死的贵族青年不是同一类人。

他曾从事创作，也在自己庄园里实行自由主义的改革。用较轻的地租代替古老的徭役的重担，家奴们都很庆幸自己的命运。他痛苦地找寻出路，但处处碰壁，一事无成。

奥涅金和其他贵族没有什么本质上的区别。这个形象反映了19世纪20年代俄国贵族青年的彷徨苦闷、自私自利找不到出路的状态。奥涅金是俄国文学中第一个“多余人”的形象。

达吉亚娜是普希金心目中理想的俄罗斯妇女形象。她温柔敦厚，感情丰富而纯真。不满于外省地主的平庸生活，沉湎于大自然景色中，生活在俄国民间传说和童话的幻想世界里。她读理查生和卢梭的著作，受启蒙主义思想的熏染，要求个性解放。她把奥涅金看作贵族青年中的佼佼者，大胆向他表露爱情，不同于上流社会小姐们的扭捏作态。然而她也存在视野狭隘，远离社会矛盾，缺乏政治理想的缺点。也未能完全摆脱贵族阶级的传统观念，对现实的反抗也极为有限。

这部诗体长篇小说具有鲜明的现实主义特色。它忠实地描写了19世纪20年代俄国贵族生活，简洁地描绘了俄罗斯人民的生活习俗；小说立体地刻画了19世纪20年代贵族青年的典型形象，反映了当时贵族青年找不到出路的苦闷彷徨；作品成功刻画了各类型的城乡贵族和地主的形象，无情地加以讥讽与批判。

第七章　19 世纪中期文学

本章学习重点：

1. 批判现实主义文学，法、英、俄、美等国批判现实主义文学的特点；

2. 对司汤达《红与黑》中的主人公于连的形象分析；

3. 分析巴尔扎克世界观的矛盾及其成因，《人间喜剧》的思想内容，《高老头》的人物形象和艺术特点；

4. 狄更斯《艰难时世》的人物形象与艺术特点；

5. 果戈理《死魂灵》人物形象分析；

6. 陀思妥耶夫斯基《罪与罚》的艺术特征；

7. 惠特曼《草叶集》如何开一代诗风。

第一节　概述

一　历史背景

（一）社会政治背景

1. 英法两国的资产阶级政权得到巩固和发展，使劳资矛盾上升为社会主要矛盾。

2. 德国、意大利实现了久违的国家统一，集中精力发展经济。

3. 俄国的沙皇专制与农奴制度在资本主义因素渗透下作垂死

挣扎。

4. 东北欧各国的民族民主解放运动蓬勃发展。

（二）思想文化背景

1. 1848 年，人类历史上具有划时代意义的《共产党宣言》诞生了，它是马克思、恩格斯在法国空想社会主义、德国古典哲学和英国古典政治经济学的基础上创造的。

2. 随着浪漫主义不再能满足时代的要求和社会矛盾的深化，时代要求文学真实地表现生活，深入剖解社会世相的本质。这股对现存秩序有着鲜明而强烈的揭露与批判的文学，被称为批判现实主义文学。

二 批判现实主义文学的特点

1. 该类文学的作家生存在劳资两社会阶层的中间层，因而希望以道德感化与秩序改良来除旧布新，来建立一个自由、平等、博爱的“理想”社会。

2. 他们对资本主义制度的揭露与批判广泛地涉及各个领域，尖锐地提出许多重大问题，勾勒出一幅幅令人触目惊心的悲惨图画，引起人们对现存秩序的深刻不满与怀疑，具有极大的社会意义。

3. 发现劳动者的某些优秀品质，进而表现出对劳动群众疾苦的同情和改变群众贫困境遇的愿望。

4. 作品不同程度地带有宿命论和悲观主义的色彩。

5. 注重细节真实，注重典型环境中典型性格的塑造。尤其是塑造了一系列封建贵族、地主和资产者形象，以及一大批与社会格格不入的具有不同程度叛逆的中小资产者形象。

6. 将丰富多彩的生活画面与多样化人物形象，熔铸在完整有机的情节结构中，使长篇小说文体变得成熟，在思想和艺术两方面都达到了前所未有的高度。

三　19 世纪中期各国文学发展概况

法国文学

法国批判现实主义文学成就突出，对其他国家产生了重要影响，司汤达与巴尔扎克是法国批判现实主义的奠基人。《人间喜剧》是欧洲批判现实主义的最高成就。1848 年以后，法国现实主义转向精确的客观的描写，福楼拜是代表作家。波德莱尔则代表了象征主义这一文学新趋势。

（一）19 世纪中期法国雨果之外的浪漫主义作家

1. 大仲马（1803—1870）：他以通俗小说著称。代表作：

（1）《三个火枪手》（又译《三剑客》，1844）；

（2）《基督山伯爵》（1844）。

《三个火枪手》以 17 世纪路易十三当国王时红衣主教黎希留执政为背景。叙述三名英雄剑客阿托斯、波尔托斯和阿尔密斯共同对黎希留的阴谋进行英勇斗争的故事。它是一部与史实相去甚远的历史小说，这也是大仲马历史小说的通病。

《基督山伯爵》通过邓蒂斯离奇而悲惨的遭遇，暴露了复辟时期司法制度的黑暗，以及七月王朝时期一些上层人物的罪恶发迹史。小说中心主写邓蒂斯的个人恩仇相报。

2. 乔治·桑：他的创作多表现对和谐人际关系的向往。代表作：

（1）《木工小史》（1840）；

（2）《安吉堡的磨工》（1845）；

（3）《魔沼》（1846）；

（4）《小法岱特》（1849）。

（二）现实主义

1. 司汤达（1783—1842）

（1）论著《拉辛与莎士比亚》（1823—1825）被称为现实主义

的宣言书；

（2）小说《红与黑》是批判现实主义的真正开端。

2. 梅里美（1803—1870）

最著名的是中短篇小说，代表作有：（1）《塔曼果》（1829）；（2）《高龙巴》（1840）；（3）《嘉尔曼》（1845）。

3. 巴尔扎克（1799—1850）

《人间喜剧》代表欧洲批判现实主义的最高成就。

4. 福楼拜（1821—1880）是 1848 年以后出现的以“精确描写”与“客观分析”为代表的作家，《包法利夫人》是其代表作。

（三）浪漫主义的发展

1. 戈帝耶（1811—1872）提出“为艺术而艺术”的唯美主义口号。

2. 波德莱尔（1821—1867）于 1857 年创作了象征主义先驱作品《恶之花》。

英国文学

19 世纪中期，英国出现了狄更斯、萨克雷、勃朗特姐妹等一批作家，尤其狄更斯的作品题材广泛、批判深刻，从人道主义思想出发揭露讽刺了资本主义社会的弊病，希望通过道德感化来改革社会。

英国批判现实主义文学的奠基人是狄更斯。另外还有：

（一）萨克雷（1811—1863）。他能够以尖锐的嘲讽面对人与人之间的金钱关系和伪善、势利等罪恶现象。代表作《名利场》（1848）一条线索写天真纯洁、目光短浅的姑娘爱米丽亚与空虚浅薄的乔治的罗曼史，另一条线索写爱米丽亚的同学蓓基·夏泼的钻营史。蓓基·夏泼是一个伪善的女冒险家形象，是冷酷、势利又伪善的女人的代名词。

（二）盖斯凯尔夫人（1810—1865），作品多反映劳资矛盾与工人反抗。

1.《玛丽·巴顿》(1848)写失业工人的悲惨生活。

2.《北与南》(1855)渴望理想资本家让南方像北方那样富有。

(三)勃朗特“三姐妹”

夏洛蒂·勃朗特(1816—1855)的《简·爱》(1847)是一部描写女人追求独立、尊严、自由和平等的世界名著;

爱米莉·勃朗特(1818—1848)的《呼啸山庄》(1847)是一部描写男女主人公奇异爱情的幻想之作;

安妮·勃朗特(1820—1849)的《艾格尼丝·格雷》(1847)、《野岗庄园的房客》(1848)也是在英国引起广泛关注的名著。

(四)最早的无产阶级文学——宪章派诗歌的代表人物

1. 厄内斯特·琼斯(1819—1869);

2. 威廉·林顿(1812—1897);

3. 杰拉尔德·梅亚(1828—1907)。

德国文学

以海涅为代表的革命民主主义文学获得此时德国文学的最高成就。代表作是海涅的《德国——一个冬天的童话》。

(一)革命民主主义诗人海涅和剧作家毕希纳尔的作品代表着这一时期德国文学的最高成就。

(二)格奥尔格·毕希纳尔(1813—1837)的剧本《丹东之死》最有名。

(三)被恩格斯称为“德国无产阶级第一个和最重要的诗人”是格奥尔格·维尔特(1822—1856)。

东欧和北欧文学

(一)波兰:诗人亚当·密茨凯维奇(1798—1855)的代表作是诗剧《先人祭》第三部(1832)和叙事诗《塔杜施先生》(1834)。他既是波兰浪漫主义文学的奠基者,又为现实主义文学开辟了新路。

（二）匈牙利：裴多菲·山陀尔（1823—1849）的代表作是叙事长诗《使徒》。主人公是锡尔维斯特，他是一个因革命坐过10年牢的孤儿，出狱后又因行刺国王而被处以死刑。裴多菲的短诗多有反压迫争自由的革命激情。其中写于1847年的《自由与爱情》广为流传。

（三）北欧作家以丹麦的安徒生为代表

汉斯·克利斯蒂·安徒生（1805—1875）最大的成就是童话。其主题主要有：1. 揭示贫富悬殊的社会现实，如《卖火柴的小女孩》；2. 嘲讽统治者的愚昧无知，如《皇帝的新装》；3. 对勤劳智慧的穷人的同情，如《丑小鸭》。

美国文学

美国：民族诗人惠特曼的《草叶集》使美国文学蜚声世界文坛。

（一）浪漫主义以1829年为界分为前后两期

1. 前期

代表：欧文、库珀，主要勾画童年美国形象。

（1）华盛顿·欧文（1783—1859）是“美国文学之父”。代表作是一部包括散文、随感、故事等在内的《见闻札记》（1820）。

（2）开创三种小说形式：《间谍》——革命历史类；《开拓者》——边疆题材；《水手》——航海生活。

2. 后期

（1）最早代表：爱默生（1803—1882）；

（2）最大影响：霍桑（1804—1864），长篇《红字》批判“夫权”“教权”；

（3）诗歌代表：亨利·华兹华斯·朗费罗（1807—1882）；

（4）惠特曼的《草叶集》是有世界声誉的诗集。

（二）现实主义

1. 理查·希尔德烈斯（1807—1865），代表作有：《白奴》（1836）；

2. 斯托夫人（1811—1896），代表作有：《汤姆大伯的山屋》（1852）。

（三）象征主义

艾德加·爱伦·坡（1809—1849）是象征主义文学的鼻祖。在小说理论方面，他提倡单纯追求艺术效果和气氛，轻视反映现实生活。爱伦·坡的作品大部分内容颓废，形象怪诞，充满悲观情绪和神秘色彩。著名短篇《厄舍古屋的倒塌》描写一对兄妹的命运。他们是厄舍家族的末代，都患有不可名状的不治之症。哥哥出于一种病态心理，在妹妹未死之前就埋葬了她。结果在一个狂风暴雨之夜，妹妹裹着尸衣回来，拖住了哥哥，两人同归于尽。这时厄舍古屋突然倒塌，从地面上消失得无影无踪。古屋的倒塌象征这个古老家族的败落。长诗《乌鸦》表现了诗人丧妻后的绝望心情。乌鸦在诗中对诗人的一切提问都回答说“永不复返”，使人对世事万物产生一种完全绝望的情绪。

俄国文学

俄国批判现实主义文学形成于 19 世纪 30 年代，50—60 年代走向繁荣，70—90 年代达到高峰，20 世纪初衰落。其社会基础是：反抗农奴制的斗争，要求文学揭露社会的黑暗。

俄国批判现实主义文学（以果戈理为首的“自然派”）与反专制农奴制的解放运动有着密切联系。1. 果戈理是奠基人，其代表作是《钦差大臣》和《死魂灵》。2. 屠格涅夫以其风格清新、富有抒情味的作品（如《父与子》等）体现了俄国文学从塑造“多余人”形象到“新人”形象的转变，为俄国文学赢得了世界声誉。3. 陀思妥耶夫斯基是与托尔斯泰齐名、在当今国际文坛上影响较大、备受称赞的俄国作家。他以“虚幻的现实主义”（如《罪与罚》）来反映畸形的社会和现实的本质。

（一）形成期

1. 普希金（1799—1837）是俄国浪漫主义文学的主要代表和俄国现实主义文学的奠基人。在《叶甫盖尼·奥涅金》中塑造俄罗斯文学史上第一个“多余人”形象。

2. 莱蒙托夫（1814—1841）的小说《当代英雄》（1840）中的主人公毕乔林是俄罗斯第二个“多余人”的形象。毕乔林是一个对上流社会强烈不满的贵族青年，可是他摆脱不了贵族阵营，缺乏生活理想，玩世不恭，感到前途无望，悲观厌世。他不停地反省自我，既厌弃客观世界又鄙视自我存在。

3. 果戈理的剧本《钦差大臣》（1836）和小说《死魂灵》（1842）以犀利的讽刺笔调揭露了封建官僚统治与农奴制的腐朽与荒唐可笑。但有人将果戈理这种批评现实主义的手法贬称为只写阴暗不写光明的“自然派”，而别林斯基则肯定并赞扬了果戈理对生活现实的客观再现，是既非抬高又非贬低的批判。“自然派”的特点是：真实地描写和批判家奴制社会的黑暗面，以下层社会的人物为作品的主人公，反映他们的疾苦。

（二）繁荣期

1. 亚历山大·伊凡诺维奇·赫尔岑（1812—1870）的代表作是长篇《谁之罪恶》和七卷集回忆录《往事和随想》。列宁评价赫尔岑是“为俄国革命作准备方面起了很大作用的作家”。

2. 冈察洛夫的小说《奥勃洛摩夫》（1859）的主人公奥勃洛摩夫是最后一个“多余人”（贵族知识分子）形象，之后的作品主人公就被“新人”（平民知识分子）形象取代。奥勃洛摩夫虽有着“金光耀眼的心灵”，却四体不勤，连做梦也是梦见自己在睡觉；他总是缺乏行动起来的能力，即使面对贵族少女的爱情也是如此。

这种性格被称为“奥勃洛摩夫”性格。

3. 屠格涅夫（1818—1883）的创作完成由“多余人”向“新人”的转变。其 50 年代的“多余人”小说是：《罗亭》（1856）、《贵族之家》（1859）；60 年代的“新人”小说是：《前夜》（1860）、《父与子》（1862）。

4. 真正创造“新人”形象的是车尔尼雪夫斯基（1828—1889）。他是俄罗斯著名的作家和文艺批评家。长篇小说《怎么办?》（1863）与《序幕》（1877）是其代表作，其文艺著作涉及哲学、经济学、美学、文学等领域。如《艺术对现实的审美关系》《哲学中的人本主义原理》《生活与美学》等。

5. 涅克拉索夫（1821—1878）的长诗《谁在俄罗斯能过好日子?》。揭露了农奴制改革的欺骗性，唤醒农奴要像革命斗士格里沙那样争取把好日子从压迫者手中抢回来。

6. 亚历山大·尼古拉耶维奇·奥斯特洛夫斯基（1823—1886）的著名《大雷雨》中追求个性解放的女主人公卡杰琳娜，被批评家杜勃罗留波夫称赞为“黑暗王国”里的一线光明。

第二节　司汤达

一　生平和创作

司汤达（1783—1842）是法国批判现实主义文学奠基人之一。他的作品深刻揭露了 19 世纪法国复辟时期复杂的阶级矛盾，表现出鲜明的进步倾向和民主精神；他有对历史事件的戏剧性描写的高超技巧和卓越的心理分析才能。

（一）生平

1. 司汤达自幼有着正直刚强与思想开明的教养。

2. 他崇敬并追随拿破仑的十余年的军旅生活，是他创作的主要源泉。

3. 司汤达逝世 40 年后名声大振，墓碑上是他自拟的拉丁文“亨利·贝尔，米兰人，写作过，恋爱过，生活过。”

（二）创作

1. 1823—1825 年，《拉辛与莎士比亚》要求艺术必须“表现人民的习惯和信仰的现实状况”。被认为是“批现”的美学宣言。

2. 1827 年，第一部小说《阿尔芒斯》（或译《爱的悲剧》）以巴黎一对贵族青年男女的爱情悲剧为情节线索，嘲笑了波旁王朝复辟时期的贵族生活。

3. 1831 年，代表作《红与黑》发表。

4. 1834—1835 年，《吕西安·娄凡》（《红与白》）批判金融资产者的拜金主义。

5. 1836 年，《回忆拿破仑》。

6. 1838 年，《巴马修道院》：小说共分两卷，主要以 19 世纪意大利北部的巴马小公国为背景。上卷主要写贵族青年法希利斯和他的姑母吉娜的艰苦经历；下卷写法希利斯和克莱利亚的恋爱故事。在姑姑的鼓励下去投奔拿破仑的法希利斯，被当作奥地利间谍收监入狱，越狱出逃的他却只赶上了拿破仑的兵败滑铁卢，于是返回巴马小公国。情节于是交织于姑侄与小朝廷的斗智斗勇、姑侄的感情依靠、侄子与情人间的浪漫这三重之中。情人意外死去，他辞职隐退，一年后死去，姑姑因之而死。《巴马修道院》已经初步显示了司汤达高超的小说艺术水平。

7. 1839 年，中短篇小说集《意大利遗事》，表现了司汤达对“激情”与“力”的崇拜。

（1）《法尼娜·法尼尼》（1829）写的是贵族少女法尼娜爱上了革命党人彼耶特卢，为了使彼耶特卢舍弃革命而与她厮守，法尼娜告发恋人的同伴，使很多革命党人被捕，彼耶特卢没有去享受爱情而自动投案。法尼娜探视时坦白。小说反映的是革命与爱情的冲突。戏剧化的情节扣人心弦；性格化的语言揭示心理。

(2)《卡司特卢的女修道院院长》悲叹激情之爱在贵族暴政与宗教手中的毁灭。纯洁的贵族少女海芒与青年“强盗”虞耳的爱情悲剧。

二 代表作《红与黑》

（一）情节线索

小城维利叶尔锯木厂小业主儿子于连由于受本地神父的喜爱而被举荐到市长家当家庭教师，并与市长夫人相恋，事情败露后到贝尚松神学院学习，后来受到彼拉神父的推荐为巴黎德·拉·木尔侯爵当私人秘书，并与侯爵女儿马蒂尔德小姐恋爱，侯爵无奈将其安排在军中任职，事业达到顶峰。市长夫人在神父的逼迫下写了揭露于连的信，于连恼羞成怒回维利叶尔枪伤市长夫人，市长夫人受伤而于连被捕入狱，市长夫人到狱中看望于连，得到于连的谅解，并与之在狱中度过最后几日，于连认清上层阶级的本质，法庭怒斥贵族阶级，最后被送上断头台。

（二）人物形象

于连：波旁王朝复辟时期以个人奋斗改变命运的小资青年。他有反抗与妥协的两面性矛盾性格。由于反抗社会对他的压制，他是一个向社会报复性开战的人。以及他的个人野心，又由于他的反抗是以实现个人的抱负为动力的，所以是个人主义的，容易在目标达成时妥协。然而愿望实现仅是暂时的，所以他成了一个叛逆平民的悲惨角色。

（三）思想特点

1. 深刻描画了贵族在复辟时的飞扬跋扈，以及其对革命者反攻复辟时的十倍疯狂与百倍仇恨。

2. 平民百姓崇拜拿破仑、怀念革命；反动阶层惶惶不可终日，惧怕风雨骤来。

（四）艺术特点

1. 围绕典型环境的不同变换，多侧面地在情节发展中塑造典型性格。

2. 近似于第一人称“我”的视角，强化了主人公的情感剖白效果。

3. 预示了下一世纪——20 世纪现实主义文学的新趋势——“向内转”，即由“外真实”向“内真实”的转向。尤其表现在人物行动时的深刻心理分析。

4. 善用戏剧性冲突场面来推动情节，展现典型性格。

5. 情节结构上，体现了“时间”结构与“空间”结构的双重交叉作用，这种时空多层化是现代小说“心理结构”的特征。

第三节　巴尔扎克

一　生平和创作

奥诺雷·德·巴尔扎克（1799—1850）堪称法国 19 世纪“批判”文学的最杰出的代表。他的《人间喜剧》是世界文学瑰宝。他是法国现实主义文学的奠基人之一。他和托尔斯泰成为 19 世纪现实主义文学的两座高峰。

（一）生平

1. 巴尔扎克从小长期离开亲人的寄宿制学校生活，培养了他独立思考和工作的习惯。他在依靠个人奋斗而成功的思想中成长，并且他做到了。

2. 1829 年以前，巴尔扎克经历了弃法从文，弃文从商，弃商从文。巴尔扎克为了还债吃尽了苦头，但与巴黎各界的广泛碰撞，使他对资本主义社会金钱万能与万恶的力量有了深刻认识，这为《人间喜剧》的创作奠定了生活基础。

（二）创作分期

巴尔扎克一生主要创作了包括 90 多部小说的《人间喜剧》，另有 6 部剧本和 1 本《笑林》（1832—1837）。

1. 第一阶段：1829—1835 年

（1）《舒昂党人》（1829）：真正成名作，拉开了《人间喜剧》的大幕。

（2）《高布赛克》（1830）：吝啬鬼典型，高布赛克是复辟时期取代贵族的资产者象征。

（3）《苏镇舞会》（1830）：贵族衰败，封建门阀观念的破灭。

（4）《家庭复仇》（1830）；

（5）《夏倍上校》（1832）；

（6）《图尔的本党神甫》（1832）；

（7）《十三人故事》（1833—1834）；

（8）《欧也妮·葛朗台》（1833）；

（9）《高老头》（1832—1835）；

《欧也妮·葛朗台》《高老头》是巴尔扎克创作成熟的标志。

2. 第二阶段：1835—1842 年

（1）《古物陈列室》（1836—1839）：贵族的沙龙被戏称为“古物陈列室”。以自由党人为代表的资产阶级取代贵族，是历史之必然。

（2）《塞查·皮罗托盛衰记》（1837）：诚实的老式商人。

（3）《纽沁根银行》（1838）中的纽沁根则与此相对，他能通过三次假破产、假清理，掠夺众人的财产。相比于高布赛克和葛朗台，他是个具有现代意识的资产者。

（4）《幻灭》（1837—1843）：通过展现新闻界与文坛的层层黑

幕来塑造青年野心家吕西安的形象。生动形象地再现了商业竞争中残酷的“大鱼吃小鱼”的过程。

3. 第三阶段：1842—1848 年

（1）《烟花女枯荣记》（1843—1847）：上层的灯红酒绿，下层的痛不欲生。

（2）《贝姨》（1846）：于洛男爵的下流，暴友克勒维尔的蛮横。

（3）《邦斯舅舅》（1847）：有着收藏癖的穷苦邦斯，被坏人欺辱。

（4）遗著《农民》（1844—1853）：农村中贵族地主的败让。

巴尔扎克一生极其辛劳，著名传记作家莫洛亚称巴尔扎克是为人类盗取天火的普罗米修斯。

（三）巴尔扎克思想复杂性的表现

1. 在世界观上，他基本上是个认定物质经济的推动与决定作用的唯物主义者；但也有相信神秘的骨相学、占卜术等。

2. 在政治上，他仰慕贵族称号，赞赏君主立宪，然而又同情贵族的腐败，深深为资产阶级的昂首阔步所折服。

（四）巴尔扎克这位“书记员”所写的这部“包罗万象的社会史”——《人间喜剧》的特点

1. 以编年史的方式描述了资产阶级取代贵族阶级的发家史。复辟时期，是外省的葛朗台们、巴黎的纽沁根们、高布赛克们主宰一切的时代。

2. 描绘了贵族——模范社会的最后残余是如何在满身铜臭的暴发户们的进攻与腐化下没落衰亡的历史。

3. 描画了一场场围绕“金钱”这个社会的轴心而展开的寡廉鲜耻的争夺战。

（五）巴尔扎克的现实主义美学

1. 要求美学反映整个历史时代；

2. 经过艺术选择与加工来再现自然，是艺术之任务；

3. 人物必须个性化；

4. 重视环境对人物的烘托作用；

5. 心理感想伴随客观描写自然而来；

6. 重视滑稽丑怪的美学意义。

（六）巴尔扎克的艺术成就

1. 人物塑造

（1）典型人物细节描写突出。环境描写与人物描写结合；外貌描写与人物性格结合（骨相学）；语言的个性化。

（2）高强度的集中描写人的某种特殊“情欲”（癖好），使之鲜明。父爱：高老头；嫉妒：贝姨；吝啬：葛朗台；淫欲：于洛；科学癖：克拉埃斯；收藏癖：邦斯。

（3）人物再现法：人物复现于《人间喜剧》的不同作品，使人物性格不同侧面得到完整勾画。

2. 叙事技巧探索

（1）开篇模式多变化，或肖像描写，或谈话引出人物；

（2）情节中多插入哲思或议论；

（3）短篇多第一人称，但又变幻出“故事套故事”的多种样式；

（4）另有多种创造，内心独白，声色光混合的电影手法等。

二 《欧也妮·葛朗台》

巴尔扎克《人间喜剧》中的90多部长、中、短篇小说分为三大类：“风俗研究”“哲学研究”“分析研究”。其中“风俗研究”又分为“私人生活场景”“外省生活场景”“巴黎生活场景”“政治生活场景”“军旅生活场景”“乡村生活场景”六个部分。而《欧也妮·葛朗台》就是巴尔扎克“外省生活场景”中最重要的一幅。

（一）故事情节

葛朗台，百万家产的暴发户，孛漠城里最有威望的人。银行家，公证人与神甫为子侄求婚。屈膝献媚。

1819 年，欧也妮 23 岁生日晚，老奸巨猾的葛朗台“钓鱼”，当晚查理（欧也妮的堂兄）由于父亲破产自杀而前来投奔葛朗台，葛朗台借此大赚一笔。

欧也妮喜欢上查理，两人私订终身。查理去印度经商。欧也妮送积蓄6000 法郎资助，受父责罚。欧也妮母亲因此而亡，欧也妮被父夺继承权。葛朗台把全部家财独揽。1827 年，葛朗台去世。欧也妮继承全部财产。查理发财回，羡贵族头衔，欲娶一贵小姐。欧也妮代还查理父亲巨债，成全查理婚娶。欧也妮做了克罗旭所长名义的妻子，不久，其名义上的丈夫死去。欧也妮幽居独处，过同以往一样禁欲生活，最后在圣洁的宗教思想照耀下办了不少慈善事业。

（二）从《欧也妮·葛朗台》的内容看巴尔扎克的细节描写的作用

1. 有助于增强作品的真实性

老葛朗台 40 岁左右，他乘法国资产阶级大革命之机，通过大搞政治投机，经济掠夺，又相继继承了他岳母、外婆、外公的三笔家产，到他临死已积聚了 1700 万法郎的家私，成了孛漠城的首富，而他的外貌精细至极：

“身高五尺，臃肿，横宽，腿肚子的圆周有一尺，多节的膝盖骨，宽大的肩膀；脸是圆的，乌油油的，有豆瘢；下巴笔直，嘴唇没有一点曲线，牙齿雪白；冷静的眼睛好像要吃人，是一般所谓的蛟眼；脑门上布满皱折，一块块隆起的肉颇有些奥妙。”尤其令人触目惊心的是他那耳聋、口吃和那个紫匣子似的肉瘤。

2. 传神地揭示人物个性的本质特征

恩格斯指出：“每个人都是典型，但同时又是一个单个人，正如此黑格尔所说的，是一个‘这个’。”

别林斯基也说，“必须使人物一方面成为一个特殊世界人们的代表，同时还是一个完整的个别人。”

如：葛朗台的“口吃”是天生吗？不是。这里有一个细节“从他出头露面的大革命时代起，遇到要长篇大论地说一番，或者跟人家讨论什么，他便马上结结巴巴的，弄得对方头昏脑涨”给人以口齿不灵、思路不清的错觉和假象，“教敌人不耐烦，逼对方老是替我打主意，而忘掉他自身的观点”。

这里的葛朗台不仅贪婪，而且狡猾。

3. 有助于揭示作品主题之深刻性

如：第一章写葛朗台的住处，“楼梯间的墙壁发黄，到处是熏黑的痕迹，扶手全给虫蛀了的楼梯，在人的脚下发抖”。——葛朗台的贪婪成癖，穷酸守财。

如：查理为了使自己“成个角色”，从海外经商归来，不是回到自己曾经信誓旦旦的欧也妮的怀抱，而是到“如鱼得水”的巴黎去迎娶特·奥勃里翁小姐。（“长得像一只蜻蜓，又瘦又细，嘴巴老是瞧不起人的模样，上面挂着一只太长的鼻子，平常是黄黄的颜色，一吃饭却完全变红。”）为何如此奇丑无比又没有任何陪嫁的贵族小姐，竟吸引了查理呢？因为“人生就是一件交易”的资本主义社会的本质，因为查理想以有换无，以金钱为诱饵换取“承袭特·皮克大将军与特·奥勃里翁侯爵的双重头衔”。

查理是第二资产阶级野心家，他贪婪成性，胆大妄为。

三　《高老头》

（一）情节线索

在 1819 年底—1820 年初，在伏盖公寓里住着暴发户高老头、穷大学生拉斯蒂涅、苦役犯伏脱冷等各色人物。善良的拉斯蒂涅发现：他的表姐鲍赛昂夫人家贵族沙龙——贵族聚会所——表面等级森严又豪华无比，实际“上流社会最可怕的祸事”已经临头，资产阶级的金钱力量才是真正的统治者。鲍赛昂夫人显然为了尊严，表面鄙视资产者的出身与门第，却不得不承认自己就是金钱的手下败将，被她的情人阿瞿达抛弃，因为阿瞿达联姻洛希斐特小姐，就可以得到“20万法郎利息的陪嫁”。高老头给两女儿陪嫁80万法郎的金钱，使姐妹俩分别成为伯爵雷斯多伯爵的夫人和银行家纽沁根的夫人。后来老头的钱越来越少，父女情感便疏远到死不相送的程度。伏脱冷是干大事的好手，但也是极端自私的邪恶的代表，但最后却为了钱被同公寓的小人物米旭诺、波阿莱告发，又被捕入狱。拉斯蒂涅既是现代社会的衔接者，又是两种力量的衔接者（善与恶），也表明他身上有善恶的兼备因素。篇末，他已被残酷的现实所教育，决心投入欲火炎炎的社会。小说揭示了金钱是如何腐蚀人心的，或者资本主义社会中人际关系的金钱化。

（二）人物形象

1. 拉斯蒂涅：成长中的青年野心家。

第一课：鲍夫人——“越没良心，升官越快”；

第二课：伏脱冷——“要挣大钱，就要大刀阔斧地干……要享乐就不能怕弄脏了手”。

伏脱冷的被捕、鲍夫人的被逐，印证了金钱的威力。高老头葬礼经过，是最后一课。

他在内心斗争中成长，最终学会了只讲金钱与个人利益的无情无义与寡廉鲜耻，信仰极端利己主义精神。后来，在《人间喜剧》的《纽沁根银行》等作品中，他靠纽沁根夫人升了官并成了纽沁根的女婿，还被封为伯爵，当选贵族院议员，乃至副国务秘书，借机实现发财梦。

2. 伏脱冷：他是信奉不择手段向上爬的政客与野心家。他站在反对社会的立场上的愤激之词恰好揭示了社会的内幕：要想以权力和金钱控制别人，唯有以出卖良心的无耻手段获得，因为纯洁善良百无一用。伏脱冷在作品中是一个胆大包天的恶魔、教唆犯，而且自诩“这一套我是懂的”。

3. 高老头：一个富有亲情幻想的懵懂的暴发户形象。他似乎忘记了自己不择手段地在面条经营中牟取暴利的经历，他付出了金钱，两女儿回报以亲情，然而金钱轴心的感情毕竟难以持久，他的呼天抢地便有了与李尔王同样的无奈。然而腐蚀李尔王女儿良心的是钱欲与权欲，而《高老头》主要抨击的是“金钱是万恶之源”。

（三）艺术成就

1. 倒叙手法；

2. 细节描写。

第四节　福楼拜

一　生平与创作

尼斯塔夫·福楼拜（1821—1880）是一位生活在 19 世纪中期的法国却影响到全世界 19 世纪后期的自然主义乃至 20 世纪的多种流派的伟大作家。

纳博科夫：“风格和结构是一部书的精华，伟大的思想不过是空洞的废话。”

纳博拉夫：“要具有善于模仿的魔力或蒙骗人的双重性。”

（一）生平

1. 任外科主任的父亲给了他细密的分析与科学准确性的探究习惯。

2. 历经两年多横跨欧亚非三大陆的旅行生活，控制住了他的癫痫病，也丰富了他日后的创作素材。

（二）创作

1. 40年代，两部：《十一月》（1842）；《圣安东的诱惑》（1848）。

2. 50—60年代，三部：《包法利夫人》（1856）；《萨朗波》（1862）；《情感教育》（1869）。

（1）《萨朗波》：共15章，描写公元前3世纪迦太基统帅之女萨朗波与雇佣军起义领袖马托的爱情悲剧故事。起义被镇压。萨朗波婚礼，马托被残忍处死，萨朗波悲痛而死。

（2）《情感教育》：是继《包法利夫人》之后写当代生活的故事。自然主义把它当作典范。副标题“一个青年的故事”。

故事线索，主人公莫罗出身中产家庭，他的思想和性格被那个时代的“情感教育”过滤之后，变成一个“集一切弱点之大成”的青年，意志薄弱又沉溺于对生活的幻想，他幻想当文学家、画家、哲学家，等等，最终庸碌而无所成。无论对平静稳重的阿尔努夫人的一见钟情，还是与交际花罗沙妮的随意结合，无论是追求大银行家堂布鲁斯的妻子以进阶名流，还是败返家乡寻找深爱自己的女子路易丝，均告失败。

所以，这是一个以庸俗情感教育为特征的时代里的庸人形象。福楼拜“客观而无动于衷”的笔下，庸人莫罗琐屑而庸俗的生活，已褪去了“强者”的色彩。当代法国作家梅尔勒说：“无论从写作技巧还是从灵感上看，《情感教育》无疑是福楼拜所写的最现代化的小说。它已经宣告了20世纪小说的诞生。”

3. 70年代

（1）《竞选人》（1873）。

（2）《圣·于连的传说》《一颗简单的心》《希罗狄亚》合为《三个故事》（1877）发表。其中《一颗简单的心》采用了高超的心理描写表现女仆全福在辛劳善良的生活中的微妙情感。

（3）遗贵《布瓦尔和佩居谢》写两个主人公遍寻人类知识而一无所获的故事。

（三）福楼拜小说的思想倾向

1. 对人类前途的一种悲观看法——人类的欲望都将无法满足而归于失败。他还说："寻找最好的宗教或最好的政府是愚蠢的疯狂的行动。"

2. 现实社会的新特点是：随处可见或平庸无能，或满怀卑鄙欲望的人。

（四）福楼拜的艺术主张

1. 追求真实性，推崇极端准确。他说"美学就是真实"。他影响了"材料派"。

2. 追求客观态度。即虽为人物设身处地却不加任何评判。

3. 追求艺术美与形式美。他说："思想要找到最适合于它的形式，这就是创造出杰作的奥秘。"此处的形式，当然包括语言、句式以及叙述角度。

二 《包法利夫人》，副标题"外省风俗"

（一）情节线索

外省富农之女爱玛受修道院里那些浪漫爱情小说与贵族思想的熏染，对未来的恋爱与婚姻满怀憧憬。婚后，丈夫乡村医生包法利的平庸令她沮丧而失望至极。参加完侯爵家舞会的爱玛因想入非非而郁郁寡欢。包法利为了她的健康搬家到大一点的永镇。这个较为繁华的小城同样庸俗不堪。在一次盛大的农业展览会上，她受到地主罗道耳弗的引诱而与之私通，不久即遭遗弃。爱玛伤心而病，一连好几个月。后来，在卢昂遇到过去相识的书记员赖昂，偷情两年多之后，又被抛弃。然而，这种生活里的她已荡尽家产，最后，债主催逼她走投无路而吞砒霜自尽。

（二）人物形象

1. 爱玛：是一个在那个卑污得令人窒息的现实中被侮辱被迫害的女性。这个女性有着爱幻想的习惯，她神往浪漫与激情，在精神上或感情上生活在一个非现实的世界之中。她认为“爱情应当伴着电闪雷鸣骤然来临，如同狂风席卷落叶一般，把人的心整个吸入深渊”。这个人是深沉还是浅薄，取决于他（或她）的心灵的素质。爱玛·包法利聪慧、机敏，受过比较良好的教育，但她的心灵或是浅陋的：她的魅力、美貌和教养都无法抵消她那致命的庸俗趣味。她对异国情调的向往无法驱除心灵中小市民的俗气。她墨守传统观念，有时以传统的方式规范的一种最传统的方式。她一心向往荣华富贵，却也偶尔流露出福楼拜所说的那种村妇的愚顽和庄户人的粗俗。“家庭生活的庸俗使她神往奢华，夫妻之间的恩爱使她出面想奸淫。”然而她那美丽出众的姿容和风韵，她那小鸟一般的轻盈活泼，迷住了书中的三个男人：她丈夫及两个接踵而至的情人——两个都是卑劣小人。对于罗道耳弗来说，与他曾经狎戏的妓女们相比，他尤其欣赏爱玛那孩童般浪漫的稚气；而赖昂这个庸才则因攀得一位真正有身份的太太做情妇而受宠若惊。

“包法利主义”成为“不切实际、想入非非”的代名词。其实质是一种浪漫幻想和平庸现实的矛盾冲突。

2. 爱玛的丈夫查理·包法利：是那个平庸时代里庸碌无能之辈的典型代表。从思想到举止、从言谈到能力，乃至方方面面都异常平庸，没有激情，乃至没有笑意和梦想。他很少感动，也不会使人感动。他也缺少自尊心，如果他在外面受了同行的羞辱，回到家来还像讲故事一样，原原本本说给爱玛听；他麻木迟钝，爱玛自杀他说“错的是命”，待发现他人给妻子情书，他选择沉默。所以，包法利是一个缺乏理想与激情的庸人形象。

他愚钝笨拙、迟缓、毫无活力、没有头脑、信守着一整套传统观点和习俗。他是个既鄙俗又可怜的人。但在查理对爱玛的爱情上有两点值得思考：

（1）爱玛本人在浪漫的幻想中从别处百般寻求却无法获得的那种五彩缤纷的美，那种雍容华贵，那种梦幻般的冷峻高雅，那种诗意和浪漫情调，查理却在迷恋爱玛、欣赏爱玛时，朦胧却又深沉地从爱玛的性格中体味到了。

（2）查理几乎是不知不觉地爱上了爱玛，那是一种发自内心的真挚感情，完全不同于她那两个卑鄙庸俗的情夫罗道耳弗和赖昂的那种肉欲、轻薄的感情。于是，我们看到福楼拜童话中的一个有趣的矛盾：书中唯有这个最迟钝笨拙的人物，通过对爱玛——不论生前还是死后——的宽宏大量、坚贞不渝、力量无穷的爱，得到了神灵的救赎。

（三）思想与艺术方面

1. 福楼拜使用“布尔乔亚”的含义。该词国内通常译为“资产阶级”bourgeois，古法语 burgeis [citizen of a town]，因是多义词，故此音译。法文常见译为“城镇居民”，但福楼拜用该词指“庸人”，就是只关心物质生活，只相信传统道德的那些人。该词重在指人的心灵状态，而不是经济状况。

这部小说中有一个著名的场面：一个老妇人由于像牛马般卖力地为农场主干活而获得一枚奖章。评判委员会由一伙怡然自得的布尔乔亚组成，他们笑容可掬地望着老妇人。请注意，在这里，笑容满面的政客和迷信老农妇都是“庸人”，也都是福楼拜所指的那种“布尔乔亚”。

2. 意象蕴含：层次或千层饼主题。

（1）13岁查理·包法利上学的第一天的那顶多层多角的帽子。既寒碜又俗气，象征着查理未来的生活同样寒碜而又庸碌。（对照果戈理《死魂灵》中乞乞科夫的旅行提示和科罗皤契加的马车的描述——也是千层饼主题!)

（2）1838 年，23 岁的查理与爱玛盛大的农庄婚筵上，点心师傅初次在当地献技——一个多层蛋糕点。也是既寒碜又俗气。

（3）婚后两年道特的居所，由外到内层层叠叠约六个层次。甚至爱玛死后的描写也出现层次："一棺两面椁：一个用栎木，一个用桃花心木，一个用铅……拿一大幅绿丝绒盖在她身上。"

3. 福楼拜总用悦耳又诙谐的文字表现人物的言行与思想。这是他的风格，他的艺术。爱玛是一个喜欢读书却并不善于读书的人。她读书太动感情，以浅薄无知的孩子的方式，让自己去充当小说里的某个女角色。福楼拜使用了微妙的手法。

4. 高度精巧的艺术结构。

（1）多声部配合法。这是一种叙事手法，也可称作"平等插入法"，是打断两个或多个对话或思路的手法。有两个典型的例子：第一个是赖昂出场之后与爱玛之间故事；第二个是州农业展览会的一段为罗道耳弗和爱玛的会面提供了机会。很精彩。

（2）叙述主题结构式转换法。它使叙述主题在同一章内以尽量自然、流畅的方式进行转换。

在《荒凉山庄》中，大致来说，其叙述主题的转换是以小说的章节为分界的，比如从"大法官庭"一章转换到"德洛克爵士夫妇"一章。但在《包法利夫人》中，转换是在章节内连续进行的。如果把《荒凉山庄》中的叙述主题转换比作阶梯式运动，那么，《包法利夫人》中的转换则是柔和的波浪式运动。

第五节　狄更斯

一　生平和创作

查尔斯·狄更斯（1812—1870）是英国最杰出的古典小说家。

（一）生平

1. 狄更斯幼时家贫，曾随父入狱，尤其是那段童工经历，极大地伤害了他的自尊心。由此，便有了渴望家庭幸福、同情贫苦儿童的深刻烙印。

2. 家中的大量藏书开拓了他的知识视野。

3. 狄更斯婚后生活的不幸，直接影响了他的文学创作。

（二）创作

1. 第一阶段：1837—1841 年

（1）1837 年，25 岁的狄更斯因长篇小说《匹克威克外传》而一举成为英国当时最著名的作家之一。

（2）随后有 1841 年的《老古玩店》等四部长篇。（《奥立伟·退斯特》1838 年，《尼古拉斯·尼克尔贝》1839 年，《巴纳比·拉奇》）。

（3）此时的作品：

①在思想上，相信生活中善对恶的制胜，基调乐观。

②艺术上，虽有流浪汉小说人物经历决定小说结构的单线条倾向，但对人性的深刻探索与幽默风格值得注意。

2. 第二阶段：1842—1858 年

（1）作品主要有：《马丁·朱什尔维特》（1844），《董贝父子》（1848），《大卫·科波菲尔》（1850），《荒凉山庄》（1853），《艰难时世》（1854），《小杜丽》（1857）。

（2）这些作品在思想上，基调是乐观幽默中透出悲凉。明白了善相对于恶的有限性。作者早期创作中“仁爱”的资产者不见了。狄更斯此时强调的是为富不仁者必须经过破产或其他折磨，接受感情的教育，才能真正懂得“仁爱”与“谅解”。如，年轻的马丁·朱什尔维特必须经历贫困才能改变他的自私性格，继承他祖父的遗产；董贝先生必须经过破产和女儿的感情教育才能享受正常的家庭幸福。这便是查尔斯·狄更斯的人道主义，他认为感情教育可以改造资产者，也可以改造社会。

在艺术上：结构的完整性与人物的成熟性得到加强。

3. 第三阶段：1858 年以后

（1）作品：《双城记》（1859），《远大前程》（1861），《我们共同的朋友》（1865），《艾德温·德鲁德的秘密》（1870）。

（2）这时期作品在思想上表现善最终战胜恶之艰难与曲折，败亡意象多次出现，抑郁成分突出。

艺术上：用悬念结构故事情节的探索成分增强，冷峻多于幽默。

（三）经典作品简介

1. 1837 年的成名作《匹克威克外传》

匹克威克先生和他的三个朋友坐四轮大马车从伦敦匹克威克俱乐部出发到外地旅行，向俱乐部其他成员转道旅途见闻。小说的魅力在于：（1）乐观主义与幽默气氛；（2）现实主义笔法下古老传统善良与正直。

2. 1850 年的自传性长篇《大卫·科波菲尔》

该小说与卢梭的《爱弥儿》相似，是一部教育小说，也是作者最钟爱的一部小说。

大卫·科波菲尔自幼丧父，母亲改嫁后因受继父的虐待而死去。大卫被送到寄宿学校读书，备受摧残，后又到工厂当学徒，因为不堪忍受屈辱的地位，他离开工厂到姨婆贝茜家，由姨婆抚养，学习法律，后来成为作家，并和他心爱的女友结婚。

通过大卫的辛酸经历，狄更斯表达了自己的关注焦点：孤儿的悲惨命运；寄宿学校虐童现象；童工的境遇；负债人监狱等。

3. 1853 年的《荒凉山庄》以错综复杂的情节揭露了英国法律制度和司法机构的黑暗。小说描写一件争夺遗产的诉讼案，由于司法人员的徇私舞弊，使案件拖了二十年。法官做最后的裁决，最后全部遗产正好支付法律诉讼费用，跟诉讼有关的人死的死，疯的疯。这部小说被萧伯纳、康拉德等认为是“创下小说写作高峰”，也是第一部法律小说。

4. 1854 年的《艰难时世》是反映劳资矛盾的小说。小说主人公葛擂梗是五金商人，也是个极端功利主义者，把人生看作一笔现金交易，无论教育子女还是举办社会教育都叫人信奉“事实”，最后，女儿嫁给比她大 30 岁的资本家，精神备受折磨，儿子赌博，成为窃贼，最后逃亡海外。狄更斯通过对葛擂梗这类人物的刻画反映了 19 世纪 50 年代英国的阶级状况和社会风貌。

5. 1859 年的《双城记》是狄更斯的代表作品。故事主要发生在伦敦和巴黎。年轻的法国医生梅尼特一天散步时被厄弗里蒙地侯爵兄弟强迫出诊，在侯爵府获悉贵族兄弟为淫乐而杀害一农妇一家的惨案，决心向朝廷写信告发，没想到信落入贵族兄弟之手，他被关进巴士底狱 18 年。医生的女儿露西由一个伦敦的朋友抚养长大。18 年后精神恍惚的父亲出狱，她去伦敦接父亲去伦敦。船上巧遇贵族兄弟的后代代尔那，代尔那与露西相爱，结婚，梅尼特医生为了女儿露西的幸福就埋葬了过去的仇恨。法国发生大革命，贵族兄弟受到应有的惩罚，代尔那虽已与家庭脱离关系，为了救以前的管家而冒险回到法国，代尔那被捕，并以贵族身份被判处死刑。露西前去营救，卡尔登也喜欢露西，为了露西的幸福他甘愿代替代尔那受刑，因为他们长相十分相似。露西一家获得幸福。

小说以法国大革命为背景，描写并揭露了贵族阶级的残暴荒淫，同情下层人民的苦难，也表达了对下层人民以暴抗暴的正义力量的支持，但也表现了人民暴力失控后对无辜人民的伤害的批评。主要表现在梅尼特医生过去的仆人德伐石太太对代尔那以及露西的迫害。

（四）狄更斯小说的总体特点

1. 思想特点：（1）社会批判；（2）道德提倡；（3）人性探索。

2. 艺术成就：

（1）人物性格塑造方面的本质确定化和人性内涵，尤其是善于挖掘人性的通病与惯性。

（2）创作方法上，相对于福楼拜“客观而无动于衷”，狄更斯重描写主观感受中的细节真实的现实社会生活。

（3）情节结构上，各叙事单元既独立又整体统一。

（4）表达效果上，借矛盾与夸张，使典型幽默在距离与落差中产生。

（5）内心描写上，多采用内心世界的外化描写而不是直接去白描。

（6）总体成就上，以当代题材的连载来评价和干预生活，使小说大众化。

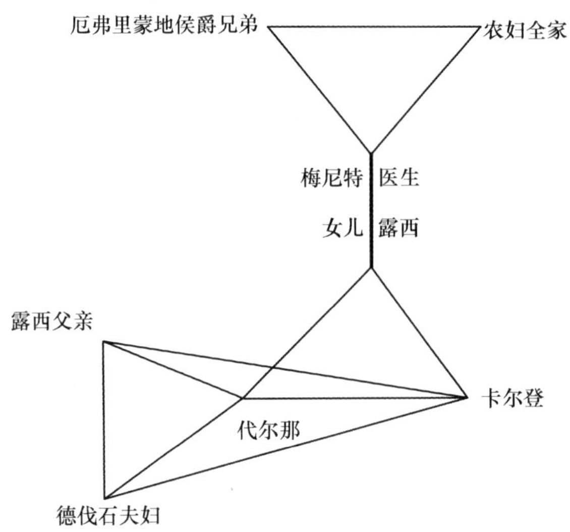

注：需留意归纳《双城记》的三角形（“丁”字形）人物关系（情节结构）。

第六节　夏洛蒂·勃朗特

一　生平与创作

夏洛蒂·勃朗特（1816—1855）是英国文学史上著名女作家，女性主义运动先驱。

（一）生平

1. 剑桥大学毕业的父亲的故事讲读，激发了“勃朗特三姐妹”（夏洛蒂与两姐妹艾米妮、安妮）的文学兴趣。

2. 少年时寄宿学校的经历在她心灵深处留下了可怕的印象；20 岁左右时文学创作、家庭教师与创办学校的理想均受打击，使她的性格中多了许多简·爱的倔强与顽强。

3. 1847 年《简·爱》与两妹妹的《呼啸山庄》《艾格妮丝·格雷》同年出版；三姐妹震惊了英国文坛。可惜第二年后半年与第三年前半年，三姐妹中的另两个（她的两妹妹）与小弟都离开人世。

4. 1855 年新婚不满 9 个月的她，病逝，39 岁。

（二）创作

1. 小说四部先后是：《教师》《简·爱》《谢利》《维莱特》。

2. 特点：

（1）女性主题；

（2）抒情笔调；

（3）人物的个性化。

所以，它是“现代女性小说”的楷模。

二　《简·爱》

（一）情节

简·爱从小是个孤儿，寄养在舅舅家里德府，舅舅去世后受到舅妈虐待；一次反抗表兄的欺辱后被送到条件极其恶劣的寄宿学校，身心受到摧残；后来到桑菲尔德庄园当家庭教师，在这里与主人罗切斯特相知相爱，最后决定结婚。结婚前才知道罗切斯特已结婚，他的疯妻子就被锁在楼上。简·爱无法接受这样的现实，就逃到荒原，几乎死掉，最后被传教士圣·约翰救起，并生活在那里，在一个学校当老师。通过圣·约翰得知自己继承了叔叔一笔很大的遗产，与圣·约翰也是亲戚。圣·约翰让她嫁给他，并与之一起去印度传教。她无法忘记罗切斯特，拒绝了圣·约翰，她回到桑菲尔德庄园。庄园已烧光，罗切斯特的眼睛失明，罗切斯特的疯妻子已死，简·爱决定回到罗切斯特的身边，嫁给他。

（二）人物形象

（1）简·爱：作为一名有着强烈的自我意识的平民女子，又矮又丑，却聪明而谦逊、倔强而善良、沉静而热烈。[觉醒女性]

（2）爱德华·罗切斯特：愤世嫉俗、盛气凌人，可表面的傲慢与粗犷难以掩饰他内心的失落与对真情的渴望。[叛逆贵族]

第七节　艾米莉·勃朗特

一　生平与创作

（一）生平

1. 艾米莉（1818—1848）是比夏洛蒂更性格孤僻且最喜沉默寡言的人，这使她惯于内心思考和想象。

2. 英国北部约克郡旷野中呼啸的北风，让经常独自漫步到那里的艾米莉感受到了桀骜不驯的力量与强烈的爱恨对比。

3. 临死前的坚强、无畏与镇定令人敬佩。

（二）创作

1847 年《呼啸山庄》。

二　《呼啸山庄》

（一）故事情节

吉卜赛人弃儿希刺克历夫被呼啸山庄主人恩萧先生收为养子，恩萧的儿子辛德雷对此恨之入骨，为此也吃了不少苦头；女儿凯瑟琳和希刺克历夫同龄，一起玩耍，感情甚好。老恩萧去世后，辛德雷成为一家之主，虐待希刺克历夫，并把他视为奴仆，干重体力活。凯瑟琳只能同情而无法改变希刺克历夫的地位与处境，两人感情进一步深入。一次两人到附近的画眉山庄玩耍时，凯瑟琳被狗咬伤，在画眉山庄住了一段时间，回来后气质大变，也引起了希刺克历夫的嫉妒与不安。因为画眉山庄的林谆少爷喜欢凯瑟琳，并开始向她求婚。凯瑟琳也深深陷入两难之中。内心真正喜欢的是希刺克历夫，门当户对的是林谆。希刺克历夫雨夜离去。凯瑟琳嫁给了林谆。几年后希刺克历夫变成富翁回来找凯瑟琳，这引起了他和林谆的冲突，娶了林谆的妹妹给予虐待，这也给了凯瑟琳巨大的打击。凯瑟琳生下一女后死去。希刺克历夫开始疯狂复仇。辛德雷父子、林谆父女，乃至自己的妻儿都成为他复仇的对象。最后他占有了呼啸山庄和画眉山庄。他没有在复仇中和复仇成功后得到快乐和幸福，而是陷入精神恍惚状态中，每天期待与凯瑟琳灵魂相遇。最后孤独地死去。

（二）思想特点

1. 现实金钱与门第观念对人性的扭曲与残害——现实主义；
2. 对超越时空、激情四射的爱情的描写与渴望——浪漫主义。

（三）人物形象

仁爱之子、复仇恶魔——希刺克历夫：逆境养成了他儿时孤僻、忧郁而坚忍的性格；青年时的迫害与孤立令他更加富于沉默中蓄积反抗的欲望。他采用了自己最痛恨的压迫者的手段来报复，最后才发现自己成了第二个辛德雷。然而无论是他的爱情悲剧还是他的复仇悲剧，都是冷酷的社会使然。

然而他本性是善良的。他对爱情忠贞不渝；对晚辈疼爱有加，比如对哈里顿；对管家与仆人的尊重，对弱者的同情。他令人同情。

（四）艺术特点

1. 缺乏足够生活经历的艾米莉却有着惊人而独特的想象力。

2. 巧妙而复杂的叙述结构。

（1）两个人物很重要：

①好奇探寻的外来客洛克乌德是作者设计的隐含读者；

②先是呼啸山庄的女佣，又为画眉山庄的管家的丁耐莉，是小说故事的全程见证人，因而担当了全知叙述人。

（2）一个起点很重要：隐含读者的提问是在故事发展到凯瑟琳死后幽灵出现之时，也就是说，该戏剧性情节已近尾声，因而全知叙述人丁耐莉的讲述便以倒叙（回忆）的方式展开。

3. 环境描写的高度诗意化、象征化。（如：从“树”→“人”）充满了浓郁的北方乡土气息。

4. 语言的个性化与丰富多样性相统一。

第八节　果戈理

一　生平与创作

尼古拉·华西里耶维奇·果戈理（1809—1852）是俄国批判现实主义文学的奠基人。他的批判与讽刺风格以及“自然派”（实为“写实派”）影响了欧洲，尤以揭露在农奴制的反动与腐朽的长篇《死魂灵》享誉世界。

（一）生平

1. 父亲是有名的乡绅，也是一名诗人和民间喜剧家，在父亲的影响下，果戈理从小就希望以文学来引导人们的生活。

2. 青年时期，进步的社会思潮启发了果戈理对自由与进步的渴望，1830年，他结识了著名诗人茹科夫斯基与普希金。

3. 1852年，因病逝世。

（二）创作

1. 早期——小说

（1）1831—1832年《狄康卡近乡夜话》（两集）包括8部中短篇。

①结构：以狄康卡近郊一个养蜂老人在黄昏时分对围坐在一旁的乡亲们讲故事的形式，连缀成篇。

②内容：乌克兰生活风俗：勇敢爱国的民族传统。

（2）1835年中篇小说集《密尔格拉得》（4篇——《地鬼》《旧式地主》《两个伊凡吵架的故事》以及《塔拉斯·希尔巴》）是重心由浪漫主义向现实主义转移的标志。主要勾画了当代地主们的无聊自私的肖像。

（3）1835—1842年《彼得堡故事集》（5个——包括《涅瓦大街》《肖像》《鼻子》《狂人日记》《外套》）。

①《狂人日记》写一个小官吏被官僚等级制度迫害致疯发狂的故事；

②《外套》写一个小官吏毕生抄写文书，过着贫困屈辱的生活，好不容易才攒够钱买了件外套，但后来外套也保不住，他也悲惨地死去。

《外套》人物描写的一大特色是：用复仇鬼魂形象启迪“小人物”的觉醒意识。“小人物”巴施马奇金的鬼魂复仇，影射了公理难辩、正义难申的俄国黑暗现实的揭露；蕴含着平民阶层不平则鸣、讨还公道的思想以及反抗压迫申冤复仇的愿望。不仅如此，通过鬼魂复仇胜利获得心理平衡情节的描写，体现了对历史转折期

“小人物”生存意识的审视，标志着对“小人物”形象社会情结的一种超越。果戈理以令人凝视沉思的嘲讽和尖锐而复杂的现实描写，被别林斯基评价为“文坛的盟主，诗人的魁首”。

“小人物”的形象是19世纪俄国文学的传统形象之一，从普希金的《驿站长》开始，经过果戈理的《外套》和陀思妥耶夫斯基的《穷人》，这类形象不断受到作家的重视，它是俄国文学具有强烈人道主义精神的标志。《狂人日记》和《外套》深化了由普希金《驿站长》开创的描写小人物的主题。这些“小人物”题材的作品，不但表现了他们生活在冷酷社会里的贫困凄凉、孤苦无告，而且反映了他们对不公正的社会的不满和抗议，也表达了作者对他们的深切同情。

（4）1842年《死魂灵》

2. 后期——戏剧

（1）1835年讽刺喜剧《结婚》，七品文官波特卡辽辛在“娶亲”时等级与金钱因素出尔反尔。

（2）1836年讽刺喜剧《钦差大臣》。

戏剧情节：俄国某小城腐败不堪，以市长为首的这群贪官污吏听说首都已派出钦差微服私访，就把一个因赌博输得精光而投宿于此的年轻人赫列斯达可夫误当成钦差，市长带头对之宴请、行贿和献媚，最后还搭上女儿。这“钦差”怕被揭露而逃跑。当真相被知道时，贪官们个个哑然失色，这时真的钦差到来。

《钦差大臣》主要揭露讽刺俄国官僚们的丑态，也有对人性的深刻揭示：

果戈理《钦差大臣》的戏剧基础是“误认”，具体体现为“认同他人的失误”和“在事物中只看到自己想要发现的”。1842年修订版中出现的“你们笑什么？笑你们自己”不仅揭示了艺术与生活的真实关系，也使戏剧舞台延伸到观众。

市长误认钦差的过程实际是一个十分复杂的心理变化过程，它分为三个阶段：①认同他人的失误。（市长的姻亲传来了“某大员奉旨来省视察，对于我县，尤为注意”的密报，忐忑不安，梦见双鼠嗅而溜走，遂生不祥感。）②奴性的震撼与慑报。（专制者的反面就是奴才，有权时无所不为，失势时即奴性十足。）③在事物中只看到自己想要发现的。（市长为了知道“他是什么样的人，该怕他到哪种程度”，把赫列斯达可夫的推辞、求饶当成作假，等到后者放开胆子，甚至同市长夫人和女儿调起情来的时候，他倒受宠若惊；当客人几口酒下肚便胡吹乱侃时，他认为“人一醉，什么话都往外说，心里有什么，嘴里就说什么……”这是“说出了他不应该说的话”，即透露了其钦差身份。

市长后来承认：“如同上帝想惩罚一个人，那就先夺去他的理性。”其实他何尝失去“理性”了，他始终站在主动出击的一方，安排、试探、考察，在特定的心理运动中，清醒地走向失误。果戈理的伟大正在于他艺术地揭示了这种失误的“必然性”。

（三）总体艺术特色

1. 反对美化自然，揭露社会丑恶。如《钦差大臣》对官场内幕、《死魂灵》对地主阶层的揭露。

2. 形象塑造体现爱憎倾向。如《钦差大臣》中的十二等文官赫列斯达可夫、市长安东；《死魂灵》中的五个地主各有特点，但都在无情鞭笞农奴制。

3. 描写受欺凌的小人物，富有人道主义与同情心。如《狂人日记》与《外套》。

4. 笑中带泪，嘲讽中蕴含悲悯。

5. 真正做到语言个性化。如《钦差大臣》中的市长语言。

二　《死魂灵》

小说《死魂灵》以揭露农奴制和地主群丑而“震撼了整个俄罗斯”（赫尔岑）。

（一）故事梗概

小说写乞乞科夫企图借贩卖农奴以骗取巨款的故事，结尾事情败露，乞乞科夫潜逃。

六等文官乞乞科夫为了投机，他买空卖空，向地主们“收买”的是已经死去但暂还未在户口本注销的农奴，他们在法律上被承认为活农奴，因此狡猾的乞乞科夫买每个农奴只要花几个戈比，“趁新的人口调查没有进行之前，买进一千个死魂灵，再到救济局去抵押，每个魂灵200卢布，足可以赚20万！”

（二）人物形象

1. 五个地主个个不同，是《死魂灵》最成功之处。

（1）玛尼洛夫：他外表显得温文尔雅，笑容可掬。他是个有着文雅外表却内心空虚的懒散的寄生虫。“和他一交谈，在最初的一会儿，谁都要喊出来：一个多么可爱而出色的人啊！”

然而他内心空虚，懒散而耽于幻想，书桌上摆着一本书签总夹在第14页的书，那是两年前读到的位置；他脑子迟钝，“对乞乞科夫的奇怪的请求，……却还是猜不出那意思来：他翻来覆去地想，要知道得多一些，然而到底不明白”。

（2）科罗博奇卡是一个狡猾务实的女地主。

她与玛尼洛夫正相反，她精于算计，“悄悄地慢慢地把现钱一个一个地弄到”，甚至连卖死魂灵了唯恐吃亏，患得患失。

（3）罗斯特莱夫：一个粗笨无礼、挥霍成性的乡村恶少式地主。他花天酒地，吹牛造谣，养狗养马，喜欢赌博。

（4）索巴凯维奇：一个血腥的剥削者。他粗壮得像一头熊，

“脚步很莽撞，常要踏着别人的脚”，喜欢大吃大喝，总是全猪全鹅地吃，“连骨头也嚼一通，直到一点不剩”。他把自己的庄园、住宅直到家具都营造得很牢固；在钱财上极精明，出卖死魂灵时不但要了高价，而且还在成交的名单中偷偷加进一个本来不值钱的女农奴。

（5）泼留希金：贪婪与吝啬集于一身。

他有大片庄园、上千农奴，仓库里有大批快要霉烂的衣料，堆攒的面粉已经硬得像石块，他却如乞丐般度日，不停地捡破烂，一片破布，一块碎铁，都要捡到自家的仓库里去。他贪财如命，六亲不认。他庄园里被饿死的农奴“像苍蝇一样多”。

2. 乞乞科夫：他是贯串上述五颗“珍珠”的线索人物。

他既具有地主阶级的寄生性又具有新兴资产者唯利是图的特点，体现了金钱因素在俄国的渗透。作者对他作了传记式勾画。乞乞科夫从小受父亲的教诲：“顶要紧的是：有钱、攒钱，……钱是不会抛弃你的。”从上小学到上大学工作，他一贯讨好老师、巴结上司，目的是向上爬，赚大钱。

他在官场上屡受挫折，但从不气馁，每次都从头再来，终于学得圆滑世故，具有投机钻营的本领。他对五个地主各有对策就是明证。

（三）思想成就

1. 反映了农奴制的腐朽与没落，充分显示出社会变革的必要性与紧迫性。

2. 从乞乞科夫的身上既挖掘出了本国新兴资产者的本质，也批判了英法殖民者们满世界敲骨吸髓的钻营表现。

（四）艺术特点

1. 以写实笔法多方画刻画人，由情节小说，发展为性格小说。

（1）强化生活细节，入木三分。

（2）结合外貌、心理、行为与言语等突出人物，形象而富个性。

（3）环境烘托，加深印象。如波留希金庄园的描写。破旧、昏暗。

2. 庄严而抒情的笔调，使叙事与抒情交相辉映，深化主题。

第九节　屠格涅夫

一　生平与创作

（一）生平

1. 伊凡·谢尔盖耶维奇·屠格涅夫（1818—1883）出身省城贵族家庭。母亲性格乖戾，父亲性格柔和。

2. 1843 年，他结识了两个对他来说至关重要的朋友。批评家别林斯基、法国著名女歌星波丽娜·维亚尔多。后者已婚有子，他为她而长期侨居国外，终生与她一家亲密往来，友谊纯洁。他小说中那些充满诗意、令人惋惜的爱情往往使人变得更纯洁更高尚。那是作者屠格涅夫亲身的经历和心声。

（二）创作

1. 抒情心理剧：1847 年前后，《食客》《乡村一月》。

2. 随笔：《猎人笔记》（1847）是“用诗写成的对农奴制的控诉书”。其中有自信自尊的霍尔、浪漫纯朴的卡里内奇，然而他们却是受摧残的农奴，含蓄地表达了农奴制不可不废。

3. 小说

（1）50 年代，三部

①中篇《木木》（1852）以其母亲为原型，写一个暴戾的女地主，被看作《猎人笔记》之续篇。（另：50 年代的中篇《阿霞》《多余人日记》）。

②《罗亭》（1856）。

③《贵族之家》（1859）。

这两部作品反映 40 年代贵族知识分子在思想上的探索。

（2）60 年代，三部

①《前夜》（1860）。

②《父与子》（1862）。

③《烟》（1867）。理想人物李特维诺夫性格软弱，毫无改良社会的成效。叹息“人类的一切……都是烟”。

（3）70 年代，一部

《处女地》（1877）虽然坚持反农奴制的立场，书中人物均意志软弱或目光短浅，要开垦这样的社会处女地，必须使用“铁犁”——社会改良。

4. 1882 年《散文诗》

《门槛》写了一个“俄罗斯女郎”，女革命家。

《麻雀》等。

（三）四部长篇：《罗亭》《贵族之家》《前夜》《父与子》。

1.《罗亭》

塑造了 19 世纪 40 年代政治黑暗、文学萧条时期进步贵族知识分子的典型。罗亭受过良好的教育，天资聪慧，博学多才，能言善辩。他在贵族娜达丽亚·拉松斯卡雅的客厅，满怀激情地“演讲”，以自己闪光的思想，优美的语言，贬斥保守派，也点燃了青年人心灵中的希望与热情。然而，在行动上，罗亭经不住残酷现实的考验，“一碰以阻碍，就完全粉碎”。因此，多数人坚持认为罗亭是思想的巨人，行动的矮子，是继奥涅金、毕巧林之后的又一个“多余人”。实际上，罗亭是一个有理想并为之奋斗的人，他的“多余”是他在黑暗的现实中欲进不能时表现出来的彷徨，曾经那样有号召力的人都被逼了回来，足见恶势力之顽强，现实之残酷。

由此看来，“多余人”并不“多余”，即使是他们的呐喊乃至苦闷，也引人思考，催人猛醒。因而，显得“多余”的“多余人”其实是社会变革期的早醒者。

2.《贵族之家》

贵族拉夫列茨基的妻子侨居国外多年，讹传已去世，后来他爱上了远房外甥女丽莎·卡里金娜，一个严肃而善良的姑娘。然而不久之后妻子突然归来，他和丽莎接受社会道德伦理观念的约束，决然分手，丽莎遁入修道院。

拉夫列茨基也是个“多余人”，没有罗亭那么敏锐，比较务实，进行了庄园改革，但由于贵族之家的懒散习气，而向命运屈服。

3.《前夜》

应时代的变化，要求从《前夜》开始，由写“多余人”转向反映“新人”。他把这部作品里的男女两个主人公称作“新生活的先驱”。

俄国贵族叶琳娜爱上了在莫斯科留学的保加利亚爱国志士英沙罗夫。她不顾家庭的阻挠，竟然随同他回保加利亚参加解放祖国的斗争。途中英沙罗夫不幸病逝，叶琳娜矢志不移，坚持到保加利亚起义军中服务，以继承丈夫未竟的事业。二人是恋人，亦是战友。英沙罗夫身上最吸引她的就是英沙罗夫为解放祖国而牺牲的精神。英沙罗夫不但有理想，而且有坚实的行动。这些正是俄国贵族知识分子所缺乏的。但俄国当时还处于出现这种英雄的“前夜”。

二　代表作《父与子》

（一）故事情节

贵族出身的阿尔卡狄·基尔沙诺夫邀请医科同学、平民出身的巴扎罗夫到他家度假。在基尔沙诺夫家，其“父”辈们尤其伯父巴威尔的贵族自由主义者的态度与各种观点，在平民知识分子巴扎罗夫代表的革命民主主义的精辟独到的见解面前屡屡受挫。不久，巴扎罗夫同阿尔卡狄到省城去，在一次舞会上得遇优雅动人的富孀奥津左娃。两个年轻人应邀到其庄园做客。阿尔卡狄热恋上奥津左娃的妹妹，而巴扎罗夫对奥津左娃也产生了爱情，但遭到拒绝。两个年轻人回到基尔沙诺夫庄园。阿尔卡狄已经转向安乐地享用父亲的产业，巴扎罗夫则埋头于生物研究工作。但阿尔卡狄的伯父巴威尔对巴扎罗夫仍然恨之入骨，趁机挑起一场决斗，巴威尔伤败。巴扎罗夫于次日回到父母家中，后来在为邻村的伤寒病死者解剖尸体时不慎割伤自己的手指，感染病毒而死。

（二）思想内容

1. 主题在于表达“民主主义对贵族阶级的胜利”。即使是贵族方面的佼佼者巴威尔、阿尔卡狄，都是目光狭小的。“父”必败于“子”。

2. 巴扎罗夫的身上弱点的暴露是合理的，也增强了这个人物的真实性。

（三）艺术成就

1. 形象书写 19 世纪 40—60 年代的俄罗斯“社会编年史”。

2. 以人物的行动来刻画其心理，典型的社会心理小说。

3.“诗意的现实主义”。

4. 语言精美、准确而又简洁。

5. 小说叙事的贡献：

（1）以浓缩、紧凑的中篇篇幅承载长篇分量；

（2）以“前史”插叙与“远景”展示，替代并节省过程描述；

（3）以瞬间的心理与情感折射人物精神全貌；

（4）在多重空间框架中杂糅其他文体因素，增强表达效果。

第十节　陀思妥耶夫斯基

一　生平与创作

费奥多尔·米哈依洛维奇·陀思妥耶夫斯基（1821—1881）是19世纪中后期俄国最富天才与个性的作家，高尔基曾说："托尔斯泰和陀思妥耶夫斯基是两个最伟大的天才，他们以自己的天才的力量震撼了全世界，使整个欧洲惊愕地注视着俄罗斯，他们两人都足以与莎士比亚、但丁、塞万提斯、卢梭和歌德这些伟大的人物并列。"他的作品充满对人性的穷根究底的挖掘，而且在艺术上注重主观意识乃至潜意识的对话，被20世纪俄罗斯著名的文论家巴赫金称作"复调结构"的小说样式。

（一）生平

（1）幼时的田庄生活与市民环境使他了解俄国的平民生活。

（2）青年时期（17—23岁）的6年在彼得堡军事工程学校，他既接触了社会又广泛阅读了大量经典作品，并于1844年出版了译著巴尔扎克的《欧也妮·葛朗台》。

（3）1847年不同意别林斯基文学的"社会使命"主张而与之观念产生分歧。这也正表明陀氏重主观的"幻想的现实主义"的倾向的与众不同性。

（4）1849年，信奉空想社会主义思想的陀氏被判处死刑。在刑场上，等待死亡脚步声的他，又被皇帝改判流放后服兵役。9年的流放生活与癫痫病的折磨，以及悲剧性的变故，这些创伤令他一生难以抹平。

（二）创作

1. 早期——40年代

思想内容：反映"小人物""被欺凌与被侮辱的"和"双重

人格”。

（1）“小人物”“被欺凌与被侮辱的”。

1845 年，中篇书信体小说《穷人》。

①故事情节：

《穷人》讲的是一个年老的抄写员杰弗什金和一个自幼父母双亡、被迫寄人篱下而沦为妓女的年轻姑娘瓦莲卡互相关照、互相爱怜的故事。出于杰弗什金的善良本性，他想要救她，接济她，但碍于世俗观念又很矜持、谨慎地恋她、瞥她一眼，暗暗祝福她。他为了接济瓦莲卡宁愿卖掉礼服，将小职员的尊严抛诸脑后。他欣赏瓦莲卡自食其力的高尚心灵。然而，穷人杰弗什金哀叹自己也无力改变他和她的这种命运，瓦莲卡最后还是被迫嫁给了那个恶棍般的地主贝科夫。

小说以对“小人物”的深切同情和对主人公心理的细腻刻画为特色，引起了强烈的反响。

②艺术上：“小人物”独特的视角；书信体的亲切口吻，真实再现了生活的艰难与辛酸。

③思想上：“穷人”的苦难与同病相怜；“穷人”可敬的自尊心。

（2）揭秘心理矛盾与“双重人格”：“幻想家”。

中篇小说《双重人格——高略德金先生的奇遇》（1846）、《女房东》（1847）。

《白夜》（1848）、《脆弱的心》（1848）。

《双重人格——高略德金先生的奇遇》。

①情节：怯懦胆小的小公务员因极度焦虑，而生幻觉：脑海中出现同样相貌的另一个所向披靡、巧取豪夺的高略德金，他以卑鄙无耻为通行证在社会上处处烦心。高略德金羡慕他，又惧怕真成为此人。最后因性格分裂而发疯。

②成就：重主观环境，对人物的幻觉想象、性格分裂与荒诞意味雕刻传神。

2. 中后期——六七十年代

（1）思想内容：反对艺术功利化与“纯艺术”两种极端化倾向，而提出“根基论”（又称“土壤派”理论），要求文学要根植人民这个“土壤”以汲取道德的营养，以非斗争的方式让贵族与平民在基督与沙皇监督下和解。

（2）本期作品：

长篇《被欺凌与被侮辱的》（1861）、《死屋手记》（1861—1862）、《罪与罚》（1866）《白痴》（1868）、《群魔》（1871）、《少年》（1875）、《卡拉马佐夫兄弟》（1880），中篇《舅舅的梦》（1859）、《斯捷潘奇科沃村及其居民》（1859）、《地下室手记》（1864），散文《冬天记的夏天印象》（1863）、《作家日记》（1876—1881）。

重要作品简介

《被侮辱与被损害的》：

工厂主史密斯一家和小地主伊赫缅涅夫一家，被瓦尔科夫斯基公爵作弄坑害的悲惨故事。

瓦尔科夫斯基公爵虚伪、卑鄙而又残忍，一生作恶多端。

年轻时，为了夺取那位侨居俄国的英国人——工厂主史密斯的财产，先引诱了他的女儿，达到目的后又将她抛弃，致使她含恨而死，她遗下的幼女涅莉随着史密斯流落街头，结果毁了史密斯的幸福家庭。

中年时，他诬告小地主伊赫缅涅夫侵吞他的财产，并通过诉讼夺走后者仅有的一座田庄；同时他迫使自己的儿子阿迈沙娶伊赫缅涅夫之女娜塔莎，富家女卡佳以增加300万卢布家产，用阴谋手段破坏阿迈沙和娜塔莎的爱情和婚姻，结果又毁了伊赫缅涅夫一家。

这些被欺凌与被迫害的小人物，正直、善良，以倔强的忍受和高傲的蔑视来对待这些凌辱，娜塔莎与涅莉有幻化之基督的一面。

《死屋手记》：

因杀妻而被流放的贵族戈里杨契科夫讲述 10 年来的狱中见闻。

监狱——“死屋”中关押着 250 个囚犯，250 个原本或许将成为民族脊梁和天才的人被不公正地囚禁在这里，又被像对待害虫般地以酷刑折磨。这种社会的“毒瘤”与笔记中另一些人所代表的人性中的“极恶”相对应；以虐杀儿童为乐的逃兵卡津；丧失灵仅存肉的肉欲主义者，因告密而入狱的贵族青年 A；等等。他们成为兽性突出的“恶”的“强者”。

将人内心的罪恶毫不留情地揭示在读者的面前以至残酷的程度，而被称为“残酷的天才”。

《地下室手记》：

一个彼得堡的小文官，退休后隐居在自己的地下室内。

从社会生活角度看：表面写的是小人物，实际写的是自我中心主义者碰壁失望后的退守。

从人性角度看：一般人性或“地下人”主题，即经受过苦难，看清了美好事物的难以获得而丧失了对一般准则的信仰，放弃对神圣目标的追求。

《白痴》：

这部小说是农奴制崩溃、资本主义兴起时期贵族资产阶级日益腐化堕落、荒淫无耻的写照。

小说的女主人公娜斯泰西娅出身小贵族，从小父母双亡，长大后聪慧美丽，被收养她的贵族托茨基占有。

后来，托茨基想抛弃她以另娶一个富家小姐，最后他又提出以陪送 7.5 万卢布的巨款将她嫁给叶潘钦将军的秘书加纳，以换取和将军之女结婚的条件。

叶潘钦表示同意是另有企图的，他一方面想找到一个有钱有势的女婿，另一方面他自己对娜斯泰西娅的美色早已瞩目，想利用加纳娶亲成功后去接近她。而加纳则是贪图她的陪嫁款。

这一连串的阴谋被娜斯泰西娅看穿，她痛恨自己的不幸遭遇而以“自虐”来毁坏自己，报复对方。虽然她爱梅思金公爵，却拒绝了他，也不愿接受梅思金公爵的帮助，宁肯嫁给富商罗果静。

然而，她只是想报复这群不仁不义的伪君子。生日晚会上，她当着这群伪君子的面将10万卢布纸币投入火炉焚烧，表示对金钱主宰一切的世道人情的蔑视。小说结尾，象征着“美”的她，被罗果静杀害。“美”败给了“恶”。

高尔基认为：梅思金公爵被写成了白痴；然而作者强调她要写的是一个理想化的人物，纯洁善良，对不平等的社会怀着强烈的不满，向往着人人团结友爱的世界。因此他奉行基督教的博爱、忍让与宽恕，他爱娜斯泰西娅，还宽恕了罗果静这个凶手。

《卡拉马佐夫兄弟》：

最后一部长篇小说，也是总结性的，计划写两部，但第二部未及完成就逝世了。写的是外省富豪卡拉马佐夫一家父子、兄弟间因金钱和情欲引发的冲突，直到发生仇杀的悲剧。卡拉马佐夫这个“偶然组合的家庭”分崩离析的历史，是19世纪后期俄国社会在资本主义和金钱势力冲击下发生悲剧的缩影。

主要人物：

老卡拉马佐夫：他年轻时是寄食于富户的丑角，后来靠不正当的手段发家，晚年通过放高利贷成了富豪。他贪婪阴险，性情暴戾，极端好色，娶过两次妻，一个逃亡，另一个被他折磨而死。所生的三个儿子都被他弃之不顾，幸亏有一位老仆人加以抚养，孩子们才得以长大。他无恶不作，奸淫了精神失常的女孩子丽莎，产下一子被仆人收养，儿子们都很憎恶这个父亲，并且为争夺财产和女人而明争暗斗。

长子德米特里，当过军官，性情暴烈，生活放荡，曾利用他的上司老中校挪用公款案乘人之危，逼迫中校之女卡杰琳娜就范，接受求婚。但不久他又爱上格鲁申卡，为争夺这个风骚女人和家父的财产而多次扬言要杀父亲卡拉马佐夫。然而他卑劣的灵魂中又有一些善良的因素。他后来慷慨帮助卡杰琳娜，真诚地爱着格鲁申卡，被误认为是杀父的凶手，虽受冤枉却甘愿受刑罚，以此来“洗净自己”。

次子伊凡，上过大学，善于思考，是个不承认上帝创世说的无神论者。他抗议现存的社会秩序，同情人类的苦难，追求理想的生活。然而另一方面，他为了继承遗产而盼望父亲早死。他同时也爱上了卡杰琳娜，就希望哥哥和父亲争斗，让“一个混蛋把另一个恶棍吃掉”。因为若父亲死了，大哥娶了格鲁申卡，他就可以独得卡杰琳娜。他的这种忽略任何道德准则、抛开上帝而投入魔鬼怀抱的思想，使斯麦尔佳科夫得到启示而弑父。他承认自己是幕后元凶，最后精神失常。

幼子阿迈沙，他是周旋于家庭成员之间，起着抑恶扬善的协调作用的理想性人物。他纯洁善良，谦恭温和，是作者“我要为全人类受苦”的东正教思想的体现者，类似于《白痴》里的梅思金公爵。然而他有着七情六欲，是不同于梅思金那种圣徒式的正常人。

厨师斯麦尔佳科夫，他是最典型的恶的化身，他卑琐、狠毒，完全由欲望来支配行为，为夺取钱财而亲手杀死了老卡拉马佐夫，却嫁祸于人。最后才悔罪，上吊自杀。

“卡拉马佐夫性格”：指卡拉马佐夫这个道德沦丧、欲望横流的地主之家的共同精神气质，那就是卑鄙无耻、自私自利、野蛮残暴、放肆淫逸、腐化堕落的集中表现。其家人间的丑恶关系同时也是社会关系畸形变化的反映。

二　代表作：《罪与罚》

这是一部反映俄国农奴制改革后，社会在资本主义浪潮的冲击下的各种矛盾，陀思妥耶夫斯基以惊险、凶杀等紧张情节来探讨犯罪心理与伦理道德问题的小说。

（一）情节概要

核心人物拉斯柯尔尼科夫，是个穷大学生。他住在彼得堡某贫民公寓顶楼的一间小屋里，他的见闻与感受、犯罪与惩罚构成了小说的情节。故事伊始，他陷入了困境：缴不起学费而退学；缴不上房租而躲着房东；衣衫褴褛而做不成家教；——可怜的他仅凭母亲的养老金和在外省当家庭教师的妹妹的接济勉强度日。

他的穷困以及他亲眼看到的表面繁荣而背后藏垢纳污、暗无天日的社会惨相令他充分领受了社会的不公平：受尽欺凌的妓女、失业无着的小公务员、投河自尽的女工、沿街求乞的疯女人怀里的孩子……

马尔美拉多夫一家人的遭遇很让拉斯柯尔尼科夫揪心。他在下等酒馆里碰见被机关裁员的九等官马尔美拉多夫，他失业无着，一家五口没法度日。长女索尼亚为了一家人免于饿死，被迫出去卖淫，以维持一家清苦的生活。做父亲的羞愧难当，借酒消愁，从心底呼叫“这样的日子过不下去啊!”穷困潦倒的他后来酒醉后在马路上被车轧死。他的妻子几乎精神失常，带着三个孩子上街乞讨，结果肺病发作而死去。

拉斯柯尔尼科夫内心的善良与同情心被点燃了，他要劫富济贫，主持正义，他想到有个为富不仁的放高利贷的老太婆阿廖娜的言行，于是借机杀了阿廖娜和她妹妹丽扎韦塔。

他以暴力抗恶的行为是受自己的“超人”理论鼓动和驱使的。他认为人分两类：“庸人”（“凡人”）与“超人”。庸人循规蹈矩，屈从暴力；超人为所欲为，主宰世界。他宁愿伤天害理也要做仅占少数人的超人。超人有义务清除社会机体里的寄生虫，如高利贷者。

与他的“超人”理论相连的是“权力”理论。认为：一旦掌握权力，成为新的统治者，就拥有了制定新规则的资格，也就成为新的立法者。他们原本被认为是非法、犯罪的行为则被书写为合理的、必要的革命行为。

对于这两者，陀氏分别处理：

对“超人”理论的恶果——杀人行为，陀氏持否定态度，采用“罚”（肉体与精神两个层面）。而且分六部分的小说，只有第一部分写“罪”，其余五部分都写罚，尤其是精神上的罚，良心谴责、自我折磨直到几乎精神分裂。负罪感以及索尼亚用基督精神的规劝，使他终于皈依上帝，去投案自首，愿意经受肉体苦难而走向新生。

（二）思想内容

1. 以完美的写实艺术描绘了 19 世纪中叶俄国社会的可怕景象，尤其是对首都彼得堡社会底层人们悲惨命运的反映。

2. “超人”理论、“权力”理论以及以肉体折磨拯救灵魂罪恶的思想，发人深思。

（三）艺术成就

1. 叙事线索上，一个人物，两条线索。一条线索是穷大学生拉斯柯尔尼科夫的凶杀案的罪与罚；另一条线索是九等文官马尔美拉多夫一家人的悲惨遭遇。

2. 叙事手法上，喜欢用内心独白，尤其是梦境和幻觉，直至写出心理的病态、精神错乱、歇斯底里等，由于他重视人物在异常状态下的潜意识独白，以及直觉幻觉等，被现代派作家奉为鼻祖。

3. 小说结构上，巴赫金认为陀氏“创造了一种全新的艺术思维类型——复调型的艺术思维”。

复调以相对传统的“单调”样式而出现，单调小说是作家作为一个总导演来设计人物与情节，观念倾向始终统一而鲜明；而复调小说中的人物则各有自己的声音和音调，从说话人的角度看，每个音调都平等独立、振振有词，彼此虽衔接却并不融合。

（四）人物形象

拉斯柯尔尼科夫：

他是一个天资聪慧，能制造出一套特殊“理论”的读书人，他有善良的品质，做过不少善行：他曾冒着生命危险从火灾里救出小孩，把自己不多的钱送给因病死去的同学的父亲，把全部生活费给了马尔美拉多夫的家属去治丧。然而他杀人了，原因有二：客观上是在贫穷而苦难的世界里惶惶不可终日，因拼命挣扎并终于铤而走险，是犯罪的社会根源；主观上是他的“超人”理论与“权力”理论。

第八章　19世纪中后期的浪漫主义文学

本章学习重点：

1. 熟悉19世纪中后期浪漫主义作品的主要特征；

2. 了解两位诗人惠特曼和海涅的诗歌代表作的主要内容和风格；

3. 熟悉大仲马、凡尔纳、麦尔维尔和柯南·道尔四人的代表作最主要风格和艺术手法。

第一节　大仲马

亚历山大·仲马（1802—1887），法国19世纪浪漫派的骁将，促使19世纪成为浪漫主义小说的黄金时代，他也是世界通俗小说的典范作家，号称“通俗小说之王”，大大完善和发展了通俗小说的创作。

大仲马之于小说，犹如莫扎特之于音乐，已达艺术的顶峰。过去、现在和将来，都无人能超越大仲马的小说和剧本（萧伯纳语）。

一　生平和创作

（一）生平

1. 大仲马生于法国的一个小家庭，父亲生前是战功赫赫的将军，之后衰退。父亲去世后，与母亲相依为命。他继承了父亲英勇果敢、坚毅上进的性格。

2. 幼年时的大仲马不喜欢学习，只喜欢舞刀弄枪，从小就体现出放荡不羁的性格。20 岁后，作为奥尔良公爵抄写员的他偶然接触戏剧，并对其产生了浓厚的兴趣，他开始发奋学习，弥补了自己知识上的空缺。他对文学创作有着巨大的热情，1845—1855 年这段时间内，其作品的之多产，法国文学史也无出其右者。

（二）创作

1. 第一个阶段：20—30 年代的戏剧创作

（1）1829 年：第一部浪漫剧《亨利三世及其宫廷》上演，破除了古典的“三一律”，预示日后浪漫派的胜利。

（2）1831 年：五幕爱情悲剧《安东尼》，汹涌澎湃的激情交响曲，将巴黎民众对戏剧的热情推至高潮。

（3）1832 年：《奈尔塔》。

（4）1836 年：《或名混乱和天才》。

之后，大仲马不断将自己的小说改成剧本，在舞台上取得成功，使他跻身当时名剧作家之列。

2. 第二阶段：40—50 年代的小说创作

随着浪漫主义戏剧高潮的低落，大仲马开始转向通俗小说的创作。他采用虚实结合的手法，以通俗有趣的小说形式描绘历史事件或场景，最成功的是《三个火枪手》和《基督山伯爵》。这个时期也是大仲马作品最高产的时候，他拥有大批的合作者，但作品的构思、设计、审阅、加工、润色等大量工作都由大仲马完成。

（1）火枪手三部曲：

《三个火枪手》（1844）：所有历史题材中最为成功的一部，情节曲折、波澜起伏。内容上反映了当时复杂的政治斗争和宗教斗争，艺术上塑造了一些性格鲜明的人物形象。

《二十年后》（1845）：《三个火枪手》的续集，作者将传奇与历史事件结合得更为紧密。

《布拉热洛纳子爵》（1848）：三个火枪手年迈时期，他们是太阳王光辉下的牺牲品，小说也透露出悲凉的气息。

（2）以宗教战争为背景：《玛戈王后》（1845）、《蒙梭罗夫人》（1846）、《四十五卫士》（1847—1848）；

（3）描写法国君主制崩溃的系列小说：《红房子骑士》（1845—1846）、《约瑟夫·巴尔萨莫》（1846—1848）、《王后的项链》（1849—1850）、《昂热·皮图》（1851）、《基督山伯爵》（1850）。

3. 晚年作品：《铁面人》（1867）。

大仲马的戏剧是浪漫派的典型代表，《安东尼》可以看作浪漫主义的大爆发，气势磅礴的热情、不拘一格的抒情是它的典型。但浪漫派本质过于抒情，因此产生不了价值持久的戏剧作品。它的舞台意义只限于反映中世纪。

在小说方面，大仲马发展和完善了通俗小说的创作，把历史变为生动的现实。同时，通过描写现实社会中的惊险奇妙的故事，创造出曲折复杂、扣人心弦、具有强烈艺术魅力和积极意义的小说作品。高屋建瓴地俯视现实，描写一整个历史时期的广阔画面，也是他眼光高于其他通俗小说家的地方。

二　《基督山伯爵》

（一）情节内容

主人公爱德蒙·唐泰斯是名水手，即将升为船长，拥有美丽的爱情，是人们眼中羡慕的青年才俊。他的同事非常嫉妒，于是就利用他替拿破仑党人传信诬陷他，将其打入死牢。唐泰斯被捕后老父无人赡养，饥饿而死。而诬陷他的三个恶人——邓格拉斯、弗南、维尔福却飞黄腾达，步步高升，最后成为七月王朝统治集团中的达官显贵。唐泰斯在被囚禁的十四年受尽了折磨。在狱中从法利亚长老那里获得了基督山宝藏的秘密。越狱后找到了宝藏，成为富翁，化名为基督山伯爵。他报答了对他有恩的好人，同时，经过八年的精心策划，一一惩罚了自己的仇人。报仇雪恨之后，扬帆远航，离开了人们的视线。

（二）人物形象及其象征意义

1. 主人公基督山伯爵——爱德蒙・唐泰斯：

（1）豪爽勇敢，聪慧过人。由于饱经沧桑，他对任何事都格外执着和敏锐，同时他也懂得感恩。

（2）拥有强健的体魄、丰富的学识、精湛的枪法与剑术、缜密的心思、疾恶如仇的精神，这些优异品质，是他复仇成功的一部分重要原因。

（3）拿破仑事业的牺牲品，他义无反顾地站在受压迫群众的一方，是对黑暗社会抵抗的一种力量，是作者美好理想的体现，同时也表达了金钱腐蚀人心的力量。

2. 基督山伯爵的三个仇人——维尔福、弗南、邓格拉斯：

他们戴着面具，道貌岸然，他们的发迹史和丑陋行径正是七月王朝金融贵族统治集团的真实写照。罪恶的维尔福正好代表着社会的最高价值：法律。这个人物是浪漫派对当时社会最阴险毒辣的形象刻画，表现了大革命及随后社会动荡所产生的资本主义社会中，一切正义荡然无存。

（三）艺术成就

《基督山伯爵》的艺术特点代表了优秀通俗小说的成就。

1. 宏伟壮阔的场面设置。

小说从描写马赛港开始，之后写了罗马的狂欢节和巴黎的上层社会。不仅有广阔的空间跨度，而且用严密的结构网把广大空间联结成一个整体。而主人公就是在这样的空间下展开活动，把读者置于大背景中，给人气势磅礴的厚重感。

2. 故事情节新颖，跌宕起伏，引人入胜。

小说中，作者善于运用想象、夸张、对比等艺术手法，把所描绘的场面设计得惊险新奇，不仅使小说情节波澜壮阔，扣人心弦，更使整部作品充满浓郁的浪漫主义色彩。

3. 结构完整，主次分明。

整部作品虽然壮阔宏大，繁茂复杂，但是情节设置别具匠心，主次分明，结构紧凑，有条不紊。同时层层大小故事嵌套，呈现出了一种精彩绝伦的效果，使读者并不觉得冗长单调。

4. 人物形象鲜明突出，富于个性化。

基督山的形象是一个成长蜕变的过程。爱德蒙·唐泰斯一开始是正直单纯的水手，他心地善良，想要与父亲和自己的未婚妻过安定的生活，却遭遇陷害。拥有财富后虽然他会报答自己的恩人，但对仇人依然是冷酷无情的，最后也因接触那个资本主义社会而变得老谋深算，世故圆滑。这也从侧面反映出了资本主义成长的过程。

5. 蕴含的情感丰富多彩

小说以惩恶扬善、报恩复仇为故事发展的中心线索，随着小说故事情节的不断深入，对其复仇进行了深入刻画，从侧面反映出当时的社会矛盾。对物欲横流、金钱至上、冷漠自私的巴黎社会进行了深刻的揭露。在大仲马的笔下，似乎一些作恶多端的人物刚开始时候非常走运，如弗南、邓格拉斯和维尔福。而善良的人却要遭受命运的不公正待遇，像善良的船主莫雷尔。但最终是善有善报恶有恶报。大仲马把莫雷尔父子作为贯穿始终的人物，对他们进行了高度的赞扬，表达了对当时中小资产阶级不幸的深切同情。从整个故事中可以看出作者的中小资产阶级的感情倾向。

6. 戏剧性的对话描写

大仲马作为戏剧家的身份使他在小说创作中也喜欢用对话进行情节描写，人物的思想和性格往往通过对话来展现。用对话进行叙事易于读者理解，也充满了矛盾冲突。

第二节　凡尔纳

一　生平和创作

儒勒·凡尔纳（1828—1905）法国小说家、博物学家，科普作家，现代科幻小说的重要开创者之一，被誉为“科幻小说之父”。由于凡尔纳知识非常丰富，他小说作品的著述、描写多有科学根据，所以当时他小说的幻想，如今成为有趣的预言。

（一）生平

1. 1828 年凡尔纳生于法国南特，他的家族有航海传统，这一点深深地影响了他日后的写作。

2. 他热衷于科学发现和探险，童年时期，曾私自企图出海，但被发现送还父母，从此被严加看管，只能“躺在床上在幻想中旅行”。他有强烈的好奇心和求学的热情，自学了很多科学方面的知识，为以后的文学创作打下了坚实的基础。

（二）创作

1. 第一阶段：50 年代

1851 年发表第一篇科幻小说《乘气球漫游》。

2. 第二阶段：60 年代

（1）1860 年：《地心游记》描写布罗克教授从一个火山口出发去地心探险的重重艰险；

（2）1862 年：《气球上的五星期》；

（3）1865 年：《从地球到月球》和《环绕月球》（1870）是姐

妹篇，描写“哥伦比亚号”环绕月球旋转，三个宇航员看到月球上的活火山，最后抛落太平洋中的故事；

（4）1867—1868 年：《格兰特船长的儿女》，这部小说与 1870 年发表的《海底两万里》《神秘岛》构成三部曲，获得世界性成功；

（5）1872 年：《八十天环游地球》，描写沙皇政权与少数民族的冲突，暴露了印度的殉夫陋习，表现了专制主义的非人道，对落后风俗和封建主义进行严厉的贬斥，同三部曲一样，获得了世界性成功；

（6）1876 年：《米歇尔·斯特罗戈夫》，以俄国为背景，描写政府与塔塔尔人的斗争；

（7）1878 年：《太阳系历险》；

（8）1879 年：《蓓根的五亿法郎》。

3. 第三阶段：80—90 年代

（1）1881 年：《大木筏》描写南美亚马孙河流。

（2）1884 年：《烽火岛》描写爱情岛上的海盗斗争。

（3）1885 年：《桑道夫伯爵》以匈牙利人民反抗奥地利为背景。

（4）1886 年：《征服者罗贝尔》。

（5）1892 年：《喀尔巴阡古堡》。

（6）1895 年：《机器岛》。

（7）1908 年：遗作《流星追逐记》描写一个由纯金构成的小天地落在地球上，价值达到 600 亿法郎。为了争夺黄金，朋友交恶，家庭失和，夫妻反目，股票猛增，世界列强剑拔弩张。这场闹剧充分显示了资本主义社会人与人之间的金钱关系和国与国之间的利益冲突。

二　科幻小说

（一）内容与主题

1. 从地球上的漫游和冒险、星际旅行和空中历险与科学发现三个方面创作作品；

2. 作品都是文学与科学的结合，通过大胆的合理想象，展示了天文学、生理学、气象学、化学等自然科学的方方面面；

3. 作品中也有大量对资本主义罪行的种种揭露，对落后的风俗和封建主义进行贬斥。

（二）艺术成就

1. 科幻小说并非从凡尔纳开始，但在规模上和语言的科学性上，凡尔纳大大超过了前人。他根据科学发展规律与必然趋势做出了种种奇异的幻想。用严谨的态度对待科学，尽可能把自己的想象建立在科学的基础上，因而好多想象在日后被证实为科学。他的科学幻想也成为科学的预言。

2. 凡尔纳的作品并非枯燥的科学的图解，而基本上属于浪漫主义文学的性质。他用大胆新奇而又不流于荒诞的想象，创造出曲折有趣、情节惊险的故事。

3. 注重对大自然奇景的描写，描绘了一幅幅瑰丽旖旎的图景，营造了一种浓重的浪漫主义色彩。

第三节　惠特曼

一　生平和创作

惠特曼（1819—1892）是 19 世纪美国浪漫主义的杰出代表，最负盛名的民主诗人。他的诗歌采用了独特的自由诗体、奔放的热情和深刻的哲理融会在一起诗风刚劲、雄浑，体现了美国人民的创造精神，表达了上升时期美国的时代精神。

（一）生平

1. 1819 年出生于贫困的木匠家庭。只上了 6 年学，喜欢阅读荷马、但丁和莎士比亚作品。对启蒙思想和欧洲古典主义的崇拜和熟悉，又使他具有强烈的民主、独立思想和雄厚的艺术底蕴。

2. 11 岁开始外出谋生。先后当过学徒、杂役、教师、记者，在南北战争中当护理员，战后当过政府公务员。现实生活的多方面体验使他拥有丰富的创作素材。

3. 1855 年自费出版第一版《草叶集》，这一年父亲去世。

4. 在当时最尖锐的畜奴与废奴、民主与保守的斗争中，他始终站在废奴、民主的立场，并终生为实现自由民主而奋斗。

（二）创作

1. 1855 年：《草叶集》诞生，收录了诗人早期创作的《自己之歌》《大路之歌》《斧头之歌》等 12 首诗，轰动美国诗坛。诗人认为草叶是一种最普通、最顽强的生物，象征着新兴成长的美国，也象征普通民众对民主理想的向往，因此取名“草叶”。

2. 1856 年：《草叶集》第二版问世，4 年后，第三版问世，至此，《草叶集》已开始形成一个有机体，不断适应美国生活的方方面面，表达诗人灵魂的内在需要。

3. 1862 年：出版《桴鼓集》，对美国的成就进行赞美与肯定，同时表达自己民主自由的思想。

4. 1881 年：《草叶集》在波士顿出版，标志着诗人终于获得评论界的认可。

二　《草叶集》

（一）内容及象征意义

1. 昂扬的时代精神：《草叶集》忠实地记录了整整一个历史时

代的美国人的精神风貌，以及社会关注的热点与重大问题。惠特曼用“入世”的积极态度，旗帜鲜明地表明自己的政治立场。

2. 歌颂劳动与创造：诗人从自身出发，探索自己的灵魂与存在，歌颂独立伟岸的人格，推及探索美国、发现美国，进而寻找宇宙空间的生生不息的创造力，而这种创造力正是在劳动中得以体现。他赞美自然，崇尚科学，站在普通劳动群众的角度，歌颂自我，点明劳动创造世界的主旨。

3. 无处不在的民主与自由：这是贯穿整本诗集的主旨，作者忠实地记录了民主主义思想成长的过程，同时也反映了 19 世纪中后期美国社会的演变。从诗集名开始，惠特曼放眼普通劳动人民到美国这个新兴的民主国家，无时无刻不在彰显他的政治理想。诗人对自己国家充满了希望，相信现存的不公平不合理的状况会改善，最终理想就是人人享有自由平等的权利。这也是人道主义的升华与聚焦。

（二）艺术成就

1. 诗风：明显的浪漫主义特征，一扫当时流行的感伤情调，代之以乐观、豪放、积极向上的诗风。用一种健康的、时代迫切需要的时代精神来展示现实生活的广阔画面，抒发强烈的情感。

2. 形式上：采用了“自由体”。句式长短不一，多数不用韵脚，十分接近口语，带有明显的散文诗节奏。

3. 结构上：多用重叠、平行、并列、排比，造成奔腾向前的气势，表达强烈的情感。

（三）评价

1. 奠定了美国诗歌的基础，是美利坚民族发展、成长的史诗。（《世界文学史》）

2. 美国文学史上一部彻底的个人化的作品。［马尔科姆·考利（1898—1989），美国评论家、诗人］

3. 发展了自由体，是诗歌形式上的一大创新。

4. 对大自然、自我有着泛神主义的歌颂、渲染和反复。

第四节　麦尔维尔

赫尔曼·麦尔维尔（1819—1891），19 世纪美国伟大的小说家、散文家和诗人，在 20 世纪 20 年代声名鹊起，受到人们重视和喜爱。麦尔维尔也被誉为美国的“莎士比亚”。

一　生平和创作

（一）生平

1. 1819 年出生于纽约的一个名门望族，12 岁时家道中落不得不承担起家庭的重任。

2. 15 岁时开始投身社会，做过银行职员、店员、教员、农场工人等。

3. 1837—1842 年，开始严酷的航海和捕鲸生活，这段时间的经历为他日后写作提供了丰富的素材。

（二）创作

1. 早期：1846—1850 年

（1）1846 年：第一部小说《泰比》出版，通过描写努库希瓦岛的田园生活来抨击资本主义殖民的丑陋行径。

（2）1847 年：出版《奥穆》（被认为是《泰比》的续篇）：描写塔希提群岛和马吉萨斯岛以及他在岛上的奇遇；《马尔迪》描写南海生活。

（3）1849 年：《莱德伯恩》，描写作者第一次航海的经历以及他在利物浦贫民窟的见闻。

（4）1850 年：《白外套》描写美国海军军舰上的生活，对海员受鞭笞的体罚制度提出强烈抗议，这部小说引起广泛的重视，最后导致美国国会废除体罚制度。

2. 中期：1851 年

创作《白鲸》，是麦尔维尔的代表作。这是一部寓意丰富、深刻、笔触雄浑的长篇小说。它记述在 19 世纪上半叶美国捕鲸业蓬勃发展的年代，从事捕鲸业 40 年的裴圭特号捕鲸船船长亚哈在同一条巨大凶猛的白鲸莫比·迪克搏斗中船破身亡的经历，反映出作者对当时资本主义巨大发展的疑虑和惶恐心情。这一时期是麦尔维尔艺术创作走向高峰的标志。

3. 后期：1852—1857 年

（1）1852 年：《皮埃尔》；

（2）1855 年：关于美国独立战争的《伊萨雷尔·波特》；

（3）1856 年：短篇故事集《广场故事》《贝尼托·切莱诺》；

（4）1857 年：《骗子》。

早期主要描写航海生活和异国奇遇，同时表现了对社会问题的深刻关注。作品表达了对底层海员的同情，抨击了资本主义的冷酷无情，也是对美国蓄奴制度的揭露。作品中也有对土著居民热情美好性情的歌颂。

二　《白鲸》

（一）故事梗概

作品取材于作者作为海员时海上捕鲸的经历，同时查阅了大量捕鲸资料，后被称为“捕鲸百科全书”。

故事以第一人称叙述，以海洋为题材，描写了亚哈船长为了追逐并杀死白鲸莫比·迪克，最终与白鲸同归于尽，只剩下实玛利来叙述这个故事。作品营造了一种让人置身海上航行、随时遭遇各种危险甚至是死亡的氛围，扣人心弦。

（二）意义与价值

1. 从一般的社会意义分析和理解，这部小说揭露了资本主义财富积累的种种罪恶，小小的捕鲸船就是一个小社会的缩影，这里有残酷的剥削制度，从中反映了捕鲸工人生活的水深火热以及资本主义压迫的冷酷无情。作者在描述捕鲸工人悲惨遭遇的同时，也热情地赞美了他们的劳动。

2. 宗教意义：白鲸象征“罪”与“恶”，而“披谷德号”航行则代表人生的漫漫旅途，最终人类还是无法超越自己的命运。

另一种观点认为白鲸是神、上帝的象征，而亚哈则是人类邪恶的力量，神的力量神圣不可侵犯，小说成了谴责对神的反叛。

（三）艺术成就

1. 象征手法：作者赋予了白鲸丰富的含义，它既代表原罪，也代表神的意志。陆地象征着安闲舒适，海洋象征着凶险莫测；陆地代表着封闭自足，海洋代表着冒险求知。

2. 自然描写：尤其是对大海的描写给人印象极深，那一望无际的大海，一会儿宁静肃穆、柔和如练，给人以田园牧歌式的遐想；一会儿汹涌奔腾、咆哮若狂，令人头晕目眩。春夏秋冬、一年四季，景色各异；海底世界，高深莫测，奥妙无穷。作者对大海的描写既饱含浓郁的诗情画意，同时又从侧面烘托了人物在同大自然斗争中的顽强精神和心理活动。

3. 叙事突破：《白鲸》随着叙述主体不断地插入一些与故事无关的内容，情节上不断得到延展，空间上不断得到扩大，从而突破了单纯的“故事”模式。这样的叙事方式既有对传统的继承又有突破，从而具有了现代小说的特征。

4. 引证议论：作者在叙事中也引用了大量关于白鲸以及捕鲸的知识，旁征博引，因而也被称为《捕鲸百科全书》。

第五节　柯南·道尔

亚瑟·伊格纳修斯·柯南·道尔（1859—1930）英国小说家，因塑造了成功的侦探人物——歇洛克·福尔摩斯而成为侦探小说历史上最重要的作家之一。被誉为“世界侦探小说之父”。

一　生平与创作

（一）生平

1. 生于苏格兰爱丁堡，自幼喜欢文学。

2. 1876—1881 年在爱丁堡大学学医。毕业后行医不顺，弃医从文，专门从事侦探小说写作。

（二）创作

1887 年：第一部重要作品：侦探小说《血字的研究》。

1891 年：《四签名》。

1891—1892 年：《波西米亚丑闻》《红发会》《身份案》《博斯科姆伯溪谷的秘密》《五个橘子核》《歪嘴男人》《银色马》等 24 个短篇。

1893 年：《最后一案》。

1901—1902 年：《巴斯克维尔的猎犬》。

1903 年：《空屋》。

1903—1904 年：《归来记》。

1908—1931 年：《最后致意》。

1914—1915 年：《恐怖谷》。

1921—1927 年：《新探案》。

其他作品：《在南非的战争：起源与行为》（因为此部作品获得爵士称号）、《唯灵史论》。

二　《福尔摩斯探案集》

（一）作品简介

《福尔摩斯探案集》包括了 60 个以福尔摩斯为主角的探案故事，其中有 56 个短篇、4 个中篇故事主要发生在 1878—1907 年，故事大部分是由华生叙述的。

（二）人物形象

福尔摩斯人物形象：

1. 外表：标志性的烟斗、强健的体魄；

2. 内在：知识渊博、注重调查研究、善于分析推理、超强大的判断力。

（三）作品的艺术特色

1. 塑造了鲜明的人物形象。赋予人物独特的个性色彩。

2. 巧妙的情节安排。小说的情节曲折离奇，惊险而引人入胜。

3. 小说涉猎政治、经济、道德等社会生活的各个方面，并在小说中对当时社会现实中的不合理现象进行揭露和谴责，宣扬人道主义精神及善恶有报等为大众所推崇的思想观念。

4. 在语言和技巧方面：文笔流畅，交代细腻而不拖沓，对话紧扣中心。

第六节　海涅

海因里希·海涅（1797—1856），德国著名浪漫主义抒情诗人，他能将文学、思想和哲学完美结合起来。

一　生平与创作：

（一）生平

1. 海涅出生在莱茵河畔杜塞尔多夫一个破落的犹太商人家庭。

童年和少年时期经历了拿破仑战争。

2. 1825 年获得法学博士学位。

3. 1843 年跟马克思相识，海涅的创作达到顶峰。

（二）创作分期

1. 早期（1810—1930）：开始创作时期。

在这一时期，海涅向他十分推崇的德国浪漫派的奠基人之一奥古斯特·威廉·施莱格尔学习，因此在海涅的创作早期其作品体现了浪漫主义色彩。

主要作品：1824 年散文作品《哈尔茨山游记》；1827 年出版了第一部重要诗集《歌集》。

2. 中期（1831—1848）：创作的高峰期。

海涅在创作上呈现两方面的特点。一方面反对脱离现实，沉湎于中世纪和宗教幻想中的浪漫派诗歌；另一方面又反对只把诗歌作为政治鼓动工具的庸俗狭隘的观点。

海涅这一时期诗歌的总特点：生动具体、感情真挚、政治与艺术完美结合、带有唯心主义色彩。

主要作品：1844 年《德国，一个冬天的童话》（代表作、讽刺诗）。

3. 后期（1848—1856）：作品基调：忧伤、悲哀。

原因：二月革命失败、疾病折磨。

主要作品：1851 年诗集《罗曼采罗》（海涅自称为“抒情诗荣誉的第三支柱”）；通讯集《卢台奇亚》：主要谴责封建反动势力和资产阶级的叛变革命。

三个时期在思想和创作上的历程：浪漫主义（早期）—唯心主义（中期）—革命民主主义（晚期）。

二　代表作：《德国，一个冬天的童话》

（一）成书缘起

成书于 1844 年，是一部诗体游记，共 27 章，没有统一的故事情节，全诗以诗人游历的踪迹为线索，描写了他在德国的见闻与观感，着重写作者的思想活动。

（二）创作意图

1. 看到祖国山河之美；

2. 目睹丑恶的社会现实。

（三）思想内容

1. 对德国检查制度的讽刺；

2. 对德国封建制度的憎恨；

3. 对基督教会的批判；

4. 对社会革命的预言。

（四）艺术特色

1. 把对德国现实的描绘和幻想形象交织一体；

2. 采用游记形式作为全诗的结构形式；

3. 抒情与叙事相结合，夹叙夹议；

4. 深刻而辛辣的讽刺；

5. 多处采用直接对话的形式。

（五）题目含义

以冬天象征死气沉沉的德国，通过童话般的梦境和想象，对普鲁士统治下的德国作了无情的讽刺和抨击。

（六）不足之处

没有看到人民群众的觉醒和力量，只是个人在孤军奋斗，因此，有时流露出悲观感伤的思想情绪，影响了作品的战斗力量。

第九章　19 世纪后期文学

本章学习重点：

1. 了解 19 世纪最后 30 年的欧美社会背景知识和社会哲学思潮。

2. 了解以下文学流派的代表作家和主要作品：批判现实主义文学及哈代、托尔斯泰、易卜生和马克·吐温等；自然主义文学及左拉与莫泊桑；唯美主义文学；象征主义文学。

第一节　概述

一　19 世纪后期相关历史背景

（一）重大历史事件的冲击作用

1. 30 年间，4 次经济危机：1873 年、1882 年、1890 年、1900 年

自由资本主义→垄断资本主义→帝国资本主义；

2. 1861 年，俄国农奴制改革；

3. 1871 年，法国巴黎公社起义。

（二）社会关系复杂，社会矛盾尖锐，哲学思潮迭起

19 世纪中期三大思潮：1. 德国叔本华（1788—1860）的悲观主义和“唯意志论”。2. 英国达尔文（1809—1882）的进化论。3. 法国克罗德贝尔纳（1813—1878）的遗传学说。

1. 德国尼采（1844—1900）的超人哲学与权力意志论。强调弱肉强食与适者生存法则，他说："一切从权力产生的都是善，从软弱产生的都是恶。"

2. 法国柏格森（1859—1941）的直觉主义哲学。宣布非逻辑、非理性的直觉，本能与感情是认识事物本质的法定。

3. 奥地利弗洛伊德（1856—1939）的精神分析学。强调"潜意识"尤其是性本能在各项社会交往特别是文学行动中的驱动作用。

4. 法国泰纳（1828—1893）的决定论。认为"种族、环境、时代"这三要素是推动物质文明与精神文明发展的主要动因。它淡化或忽视了贫富矛盾与阶级对立。

二 批判现实主义文学

（一）法国

1. 继巴尔扎克的长篇系列《人间喜剧》之后，左拉以包括20部长篇的《卢贡—马卡尔家族》占据着法国文坛耀眼的位置。

2. 阿尔封斯·都德（1840—1897）有13部长篇，4部短篇集，剧本、诗作。

半自转性长篇《小东西》描写了一个孤苦无告的少年在那个黑暗冷漠的社会里的孤悲感，带有含蓄轻淡的嘲讽和幽默。短篇《最后一课》《柏林之围》都是以普法战争为背景的名篇。

3. 法朗士（1844—1924）以"谑而不虐"的典雅讽刺著称。

长篇小说《波纳尔之罪》（1881）和《当代史话》（1896—1901），前者描写一位正直无私的学者憎恶尔虞我诈而隐世独立，但因帮助别人而获"罪"的故事。后者描写拉丁文教授贝日莱在外省和巴黎的见闻。

短篇《史兰比尔》和《企鹅岛》（1908），前者写一个沿街叫卖的小菜贩被诬入狱和出狱后的悲惨遭遇，揭露了司法界的黑暗和世态的炎凉，以及劳动人民身上精神奴役的创伤。后者以企鹅岛战后新建国仍难免彼此贪婪倾轧来喻指第三共和国之资产阶级民主的令人失望。

（二）英国

1. 哈代的“威塞克斯小说”描写资本主义侵入英国农村后社会各方面的变化。

2. 改革英国现代戏剧的萧伯纳（1856—1950）生于爱尔兰的都柏林。《不愉快的戏剧集》（1892—1894），包括《鳏夫的房产》《好逑者》《华伦夫人的职业》。

3. 苏格兰女作家伏尼契（1864—1960）《牛虻》（1894）和《中断的友谊》（1900，中译名《流亡中的牛虻》）歌颂意大利爱国者为统一和独立的斗争。

（三）德国

1. 冯达诺（1819—1898）的代表作《艾菲·布利斯特》通过艾菲的婚姻悲剧，批判了普鲁士贵族社会道德习俗的虚伪。

2. 霍普特曼（1862—1946）：他有四个代表剧本：

（1）1889 年，自然主义《日出之前》。

（2）1892 年，批判现实主义《织工》。

（3）1894 年，新浪漫主义梦幻剧《汉纳勒的升天》。

（4）1896 年，象征主义童话剧《沉钟》。

（四）意大利

乔万尼奥里（1838—1915）长篇历史小说《斯巴达克思》（1874）热情讴歌奴隶起义的伟大业绩。

（五）挪威

1. 易卜生的一系列“社会问题剧”，尖锐地讨论妇女地位、道德、法律和市政等社会问题，改革和发展欧洲戏剧。

2. 比昂逊（1832—1910）的“社会问题剧”：

（1）《破产》（1874）：揭露资产阶级尔虞我诈的贪婪本性。

（2）《挑战的手套》（1883）：揭示妇女充当男子玩物的屈辱地位。此剧获得 1903 年诺贝尔文学奖。

抒情诗《是啊，我们热爱这块乡土》成为挪威国歌歌词。

（六）瑞典

奥古斯特·斯特林堡（1849—1912）的剧作以“对话”的独特成就著称。

（1）自传体小说《一个女仆的儿子》（1887）。

（2）剧本《通向大马士莱之路》（共三部，1898、1904）。

（七）波兰

1. 显克微支（1846—1916）的《你往何处去》获 1905 年诺贝尔文学奖。

2. 普鲁斯（1847—1912）的《傀儡》（1887—1889）被认为是 19 世纪波兰批判现实主义的代表作。

（八）匈牙利

米克沙特·卡尔曼（1847—1910）写了《奇婚记》（1900）讽刺贵族地主的腐朽和新兴资产阶级的卑鄙无耻。

（九）俄国

1. 陀氏的《群魔》与《卡拉马佐夫兄弟》;

2. 谢德林（1826—1889）的代表作《戈罗夫略夫一家》（1880）。

3. 列夫·托尔斯泰：

（1）《安娜·卡列尼娜》（1873—1877）。

（2）《复活》（1889—1899）。

（十）美国

1. 马克·吐温：是美国批判现实主义最杰出的代表。

2. 欧·亨利：短篇名家。唯一长篇《白莱与皇帝》（1904）实际亦由许多独立短篇组成。他的作品以轻松幽默描写大都市里小人物的悲欢。代表作有《麦琪的礼物》《最后一片藤叶》《黄雀在后》《我们选择的道路》《警察和赞美诗》《带家具出租的房间》《生活的陀螺》和《没有完的故事》等。

3. 杰克·伦敦：在揭露批判黑暗社会的同时，热情赞美了人的勇敢、进取、刚毅以及爱情与友谊。代表作《马丁·伊登》。还有《热爱生命》（1906）、《野性的呼喊》（1903）、《白牙》（1906）、《铁蹄》（1908）、《一块牛排》（1911）等名著。

三　自然主义文学

（一）产生与发展

自然主义是现实主义的一种演变，是19世纪后期在反拨浪漫主义时诞生于法国的一种文学流派。它在思想上受到孔德只重事实与现实的实证意义、吕卡斯的内外相似家族遗传理论和泰纳重视“种族、环境、时代”三因素的“决定论”的影响。由现实主义到自然主义沿如下线索发展：巴尔扎克、司汤达——福楼拜——莫泊桑——龚古尔兄弟——左拉。

龚古尔兄弟（爱德蒙，1822—1896，于勒，1830—1870）合写的小说《日尔米尼·拉塞德》（1865）是一部典型的自然主义作品。它写一个农业工人的女儿日尔米尼·拉塞德，14岁到咖啡店当侍女，被富人诱奸而怀孕，4个月后流产。后来她另找雇主，在一家乡村牛奶店当女仆，又与少年杰皮同居，生了一个孩子。杰皮遗弃了她，这时她发现自己又有了身孕，就饮白兰地酒堕胎。迫于贫困，她偷取主人的20法郎潜逃。后来又和一个油漆匠发生关系，最后沦为妓女，得肺病死在路边。作者以生理学、病理学的视角审视她堕落的每一阶段，把她的悲剧归于喝酒和纵欲。所以，自然主义的先驱是龚古尔兄弟，由左拉在七八十年代发展为鼎盛。代表为包括莫泊桑的“梅塘集团”。

（二）别国代表

1. 德国：“彻底的自然主义”“自由剧场”。霍普特曼（1862—1946）的剧本《日出之前》。

2. 英国：“贫民窟文学”。莫里逊（1863—1945）：《陋巷故事》（1894）、《查戈之子》（1896）。

（三）特点概括

1. 强调巨细无遗的客观真实，给生活照相，并且镜头对准的多是某个历史时期的群体场面；

2. 淡化情节的曲折发展，重视下等人的贫困乃至犯罪现象，尤其是从生理学及遗传学方面发掘人物的精神气质和变态心理；

3. 初步展示人被物异化的生动形象，客观而冷静。

四 唯美主义文学

（一）产生与观点

唯美主义的理论基础是纯粹主观无功利性的康德哲学。主要观点和倾向是：

1. 艺术无功利，忽略社会人生因素，崇尚形式美与技巧性，宣布“为艺术而艺术”；

2. 艺术至高无上，是心灵的故乡；

3. 艺术超脱且引导着生活，崇尚古典、未来和梦幻美。

（二）代表人物和代表作

1. 英国

（1）作家奥斯卡·王尔德（1856—1900）：对话录《莎乐美》（1893）、小说《道林·格雷的画像》（1891）、诗剧《莎乐美》（1893）、童话集《快乐王子集》（1888）、剧本《少奶奶的扇子》（1892）和《温德米尔夫人的扇子》。

（2）文艺理论家约翰·罗斯金（1819—1900）：《建筑的七盏明灯》（1849）和《威尼斯之石》（1881—1883）。

（3）瓦尔特·佩特（1839—1873）：《文艺复兴：艺术和诗的研究》（1873）、《享乐主义者马里乌斯》（1885）和《家里的孩子》（1894）。

2. 法国

（1）诗人戈蒂埃：《〈莫班小姐〉序言》《诗艺》；

（2）60 年代，巴那斯派的代表勒贡特·德·利尔（1818—1894）：《古代诗集》（1852—1874）、《蛮族诗集》（1862—1878）。

五 前期象征主义文学

（一）产生

前期象征派产生于法国，存在于 19 世纪后期至第一次世界大战结束；其理论基础是以康德的先验认识论和叔本华的非理性主义"内省"（直觉）论为代表的唯心主义哲学。其诞生标志是 1886 年（《费加罗报》上）诗人让·莫雷亚斯（1856—1910）的《象征主义宣言》。"象征"一词具有原初的符号、标志和暗示之义，用具体事物来比拟有相似点的思想和情感。

（二）特点

1. 描写城市丑恶、"审丑"，化丑为美。（如波德莱尔）

2. 用通感和象征手法，借具体意象展示人的精神世界，并使之哲理化。（如波德莱尔、兰波）

3. 讲求"语言的乐感与画面感，强调简洁优雅的形式"。（如马拉美）

4. 强调诗歌语言的暗示性，以晦涩包裹神秘。

（三）代表人物及代表作品

1. 先驱：波德莱尔（1821—1867）：《恶之花》（1857）

2. 中坚

（1）魏尔伦（1844—1896）：《智慧集》（1896）；

（2）兰波（1854—1891）：《醉船》《元音字母》、散文集《地狱的一季》（1873）、《彩图集》（1874 年以后）。

3. 领袖

马拉美（1842—1898）：《海风》《窗户》《蓝天》、长诗《希罗多德之歌》（1869，未完）。

第二节　哈代

一　生平和创作

托马斯·哈代（1840—1928）是 19 世纪末期英国杰出的批判现实主义作家。他的作品反映英国农村在资本主义因素侵入后的各种变化与农民的命运。

（一）生平

1. 哈代生于英国西南部的多塞特郡，22 岁前的哈代对这个农业郡的生活以及农民的性格、风俗、语言极为熟悉，并阅读了大量著作。

2. 1862—1867 年这五年的伦敦工作与学习，使他成为一名思想多元的自由主义者，也开始思考城乡巨大差异及其背后的各种令人憎恶的制度。

3. 1912 年，夫人去世；1914 年，与后来成为他传记作者的女秘书弗洛伦斯·艾米莉·达洛黛尔结婚；1928 年 1 月 11 日逝世。葬伦敦威斯敏斯特诗人之角，心脏则葬于故乡的教堂墓地。

（二）创作

哈代一生有 14 部长篇、4 部短篇集、8 部诗集。

他把自己的小说分为三类：“写罗曼史和幻想”；“机敏和经

验”；“性格和环境”。后者成就最高，包括以下7部：《绿荫下》（1872）、《远离尘嚣》（1874）、《还乡》（1878）、《卡斯特桥市长》（1886）、《林地居民》（1887）、《德伯家的苔丝》（1891）、《无名的裘德》（1895）这些以威塞克斯地区的农村生活为背景的小说，被冠名为“威塞克斯小说”。

“威塞克斯小说”描写人与环境的冲突，尤其是自然美与现存社会制度的对立，表达了对威塞克斯与爱敦荒原既爱又恨的矛盾情感，充满了同情人民苦难的人道主义思想。相信人世苦难乃命运造化之捉弄，有宿命论与悲观倾向。

《绿荫下》（1872）在世外桃源般的自然风景中讲述青年农民狄克·丢勒与乡村女教师芳西·黛的爱情故事，充满了对宗法制乡村生活的热爱与赞赏。

《远离尘嚣》（1874）是哈代第一部得到一致赞扬的小说。女主人公白斯雪芭是一个美丽聪慧的农场主，但她爱慕虚荣，尽管先后有三个男子追求，她却嫁给了一个金玉其外、败絮其中的青年军官特拉。婚后特拉粗暴无礼，白斯雪芭的生活毫无幸福可言。特拉在作品中是被当作闯入这个“远离尘嚣”世界的资本主义生活方式和“疯人”利己原则的体现者。他后来被深爱着白斯雪芭的博尔伍德所杀，后者也因此精神错乱。虽然小说最后，白斯雪芭与那个对她忠心耿耿的最初求婚者——青年牧羊人加布里埃尔·奥克结婚，但资本主义侵入农村的悲观主义气氛仍很浓。

《还乡》（1878）是进一步展示了宗法制田园美景破灭之悲剧。一位在巴黎经营珠宝的富商克林·姚伯，因厌倦城市生活而又具有空想社会主义理想，回到了家乡这个“一片苍茫万古如斯”的爱敦荒原，想兴办教育，宁静度日。然新婚妻子游苔莎·斐伊则耽于幻想，一心指望婚后丈夫带她摆脱这荒僻沉闷的生活。一连串的误会与不幸事件之后，游苔莎失望之余，终于和丈夫的表妹夫苇狄在黑夜私奔，但二人在途中双双失足溺水而亡。同时，留在荒原上的克林·姚伯也因得不到农民的理解和支持而社会理想破灭，最后改做传教士，以求精神寄托。

爱敦荒原是一种神秘力量的象征，它凌驾于宇宙之上，支配着人的命运。在它面前，人类的渺小，可以用克林·姚伯的话来形容："我们不能打算在人生里光荣前进，而只能打算怎样不丢脸地退出人生。"

《卡斯特桥市长》（1886）如实地反映了资本主义制度对宗法制农村社会的胜利，但同时也强调了命运对人的冷酷无情。打草工人亨察尔，酒后在集市上把妻子、女儿卖给了过路水手纽逊，酒醒后，悔恨不已，发誓从此滴酒不沾。此后 18 年他勤奋努力，终于发财致富，并当选为卡斯特桥市长。这时，他的前妻以为纽逊已葬身海底，携女归来。可是，在他们一家人团聚之际，命运又一次捉弄他们，灾难接踵而至，由于亨察尔生性倔强，刚愎自用，他与合伙人伐尔伏雷闹翻，并在竞争中陷于破产。当年出卖妻女的丑闻也终于泄露，以致身败名裂。妻子死后，女儿成了他唯一的安慰，可是纽逊又突然出现，认领女儿而去。可怜的亨察尔众叛亲离，一贫如洗，孤独地死在爱敦荒原的一个草棚中。农民出身的亨察尔代表的是卡斯特桥这个古老市镇的生活方式，它败在资本主义新兴思想观念与经营方式的代表伐尔伏雷面前，是社会写实。

在哈代看来，人生难免不幸与绝望，这就是命。尽管亨察尔为自己年轻时的大错努力赎罪，却无法逃避厄运的降临。

代表作《德伯家的苔丝》（1891）也兼有神秘力量与现实批判。

《无名的裘德》（1896）中裘德是个孤儿，虽自幼聪明好学，成绩出众，却被梦寐以求的基督寺大学（实际影射牛津大学）拒之门外，原因是裘德石匠出身。在来基督寺的路上，在屠夫女儿艾拉白拉的引诱下，感情脆弱又无知的裘德便与之草率成婚。不久离异，面对基督寺的拒绝，他把自己诸多失败归因于时运不济和嗜欲太多。为了谋生，他又当了石匠，在心灵饱受创伤之际，遇到了虽已结婚，但真正钟情于他的表妹淑·布莱德赫。虽然他俩情投意合且生有子女，可是在资产阶级的法律、道德的谴责与歧视中失业而流浪。孩子们渐渐长大，觉得自己拖累双亲，在旅馆里，大孩子将弟弟吊死后，自己也上吊自杀。淑·布莱德赫受此打击，心如死灰，认为这是神明对她的惩罚，回到原夫的身边忍受屈辱的命运，以求上帝饶恕。裘德也回到艾拉白拉身边，在潦倒中感受“无名”的绝望。

这是哈代的最后一部长篇，其批判矛头直接指向法律、教育、婚姻、宗教、伦理等众多方面。不合理的社会制度扼杀了有才华的青年，命运悲剧引发社会批判。

哈代作品总特点：

（1）思想主题：开辟英国资本主义入侵后的农村题材领域；表现性格与环境的悲剧冲突；宿命与悲观中指引人类积极向善。卢纳察尔斯基评价哈代是一个“悲戚而刚毅的艺术家。”

（2）艺术：精确再现了富有地域特色的自然、人情及时代风貌；性格刻画中有心理描写与精神分析；富有诗意的抒情化叙事。

二　《德伯家的苔丝》

（一）情节概要

它描写贫穷的农家女子苔丝短促而不幸的一生。

苔丝是一位美丽纯洁、善良勤劳的农村姑娘，但家境贫寒，父母虚荣，在偶然失去家里的老马后，她被迫去地主德伯家攀亲，遭地主恶少亚雷奸污，怀了孕的倔强的她选择回家。在家遭到邻居们的白眼和嘲笑。

生下的孩子不久病死，她又到一家牛奶场做女工，结识了牧师的儿子安琪·克莱，两人产生爱情。在新婚之夜，她为了表示对丈夫克莱的忠诚和热爱，向他坦承失贞的事实，但不为丈夫所原谅。两人实行分居，克莱只身远赴巴西。实则苔丝被遗弃，她只好重返娘家。

为了养活自己和家人，她去葛露卑农场做男人们都吃不消的苦活。一次偶然机会，她又遇到亚雷，亚雷对她百般纠缠，她写信哀求克莱保护她，希望他早日返回。可是，信件被克莱的父母耽误，杳无回音。她觉得自己已被克莱彻底抛弃，眼看父亲贫病而逝，母亲又病倒在床，弟妹失学流浪，她绝望了，怀着自我牺牲的心情，答应与亚雷同居。

克莱因在巴西事业失败且大病一场，死里逃生的克莱终于醒悟自己愧对苔丝。他费尽周折终找到苔丝。苔丝悔恨交集，近于发疯，愤怒下刺死了亚雷。她和克莱逃进森林，在那里过了5天幸福生活，第6天早晨被捕，被法庭处以绞刑。

（二）人物形象

1. 亚雷：他是利用金钱和权势制造苔丝一家物质窘困而直接伤害苔丝身体的元凶。他既借权势欺霸一方，又厚颜无耻不择手段，他身上兼有农村地主和资产者的特点。他借宗教外衣掩饰自己的作恶多端，穿上道袍做了牧师却还百般纠缠苔丝，躲在国家权力与宗教外衣的掩护下逍遥法外，然而弱女子苔丝却有罪难恕，亚雷是恶势力的代表。

2. 克莱：他是给了苔丝生活希望却又从精神上彻底击垮她的人。一方面，他是当时具有自由思想的资产阶级知识分子。他鄙视等级偏见，深入工人阶层，学习农业技术；他崇尚真情，严肃认真。克莱不喜欢子承父业当神父，他的目标是当大农场主，想成为一个殖民者和大富翁。然而另一方面，他的内心深处却有根深蒂固的传统伦理道德观念。这种观念扼杀了他对苔丝的真情。因此，克莱是传统伦理道德的代表。他不仅缺乏对苔丝的同情和谅解，而且表现出极度的自私、虚伪和冷酷。

3. 苔丝：哈代赋予苔丝以劳动妇女的一切美好品质。她性格的主要特征是坚强、勤劳而富于反抗性。她爱克莱，主要是因为她认为克莱思想开明、心地善良，可以倾心相与。她想做他的得力助手和“爱的奴隶”，她对克莱是真诚的、高洁的。生活的苦难磨炼了她坚强的意志，也体会到宗教的虚伪。

苔丝的悲剧主要是社会悲剧。亚雷是地主兼资本家的代表，是苔丝悲剧的罪魁祸首；克莱是小资产阶级的代表，他的虚伪加剧了苔丝的悲剧。她爱的人和恨的人都构成她悲剧社会因素。她是“一个纯洁的女人”（小说副题），然而她却成了一个婚前失身，婚后又与人非法同居的“杀人犯”，这是社会的悲剧，是那个残酷的资产阶级社会及其法律、道德使无辜少女备受迫害以致如此。哈代引用莎士比亚的一句话作为本书的题词：“可怜你这受了伤的名字！我的胸膛就是一张床，要给你将养。”

然而她也有着悲剧性格，她总是忍不住按照传统的贞操观来衡量自己清白与否，她总是似乎比别人更不能忘记自己的“耻辱”。被克莱抛弃后，她仍认为是自己的罪过，默默忍受命运加在自己身上的不公。

她的悲剧也是命运悲剧。苔丝的一生都充满偶然性和命定的色彩，几乎在她人生的每一个时期，都有偶然因素出现，一步步将她推向悲剧的结局。

（三）艺术成就

1. 时代氛围的高超把握；

2. 新的历史条件下悲剧观念的拓展；

3. “圆形人物”的杰出塑造；

4. 情景交融的景物描写，同小说的主题、人物的命运协调一致，达到内容和形式的高度统一；

5. 以内心矛盾冲突中的心理描写，展现人物复杂的心态和丰富的精神世界，从而塑造了真实可信的“圆形人物”；

6. 结构严谨，紧密衔接的情节设计。

第三节　莫泊桑

一　生平与创作

居伊·德·莫泊桑（1850—1894）是世界三大短篇小说巨匠（莫泊桑、契诃夫、欧·亨利）之一。

（一）生平

1. 幼年的莫泊桑多随母亲生活，母亲出身名门且富有文学修养，对他的一生影响最大；福楼拜是他舅舅和母亲的好友，1873 年收他为徒，在创作原则与态度方面严格要求，精心培养。结识了左拉、都德、龚古尔、屠格涅夫等人。

2. 两大经历：普法战争中他应征入伍；1872 年起在海军部和教育部任小职员达几十年。因而，普法战争与小职员生活成为其日后创作的两主题。

3. 从 26 岁至 40 岁去世这 14 年间，莫泊桑一直深受多种病痛的折磨，但他顽强写作，短短一生留下 6 部长篇、350 多部中短篇、1 部诗集、3 部游记、4 部剧本、3 卷专栏文章等。

4. 哲学上，受叔本华悲观论影响，认为人是迟钝的，在空虚的世界里，总是平庸、孤独而爱慕虚荣的，人生所谓的美好，仅是幻觉。因此，他不入党，拒绝社会约束，保持相对距离。

5. 美学上，批评自然主义的照相法，坚持有选择的写实，不着痕迹地在句子中渗入作家意图。

（二）创作

莫泊桑主要成就在短篇小说。

1. 题材分类

（1）普法战争：普通人民的爱国热情，侧重对比手法。

《羊脂球》写妓女的羊脂球在逃亡路上舍己为人，但遭遇冷眼和唾弃的悲惨故事；《菲菲小姐》写普法战争中一名法国妓女为维护国家尊严而杀死入侵法国的普鲁士军官“菲菲小姐”的故事；《米隆老爹》写米隆老爹为父亲和儿子复仇的故事；《索瓦热老婆婆》写索瓦热老婆婆为了给在战争中阵亡的儿子报仇而痛杀侵略者的故事；《俘虏》写年轻的女守林人贝蒂娜聪明地将6名普鲁士士兵俘虏的故事；《两个朋友》写法国被普鲁士包围时期，两个出城钓鱼的人被普鲁士人捉住后逼迫他们说出进城的口令而两个人顶住了一切威逼利诱，最后被杀的故事。

（2）小资产阶级和公务员。庸俗、卑琐的生活中的虚荣与势利。饱含讽刺、同情与无奈。

《项链》为虚荣付出惨痛代价；《我的叔叔于勒》金钱破坏人伦关系；《伞》奥莱依太太狠心买新伞，同时烧了许多洞在其上，为保险赔偿而编谎，猥琐；《骑马》小职员额外收入，耍阔骑马出游，撞伤老妇，索赔重负；《散步》40年单调、枯燥的抄写工作，令小职员无聊，上吊自杀；《勋章到手》允许妻子与议员私通，以获渴望勋章。

（3）农村生活。

《西蒙的爸爸》善良仁慈的铁匠西蒙愿娶一个失足的姑娘，担负其一个受欺侮的私生子的责任；《一个女子雇工的故事》农女受骗，无法主宰自己命运；《穷鬼》农村中无家可归者的悲惨结局；《老人》两辈人的淡漠关系，势利心理；《小罗克》村长的兽性。

（4）怪诞故事。本类有 30 多篇。

莫泊桑从感受病痛出发，写幻觉、催眠术、动物磁场作的“超自然”现象，乃至疯狂状态。

《手》（《剥皮的手》）写一只被剥了皮的手对砍其下者的复仇；《他?》描写孤独和幻觉；《谁知道呢?》幻觉产生的恐惧；《恐惧》神秘的恐惧感。

（5）爱情、婚姻、家庭。

《月光》长老见情侣相拥在同夜而承认爱情是天主允许的，并对教士的心理作了批判；《珍珠小姐》私生女得不到爱情和幸福；《修软椅的女人》老妇的痴情。

（6）普通人情，人际关爱。

譬如，《旅途上》，主人公之间并非柏拉图式的爱情，而是一种患难与共的彼此关照与顾怜。是一种“特殊的友情”。

2. 短篇艺术成就

（1）在小说的叙事结构上，集 19 世纪短篇之大成。常用情理中意料之外的暗笔，伏笔来突转，其结构是首先以简洁有力的语言打出布景然后人物出场，描写外貌特征，接着写平凡而简单的故事环环相扣并不经意间向悲剧发展，最后结尾的既在情理之中又在意料之外。脱掉作者所设之骗局，打开包袱，回到原高度。

（2）精选题材与场景，巧妙利用对比来客观折射，让读者下判断。

如《羊脂球》：妓女做下面人物；众人与她对比。

（3）人物形象类型丰富，又人人各异。

（4）语言精简到最高程度，情节却环环紧扣，丝毫不差。

（5）第一人称叙述手法的精妙使用。

讲给听故事者；给朋友或熟人回忆自己往事；讲给读者；讲自己听到之事，正用第三人称；书信，第一人称口吻。

第四节　列夫·托尔斯泰

列夫·尼古拉耶维奇·托尔斯泰（1828—1910）是世界文学史上现实主义的双峰之一（巴尔扎克、托尔斯泰），也是世界公认最伟大的小说家之一。

一　生平与创作

（一）生平

1. 生于世袭伯爵之家，10 岁前父母双亡，幼年即思考人生，接受贵族教育。

2. 16 岁入喀山大学，广泛阅读并接受了卢梭的思想影响。

3. 19 岁退学回自己的世袭庄园进行改革，改革失败转而思考道德纯洁完善问题。

4. 1851—1856 年服军役 6 年间，大量阅读并开始创作。退伍回家的庄园改革又告失败。

5. 1862 年，和莫斯科名医别尔斯的女儿索菲亚结婚，幸福的婚后生活激发了他的创作热情。

6. 托尔斯泰晚年致力于“平民化”工作，生活简朴，希望放弃私有财产和贵族特权。但是他的平民化思想与贵族家庭的生活常发生矛盾冲突，连家里人也无法理解和接受他的思想。

7. 他在极度苦闷与矛盾中，于 1910 年离家出走，企图彻底摆脱贵族生活，途中得了肺炎，于 11 月 20 日病逝于阿斯塔波火车站，终年 82 岁。

（二）创作

1. 自传体三部曲：《童年》（1852）、《少年》（1854）、《青年》（1857）。写主人公尼古林卡逐步发现世界和认识自身的历史，道德探索，心理分析。

2. 1855—1856 年，《塞瓦斯托波尔故事》初步展露出以后构思《战争与和平》的创作才情。

3. 1856 年，《一个地主的早晨》首次表现了作者对农民问题的探索。青年地主聂赫留朵夫是个探索者形象。

4. 1857 年，《琉森》以旅行感受为基础，探讨资本主义文明与个人命运问题。

5. 1863 年，中篇《哥萨克》通过自传性主人公奥列宁的精神探索，表达了自己对俄国社会和贵族出路等问题的艰苦思索。

6. 1863—1869 年，三大代表作之一长篇历史小说《战争与和平》。

（1）四个家庭一条线索：四家——安德烈·包尔康斯基、彼埃尔·别祖霍夫、娜塔莎·罗斯托夫、库拉金；一线：四家纪事为情节线索。

（2）两个方面，两种矛盾：两个方面：战争与和平。两种矛盾：俄罗斯民族同拿破仑侵略者；俄国社会制度同人民意愿。

（3）一条原则：精选历史材料，在历史事变中描写人。

（4）三个核心人物，回答贵族命运与前途。

安德烈才华出众，做着英雄梦走上战场，这种太强的荣誉感包藏着虚荣心在里面。中弹倒地，仰望空旷天空，领悟个人渺小，为他人而活的更高境界。

彼埃尔身上更具有作者托尔斯泰的特点。他紧张探索社会出路与人生意义。但他一度迷失于肉体与灵魂冲突的十字路口，后来受到博爱思想的影响，把顺从天命、净化道德、爱一切人作为自己最高的道德理想。

娜塔莎是理想化了的俄罗斯优秀妇女形象。她胸怀坦荡，渴望充实的生活。虽在人生追求中误入迷津却很快经受住了肉体与灵魂冲突的考验，成为内心和谐的贤妻良母。

（三）思想倾向

1. 思想家和艺术家能决定和说出使人们从苦难中摆脱出来并给予安慰的话，因此，他们注定永远是要感到痛苦与作出自我牺牲的。所以说，托尔斯泰是一位紧张求索、勤奋创作的高尚者。

2. 他主张人要灵魂主宰肉体以走向道德的自我完善。主张取消私有制。主张放弃暴力，重视真诚的爱的力量，尊重并同情人。他的创作总是显示出对人类生存的无比真诚，即使在悲观中也永远富有崇高与乐观。他堪称人类永远的朋友。

3. “托尔斯泰主义”：建立在宗教道德基础上的为上帝、为灵魂而活着，爱一切人，“勿以暴力抗恶”，通过“道德自我完善”摆脱罪恶，使人类达到“最后的幸福”。

（四）创作特点

1. 全景式的史诗性和高艺术。叙事材料广泛而具多层次，内心世界展现千变万化。

2. “心灵辩证法”。从体悟与解剖自己的心理开始，推己及人地在作品中表现人物的心理和感情是怎样一步步地演变的。这一心理变化过程多样与联系是“辩证法”的核心。

3. 他把典型人物对典型环境的反抗与超越表现出来的自主性和内在力量作为核心去写。他的人物都试图超越环境而走向精神的独立与自主。

二　两部经典——《复活》与《安娜·卡列尼娜》

（一）《复活》

1. 情节

贵族青年聂赫留朵夫在出席法庭陪审时发现，被告席上是个被诬告犯有杀人罪的妓女。这个面熟的女子是他 10 年前诱骗过的农奴少女卡秋莎·玛丝洛娃。于是他良心觉醒，开始悔罪，极力要为她申冤。可惜司法腐败，他的上诉被驳回，他又丢弃一切，陪她去西伯利亚流放。终于感动了玛丝洛娃。虽然玛丝洛娃拒绝了聂赫留朵夫的求婚请求，但最后两个人的精神都走向了“复活”。

2. 人物

（1）聂赫留朵夫

他的思想性格的发展变化经历了成长三阶段：

第一阶段，纯洁善良，追求理想时期。他真挚地爱上了姑母家半养女半婢女的玛丝洛娃，爱得纯洁而富有诗意。

第二阶段，放纵情欲，走向堕落。作者认为这是“动物的人”打败了“精神的人”的阶段。生活中“通行的”“习惯的”东西推动他渴求淫欲的满足而忘却真正的爱和玛丝洛娃的幸福。

第三阶段，从忏悔走向复活。聂赫留朵夫内心沉睡的仁爱之情开始复苏。他四处奔走，投靠上帝之爱。他由忏悔走向复活的过程，就是人性从失落到复归的过程，是道德自我完善的过程。

（2）玛丝洛娃

她是一个被侮辱与被损害的下层妇女。她的“复活”是通过纠正她在病态社会里所染上的恶习来完成的，通过认识善的存在的可能性和树立对善的信念来实现的。她的受骗、被赶、受欺，等等，这些痛苦都强化了她对人性善的怀疑。进而认同妓女职业的合理性，监狱里的她坦然接受了恶。

玛丝洛娃的精神转变有两个征兆：

一是狱中歹骂，愤怒的总爆发，标志她麻木的心灵开始复苏，她认识到自己目前处境是令人憎恶的，决心做一个新人。

二是选择革命者西蒙松做丈夫而拒绝聂赫留朵夫，一方面是受聂赫留朵夫为他人而奔波的影响；另一方面是革命者为人民谋幸福的教育，她决心做一个为别人而活的有用的人。如“复活”为一个新人。

3. 思想

（1）复活之路各异，精神归宿相同

聂赫留朵夫，是认识自己的劣根性和恶的危害性并抛弃恶。

玛丝洛娃，是认识善的存在性，并坚信善的力量，进而接受善。

（2）道理强调

人的精神的升华和人的成长，不仅意味着对现实社会中恶之否定，也意味着对产生这种恶的社会根源的否定。

（3）这是一部讽刺性的社会小说和心理小说。

4. 艺术

（1）《复活》以单线的情节线索描绘了广阔的社会生活。

（2）心理刻画细致入微。主要是表现他们内心思想感情的矛盾和斗争，展现其辩证的发展过程。

（3）重视人物的外貌和生活环境的细节描绘。尤其对统治阶级的细节描写带有讽刺笔调。

如统治阶级的人物，大多是“肥胖的”“丰满的”“大腹便便的”“牛一样壮的身躯”“纤细的双脚”。而聂赫留朵夫“养得好好的”身子，贵重的化装用具、钢丝床、鸭绒被，这一切显然都在揭露他的寄生生活。

（4）作品具有宣言式的风格，充满了批判的激情。

（二）《安娜卡列尼娜》（1873—1877）

1. 情节

安娜与渥伦斯基的爱情纠葛所勾勒出来的上流社会、官场生活和列文与吉提联系起来的宗法制农村生活两条线索结构而成的家庭婚姻题材的小说。小说反映了人与社会的冲突与对撞。安娜是个有个性的、觉醒的、躁动不安的人，她与已经起变化却没有彻底改变的社会必然对撞。社会很封闭却正要起的变化，它的诱发与阻挠必然给安娜带来悲剧性结局。

2. 人物性格

（1）安娜是一个悲剧性的贵族女性。她真诚、善良、富有激情，是一个获得了个性解放勇敢追求新生活的女性。

从贵族的传统的目光看她是一个堕落的女人，受爱情欲驱使而叛（抛）夫弃子，最后无处栖身而卧轨自杀（羞愤自杀）。从个性解放的人的眼光看，安娜为纯真爱情奋勇追求，其内心痛苦颇具同情。所以我们能看到安娜内心痛苦的两难处境，一方面想飞，另一方面被束缚，被两方面撕扯——一边是牵引力，一边是拖拽力，而飞不起来。

牵引力（情人）	拖拽力（丈夫）
个性解放，真情追求	传统观念，世俗评说
情人依恋，激情浪漫	冷漠
自由安逸（私奔）	念子恋家
欲有所为，得到认可	无所事事，内心空虚
理想实现，梦醒突然	争吵不休，难以理解

个性解放，追求真爱的同时，面对传统观念与世俗评说。安娜的悲剧在更大程度上是社会悲剧，是她勇敢、真诚的性格与虚伪、刻薄的社会冲突的结果。

（2）卡列宁是刻板的社会规范的优秀遵守者，一个贵族官僚居高临下的典型代表，一个自私而毫无情趣的卫道士。

（3）列文是善于用批判眼光思考人生理想与道德准则的精神探索者形象，带有托翁的自传性质。“人生在世，爱己如人。”

3. 艺术成就

（1）心理描写：注重运用心灵辩证法；瞬间心理变化过程的精彩描述；非语言的外部特征的描绘来展示人物的内心世界；时空交

错的非理性式的内心独白。

（2）情节结构：两条主线平行发展又巧妙链接。

第五节　契诃夫

安东·契诃夫（1860—1904），19 世纪末叶影响最大的俄国批判现实主义短篇小说家和剧作家。

一　生平与创作

（一）生平

1. 少年困苦与屈辱（似狄更斯）；

2. 1879 年入莫斯科大学医学系，毕业后多地行医接触了解平民生活，为文学创作打下基础。

3. 行医期间在《蜻蜓》《花絮》（都为幽默刊物）等刊物发表作品，《花絮》刊物要求：幽默、简洁。这成为早期契诃夫小说特点。

4. 1904 年去世。

（二）创作

1. 早期

（1）风格：表面幽默，冷眼揭露，人道关怀。

（2）代表作：《一个文官之死》《胖子和瘦子》《变色龙》《站长》。

（3）特点：高度简洁，开门见山；对比而显反差；忽略外表，性格化动作。

2. 中期

（1）风格：严肃沉郁（心理活动、心灵忧伤）。

（2）代表作：《猎人》——彼拉格亚；《哀伤》（铁匠——格里

戈利）；《苦恼》（姚纳）：总体反映人生困顿，人的孤独和人际隔膜；“我向谁去诉说我的悲伤？”《万卡》（1886年，同年写有100多部小说）；中篇《草原》（1888）：象征手法，隐喻色彩，用草原比喻俄罗斯，美被荒弃；《神经错乱》（1888）；《没有意义的故事》。

3. 后期

（1）风格：揭露讽刺

（2）代表作：《第六病房》；《农民》《出诊》；《醋栗》《姚内奇》《关于爱情》《套中人》《新娘》。

（3）特点：强化社会批评之作；道德审视社会问题而使之人性化；平等待人的民主视角，看到社会对人的挤压；庸俗环境与人的生存状态。

二 戏剧创作与《樱桃园》

（一）戏剧创作

1. “四剧作”：现代戏剧变化之标志——关注戏剧之创作方法

（1）《海鸥》1896年；

（2）《万尼亚舅舅》1897年；

（3）《三姐妹》1900年；

（4）《樱桃园》1903年。

2. 契诃夫戏剧创作特点

（1）暗示欧洲戏剧的革新，将戏剧特征引向人的内心，揭示藏在生活常态之下的东西；

（2）三性集中：诗歌之抒情性、小说之叙事性、戏剧之冲突性三性紧密融合；

（3）人物性格多面化；

（4）关注剧中人物之精神痛苦。（相比于海明威的面对生活而不惧怕生活。）

（二）《樱桃园》（1903）

1. 情节

樱桃园的主人朗涅夫斯卡娅是俄国的老贵族，无所事事，坐吃山空，后来债台高筑，“樱桃园”被迫卖掉，樱桃园被砍掉，别墅取而代之。樱桃园的新主人罗巴辛是新兴的资产阶级的代表。

2. 剧情蕴含

樱桃园的易主与消失预示着人类的困惑与无奈，精神与物质，喜新厌旧，离去与留守，情感与理解。

3. 艺术特点

（1）生活细节中的意象选用营造了戏剧氛围；

（2）象征手法的运用：鲜明的语词提示、含蓄的情绪暗示、宏大的场景铺染。

第十章　19 世纪自然主义和其他文学流派

本章学习重点

1. 自然主义、唯美主义、象征派产生的背景；
2. 自然主义、唯美主义、象征派文学的特点；
3. 左拉与《萌芽》；
4. 波德莱尔与《恶之花》；
5. 以丑为美的原则。

第一节　概述

19 世纪下半叶，欧洲及北美的一些发达资本主义国家逐渐由自由资本主义向垄断资本主义过渡。这一时段法国处于第二帝国时期，法国在战争上的失败使民族矛盾进一步加深，阶级矛盾进一步激化，产生了 1871 年的巴黎公社。此时，自然科学也进一步得以发展，实证主义、唯意志论、直觉主义等哲学思潮广为流行。

一　自然主义文学

自然主义文学以实证主义为哲学基础，也受到遗传学说和决定论的影响。

自然主义文学在思想方面有以下特点。注重客观真实地再现社会生活，注意材料的搜集，力求全面地反映社会面貌；扩展了文学艺术描绘的领域，如反映矿区人民的生活、铁路运输等的场面，这些场景在以往的文学是不存在的；较为客观地摆出社会事实，但对造成不合理现象的原因挖掘得不充分，因此在反映社会生活的深度方面不如前期现实主义；过于从生理上去表现人特别是从遗传学的观点去解释促使人的行动的生理原因，而忽略了人的社会性。

自然主义文学在艺术上有如下特点。力图巨细无遗地描绘现实，排斥不切实际的浪漫想象，给人一种照相式的印象；擅长描写群众场面，注重群体形象，追求人物的气质特点和精神变态心理，而不是典型的塑造；只“提供生活的记录”，情节缺乏戏剧性的曲折变化，开始淡化；将某些压迫人、扭曲人的现象拟人化，如把矿井写成吞噬人的怪物，赋予菜市场、火车头、交易所以生命等，这是物对人的异化的尝试性描写，显得生动、形象。

爱德蒙·德·龚古尔（1822—1896）和于勒·德·龚古尔（1830—1870）是自然主义的倡导者，代表作有《费罗梅娜修女》《勒内·莫普兰》《热曼妮·拉瑟顿》《日记》等。

左拉是自然主义的理论家和代表。在他的影响下形成了以“梅塘集团”为核心的自然主义流派。

莫泊桑是法国最负盛名的中短篇小说家，是19世纪世界三大短篇小说巨匠之一，成名作为《羊脂球》。盖尔哈德·霍普特曼（1862—1946），德国重要自然主义作家，代表作有《日出之前》《织工》等。

二　唯美主义文学

唯美主义文学以康德哲学为理论基础。它主张审美的主观性与没有目的的目的性。唯美主义是具有强烈叛逆颠覆色彩和创新意识的文学流派。它主张“为艺术而艺术”，强调超越生活的所谓“纯粹的美”。

唯美主义的特点。强调“艺术具有独立的生命”，它与政治、道德、功利无关，是超脱一切现实利害关系的纯粹自由活动；提出艺术是人类心灵的故乡，在心灵的领域，瞬间可以获得永恒，狭小的空间有无限的容量，时空随人的心灵而动；主张艺术超然于现实，颠倒艺术和生活的关系，认为生活应该追随和模仿艺术，现实社会充满市井气，没有艺术，没有美，只有向远古时代、向未来、向梦幻寻求艺术和美。

唯美主义文学的先驱是英国诗人布莱克和基茨（他们的创作已有唯美主义倾向）。法国诗人戈蒂耶和英国作家罗斯金奠定了唯美主义的理论基础（戈蒂耶是为艺术而艺术的倡导者）。

法国 60 年代形成的巴那斯派。勒贡特・德利尔巴那斯派领袖，作品有《古代诗集》《蛮族诗集》等。

英国文艺批评家瓦尔特・佩特使唯美主义得到系统发展，著有《文艺复兴：艺术和诗的研究》。美国作家爱伦・坡提出“纯诗论”。奥斯卡・王尔德是唯美主义的代表，代表作品有对话录《谎言的衰朽》。小说《道林・格雷的画像》，诗剧《莎乐美》，童话集《快乐王子集》。

三　前期象征派

前期象征派产生于法国。哲学基础为 19 世纪中叶开始流行的唯心主义。

象征主义文学的特点。大量集中描写新型城市里的丑恶现象，将其在艺术上化丑为美，达到丑中见美的效果；注重挖掘人的精神世界，注重运用通感和象征的手法；注重追求诗歌的音乐效果，在韵律上推敲琢磨，在诗歌形式上追求凝练直率、工整优雅。

波德莱尔（1821—1867）为象征派的先驱诗人。保尔·魏尔伦（1844—1896）擅长抒情，代表作有《忧郁诗章》（1866）、《佳节集》（1869）、《美好的歌》（1870）、《无言的情歌》（1874）、《智慧集》（创作的高峰）、《天空在屋顶上面》等。阿瑟·兰波（1854—1891）的代表作有《元音字母》《奥菲莉亚》《惊惶的孩子们》《山谷的沉睡者》《醉船》《地狱的一季》《彩图集》等。斯泰凡·马拉美（1842—1898）为前期象征派的领袖。代表作有《海风》《窗户》《蓝天》《希罗多德之歌》《一个农牧神的下午》《天鹅》《骰子一掷》等。

第二节 左拉

一 生平与创作

艾米尔·左拉（1840—1902）是法国19世纪后期的著名作家，自然主义的领袖，在法国，其《卢贡—马卡尔家族》与巴尔扎克的《人间喜剧》齐名。

1840年生于巴黎，7岁丧父，幼时家境穷困。17岁失学，过了两年无所事事的生活。1862—1866年，左拉进入阿舍特书局工作，出版社的工作，极大地丰富了他的知识与素养，锻造了他的写作能力。其间出版两部小说《给尼侬的故事》（1864）、《克洛德的忏悔》（1865）。左拉的理论著作成文较迟，主要有《实验小说》（1880）、《戏剧中的自然主义》（1881）、《自然主义小说家》（1881）等。左拉强调作家的任务是研究和阐述人是怎样受生物学和生理学规律的影响而产生某种行动和后果的。

左拉的理论实验性创作有写于1867年的《德莱丝·拉甘》，描写一个女人和她的情夫在肉欲的驱使下合谋杀死了自己的丈夫，后来又感到悔恨，并发展成仇恨，以致精神失常，最后自杀。对此，左拉说："人们会看到每一章都是对生理学一种病况的有趣的研究。"创作于 1868 年的《玛德兰·费拉》充满病态的爱情心理分析。

《卢贡—马卡尔家族》描写第二帝国 20 年的兴亡史和一个家族的自然史和社会史。

1. 创作

创作第一期，1870—1879 年，共 9 部作品。第 7 部《小酒店》描写巴黎城郊接合部工人生活的变迁。第 9 部《娜娜》描写妓女生活，暴露第二帝国上层社会的腐化堕落。

创作第二期，1882—1893 年，代表作品为《萌芽》。另外较著名的还有《金钱》，描写金融界起起伏伏的故事。《崩溃》描写第二帝国的衰亡史。

2. 线索

（1）描写"第二帝国一个家族的自然史和社会史"，实际以后者为主。即以卢贡与马卡尔合婚而成的家族的兴衰为线索，反映 1851—1870 年即第二帝国的历史。

（2）卢贡—马卡尔家族

卢贡—马卡尔家族的老"祖宗"阿黛拉伊德·福格是个精神病患者，她嫁给了门丁卢贡，生有一子。卢贡死后，她又同酒精中毒者马卡尔姘居，生一男一女。三个孩子分别受到了她的、她和马卡尔的遗传影响。并且卢贡—马卡尔家族第三代、第四代、第五代都将受到这种影响。

（3）艺术特点。重辟像塑造性格精神人物；精细描写以至毫发毕现，想象拟人杂糅其间；诗意行文增强抒情色彩；敏感捕捉并透析新现象之本质。

1902 年 9 月 29 日，62 岁的左拉煤气中毒而死。留给后世 31 部长篇，82 部中短篇，10 部论文集，6 个剧本等著作。

二　《萌芽》

描写的是资本家和劳动者的斗争。左拉自己说："它提出的问题将是 20 世纪最重要的问题。"服娄矿场工人的罢工斗争。矿工马赫——公司经理格雷古瓦"千万饥寒交迫的人们拿血肉供养了一尊肥胖的神"。工人们被逼上了绝路，为了争取自己生存的权利，只好起来斗争。罢工领导人艾蒂安英勇无畏，却斗争失败，小说风格积极昂扬。

塑造了以下人物形象。马赫，一个正直的矿工，在罢工中觉悟逐渐提高，带领工人去请愿，在同军警的对撞冲突中牺牲。

马赫嫂，最丰满的形象。从一个普通的家庭妇女到觉悟了的无产阶级战士，这一变化过程也是阶级意识觉醒的过程。艾蒂安英勇无畏，勇于献身，但存在思想认识不够深刻、目的不太纯洁的矛盾，最后因行动无纲领而妥协屈服。

《萌芽》取得以下思想成就。第一部直面工人罢工这一社会现象的小说，说明了阶级对立是政治与经济矛盾的原因；重心描写走到台前的工人群众，无产阶级作为整体力量第一次出现在文学作品中；以浩大场面与昂扬热情建构小说，有史诗对战争描绘的气势。

艺术上有以下特色。总体象征与意象词汇的运用；结构严谨，完整统一。

第三节　波德莱尔

一　生平与创作

沙尔·波德莱尔（1821—1867），是法国 19 世纪最著名的现代派诗人，象征派诗歌先驱，代表作有《恶之花》。

主要作品有《一八四五年的沙龙》（1845）、《恶之花》（1857）、

《人造天堂》（1860）、《私人日记》（1860）、《对几位同代人的思考》（1861）、《现代生活的绘画》（1863）、《巴黎的忧郁》（1869）、《美学珍奇集》（1869）、《浪漫派的艺术》（1869）等。

波德莱尔在艺术上主张以丑为美，化丑为美；提出通感论以象征手法去表现通感；大力提倡散文诗。

二　《恶之花》

《恶之花》是一部表现西方社会病态的诗歌艺术作品。其中的“恶”字，在法文中是多义词，有罪恶丑恶之意，也有病痛、痛苦之解。诗人在此是多义并取，既喻其诗为“病态之花”，又含着“从恶中发掘美”的意味。

诗歌共六部分。《忧郁与理想》核心部分、最长占全诗的 2/3。《巴黎风光》展示巴黎各种不堪入目的现象。《酒》写诗人借酒浇愁、以酒为乐的无奈与荒凉。《恶之花》写诗人面向罪恶的花朵，到罪恶中去体验生活。《叛逆》是针对上帝的。《死亡》写死亡是一切的终结，但也是新的开始。

在艺术上取得以下成就：通感的运用；象征手法的运用；诗体简单、语言精辟；以丑为美、化丑为美。

波德莱尔有着强烈的创新意识，他强调要从诗歌创作里寻找现代性。现代性在《恶之花》体现为如下两点。

1. 打破了古典主义的美学原则，冲出了古典美学原则：“真善美”的束缚。主张以丑为美，化丑为美。

2. 提出了通感理论，并以象征等手法来表现。

中　编

20 世纪欧美文学

第一章　20 世纪欧美现实主义文学

本章学习重点

1. 20 世纪现实主义文学产生的背景；
2. 长河小说；
3. 20 世纪现实主义文学的特征；
4. 这一时期作家创作时将传统手法与现代手法结合的特征；
5. 罗曼・罗兰小说里的音乐性；
6. 葛利高里形象的复杂性。

第一节　概述

一　现实主义文学的发展过程和基本特点

世界政治局势发生了翻天覆地的变化。两次世界大战使人们经受了重重苦难，社会主义国家出现壮大并与西方资本主义形成对峙，这种对峙局面一直持续到苏联解体，然后部分社会主义国家转向。随之，人们的思想和意识也发生了很大变化。

20 世纪，马克思主义在世界范围内广泛传播，并在社会主义国家确立意识形态的主导地位。同时，西方社会思潮活跃，出现了尼采的唯意志论、柏格森的生命哲学和直觉主义、弗洛伊德的精神分析理论以及语言学的异军突起，都对 20 世纪的现实主义作家产生影响。

1. 现实主义文学的发展过程

（1）20 世纪现实主义文学是 19 世纪现实主义的继承和发展。19 世纪现实主义文学形成有史以来最壮阔的文学潮流。

（2）它在 20 世纪上半叶的文坛地位举足轻重。一些跨世纪作家接受了前辈的批判精神、广泛地反映社会生活和塑造典型人物等现实主义文学的基本手法。同时，又敢于吸收新的艺术养分、新的文学流派的新方法，以丰富传统的现实主义文学的表现方法。

（3）20 世纪四五十年代出现衰落趋势。资本主义经济繁荣导致西方社会一派升平景象，这种现象使一些作家感到茫然和惶惑，认为揭露和批判意识已过时。

（4）70 年代出现复兴迹象，即回归现象，现实主义创作方法重新获得重视。

（5）20 世纪的拉美，现实主义文学发展迅速，其特点是注意本地区的自然特色和文化传统。

（6）十月革命出现以后，受苏俄文学的影响，欧美出现了“红色的 30 年代”。

2. 现实主义文学的基本特征

（1）思想特征。受社会主义思潮的影响，20 世纪的现实主义作家对现实有了更深刻的影响，站在崭新的时代高度去描绘现实；作家借鉴以往经验力图全面地反映一个时代的社会生活；无产阶级的生活和斗争越来越多地成为他们反映的对象；两次世界大战使人们深刻地认识到战争的灾难性后果，战争或反法西斯成为一个重要主题。

（2）艺术特征。长篇小说成为这一时期文学创作的特色；受到现代主义思潮的影响，现实主义文学发生了变化；淡化情节，淡化典型人物的塑造，这与传统的现实主义文学已经大不一样了。

二 20世纪各主要国家的现实主义文学

（一）英国

英国的现实主义文学取得了较高成就。20世纪的英国小说加强了对英国的批判，艺术上从写实小说发展到实验小说。

代表作家

（1）劳伦斯，小说创作中成就最为突出，代表作有《虹》《儿子与情人》《查泰莱夫人的情人》等。

（2）约翰·高尔斯华绥，20世纪英国最有成就的现实主义作家之一。代表作《福尔赛世家》三部曲，并凭此获得诺贝尔文学奖。

（3）威廉·索默塞特·毛姆，代表作《人性的枷锁》（自传性作品）、《刀锋》等。

（4）格雷厄姆·格林，代表作《沉静的美国人》。

（5）乔治·奥威尔，代表作《一九八四》。

（6）威廉·杰拉尔德·戈尔丁，代表作《蝇王》。

（7）金斯利·艾米斯，“愤怒的青年”的代表。代表作《幸运的吉姆》。这一文学派别的作品还有约翰·奥斯本的《愤怒的回顾》、约翰·布莱恩的《顶层的房间》。

（8）实验小说的代表约翰·福尔斯的《法国中尉的女人》。

（9）多丽丝·莱辛是女作家中最为著名的，代表作《野草在歌唱》《暴力的孩子们》《金色笔记》。

（10）艾丽丝·默多克，代表作《在网下》《黑王子》。

80年代以来，少数族裔作家崛起。

（1）V. S. 奈保尔，《毕斯沃斯先生的房子》《河湾》《到达之谜》。

（2）萨尔曼·拉比什，《午夜诞生的孩子》。

此外，英国出现了一个有世界影响力的女侦探小说家阿加莎·克里斯蒂。戏剧方面，最著名的是萧伯纳，批判和讽刺英国资产阶级的习俗和道德。

（二）法国

法国的现实主义文学既继承了 19 世纪的传统，又因为吸收新的思潮而有所变化，小说创作迎来了第二个黄金时代。

代表作家

（1）阿纳托尔·法朗士，短篇杰作《克兰克比尔》，长篇《企鹅岛》《诸神渴了》。

（2）罗歇·马丁·杜伽尔，代表作《蒂博一家》风格朴实自然，心理描写细腻。

（3）弗朗索瓦·莫里亚克，擅长心理分析，代表作《和麻风病人的亲吻》《苔蕾丝·德盖鲁》《蝮蛇结》。

（4）安德烈·纪德，擅长心理分析，他的小说多半带有自传性质。代表作《窄门》《田园交响乐》《伪币制造者》。

（5）路易·费迪南·塞利纳，《茫茫黑夜漫游》揭露了法属殖民地对黑人的残酷盘剥，揭穿了美国的幸福生活的神话。

（6）亨利·德·蒙泰朗，《斗兽者》《少女们》。

（7）安德烈·马尔罗，小说从自身的政治生活中撷取素材，《征服者》《人的状况》。

（8）女作家萨冈善于写作中篇，成名作《你好，忧愁》。

（9）移民作家在法国小说家中占有重要地位，代表作家米兰·昆德拉，代表作为《生命中不能承受之轻》。

（10）戏剧方面，代表作家有让·吉罗杜、于勒·罗曼、马塞尔·帕尼奥尔等。

这一时期，欧洲其他国家的现实主义文学也达到了前所未有的高度。

20世纪初，随着国家的崛起，美国的经济也呈现一派繁荣景象，此时的美国文学敢于正视社会矛盾和精神危机，体现了清醒的现实主义态度，从而涌现出一批具有世界影响力的作家，代表作家有玛格丽特·米切尔（1900—1949），其代表作《飘》。西奥多·德莱塞（1871—1945），代表作有《珍妮姑娘》《嘉莉妹妹》。约翰·斯坦贝克（1902—1968），代表作有《愤怒的葡萄》等。作为一个移民国家，移民作家在美国文坛占有相当重要的位置。弗拉基米尔·纳博科夫（1899—1977）是俄裔美国作家，代表作有《洛丽塔》《普宁》等。

拉丁美洲的现实主义文学在20世纪也得以蓬勃发展。

第二节　劳伦斯

一　生平与创作

D. H. 劳伦斯（1885—1930）是20世纪英国最有争议的伟大作家，其作品影响深广。

1885年9月11日出生在英国中部诺丁汉郡一矿工家庭，父亲文化程度较低，性情粗暴，母亲受过良好教育。（物质、工业文明—肉体—精神文化—灵魂，这些方面的对立在劳伦斯小时候就潜移默化进了他的灵魂）父母长期感情不和，偶尔爆发矛盾冲突。劳伦斯的母亲把儿子作为情感慰藉，母子感情异常亲密。（男子—女人—儿子—女人的恶性循环）从小他就开始思考家庭中的男女关系。1912年与导师的妻子私奔，此后18年过着浪迹天涯、寻找理想、躲避现实的生活，1930年因肺病去世。

早期创作了三部长篇小说，《白孔雀》（1911）、《逾矩的罪人》（1912）、《儿子与情人》（1913）。

《白孔雀》写莱娣喜欢上健美的乔治，后又爱上富家子弟莱斯理，物质的人击败了精神的人。后来乔治又娶了他不爱的麦格，造成两段不幸的婚姻。在作品里，白孔雀象征虚荣。作品的主题为——对立来自人与文明的对立。

《儿子与情人》的故事来自劳伦斯的青年经历，表现了劳伦斯同父母还有初恋情人杰茜之间的感情经历。

创作中期代表作品有长篇三部，《虹》（1915）与《恋爱中的妇女》（1920）是姐妹篇，《迷失的少女》（1920），以前两部最为著名。

《恋爱中的妇女》通过两对夫妻的比较来表明作者观点，认为西方现代文明已濒临灭亡，并希望它凤凰涅槃。杰罗尔德和古娟代表了以机械、工具、生产、占有等为特点的现代工业文明和它最后的灭亡。伯金和厄秀拉的关系自然文明、和谐，在灵魂上彼此关照，是作者理想的两性关系。杰罗尔德的归宿和结局标志着工业文明必然灭亡，和谐的两性关系和人际关系是人类的新生之路。

创作后期有长篇四部，《亚伦的犁杖》（1922）、《袋鼠》（1923）、《羽蛇》（1926）、《查泰莱夫人的情人》（1926），其中以《查泰莱夫人的情人》的影响和争议最大。中短篇小说有《菊謦》《普鲁士军官》《狐》等。擅长微观分析，其主题与长篇相承接。

劳伦斯也是一位著名诗人，著有诗集《情歌》（1913）、《新诗》（1918）、《鸟兽花草》（1923）、《最后的诗》（1932）。

劳伦斯作品的思想倾向。

（1）压抑和歪曲人的自然本性，特别是压抑性和性爱，是资本主义工业文明的首恶。

（2）与原始的生机盎然的大自然的彻底融合是现代人性涅槃的最高境界和最终目标。

（3）理想两性关系是灵与肉的融合，并以此为艺术主旨。作品中对两性关系的描写与评判包含社会、文化、心理等多重含义。

劳伦斯的创作在艺术上取得了以下特征：

（1）再现外部环境（生活）与关注人的内心变化，两部分俱臻完美。具有现代小说心理探索的内倾性特质，且淡化情节，强化暗示。

（2）善于用象征表现心绪。影射式：树林—自然；工厂—工业文明。不定式象征：凤凰、虹（the rainbow）启迪顿悟。

二　《虹》

描写三代布兰温的恋爱婚姻故事。马什农场是故事发生的地点，是布兰温一家的伊甸园。汤姆·布兰温表面上很幸福，但这是低层次的肉与肉的幸福，他们不想寻找关于生命的更深的意义。安娜·布兰温对婚姻的看法不同于父辈，有着强烈的占有欲的她，在婚姻中积极争取控制权。厄秀拉·布兰温不愿走父辈的老路，到更广阔的天地寻找新生。在经过精神和肉体的洗礼后，她见到天空中一片虹，这是新生的希望。

《虹》在艺术上既有继承又有创新，表现为传统的历时叙述和创新的多重复合式叙事。内视角的强化和外视角的集约，两者互相应和的叙述心理；上帝视角叙述中的心理分析与意象呈现；常规叙述中加入了的非小说成分，在小说文本中加入诗歌意象和论文式的分析。

第三节　罗曼·罗兰

一　生平与创作

罗曼·罗兰（1866—1944），法国思想家、文学家，批判现实主义作家，音乐评论家，社会活动家。1915年诺贝尔文学奖得主。

罗曼·罗兰自幼阅读了大量的文学作品，青年时代受到启蒙思想的影响，向往法国资产阶级革命。晚年受到德国理想主义思想的影响。

他的创作可以分为五个时期。

第一时期，一面担任艺术史的教学，一面进行戏曲创作，创作的都是历史剧，代表作品有《圣路易》《狼群》《七月十四日》。

第二时期，罗兰的创作进入一个新的阶段，他的作家和艺术家传记写得很有特色，发展了散文题材。《约翰·克利斯朵夫》奠定了罗兰在文学史上的地位，使他获得了全欧洲的声誉。

第三时期，两次世界大战之间，罗兰的创作达到又一次高潮。代表作：《哥拉·布勒尼翁》《克莱朗波》《皮埃尔和吕丝》。

第四时期，20世纪二三十年代，代表作有《马哈德马·甘地》《爱与死的搏斗》《母与子》，显示出作者在坚持“精神独立”和非暴力主义。并有政治集论《战斗十五年》《通过革命，争取和平》。

第五时期，第二次世界大战爆发以后，罗兰发表回忆录《内心旅程》，完成《贝多芬的主要创作时期》《贝吉传》。

二 《约翰·克利斯朵夫》

《约翰·克利斯朵夫》是罗曼·罗兰的一部长篇小说，主人公约翰·克利斯朵夫是以贝多芬为原型进行创作的。克利斯朵夫出生在德国莱茵河畔的一个穷苦音乐教师家庭，从小显示出过人的音乐天赋，在祖父的推荐下被公爵赏识。桀骜不驯的性格使他不满音乐界的虚伪，因此得罪了公爵、乐队和观众，逃亡巴黎。在巴黎，他和葛拉齐亚相爱，但耿直的性格使他生活窘迫，葛拉齐亚也因无法帮助他而选择离开。不谙世事的约翰·克利斯朵夫被人利用卷入是非场中，在示威游行中打死警察，逃亡瑞士。岁月流逝，约翰·克利斯朵夫丧失了原有的反抗精神，变成了一个世故老人，临死前怀念着家乡。

“小资产阶级的阶级性决定了约翰·克利斯朵夫性格的矛盾性和复杂性。”① 小资产阶级的阶级地位使他对现实不满并进行反抗，但这种反抗并不彻底，个人英雄主义的意识使他远离人民，进步的艺术观使他接近生活和人民。约翰·克利斯朵夫的形象反映了十月革命以前整整一代具有民主思想的知识分子的思想和精神风貌，具有很高的典型意义。

作品在思想上有以下特征。

1. 小说描写了一个音乐家的一生。“以音乐家约翰·克利斯朵夫一生的奋斗为经，以第一次世界大战前二三十年间的欧洲生活为纬，反映了世纪之交一代知识分子的精神探索，表现出作家反对现存秩序的进步立场和坚持人类进步文化的艺术观点。”②

2. 作者通过约翰·克利斯朵夫个人的经历和遭遇，揭示了进入帝国主义的德法两国的社会矛盾。

3. 与此同时，约翰·克利斯朵夫的个人反抗具有局限性，个人的反抗悲剧有历史的必然性。

小说的艺术特色有以下几点。

1. 作品富于音乐性。音乐和小说结合在一起，产生了巨大的艺术魅力。

2. 小说的结构是按交响乐的结构方式设计的。作品各卷结构分为序曲、发展、高潮、结尾四部分，结构完整，浑然一体。

3. 作者细致地描绘了人物的心理状态和思想感情，遵循了现实主义塑造典型人物的方法。采用综合的手法塑造人物形象。

4. 小说语言朴素流畅。

---

① 朱维之：《外国文学史》，南开大学出版社2004年版，第481页。

② 同上书，第479—480页。

第四节　托马斯·曼

一　生平与创作

托马斯·曼（1875—1955），德国小说家和散文家，出生于德国北部卢卑克城一家望族。父亲是富商兼议员，母亲是葡萄牙人，父母亲两种不同的性格影响了托马斯·曼矛盾的性格。托马斯·曼是德国 20 世纪最著名的现实主义作家和人道主义者，受叔本华、尼采哲学思想影响。

根据托马斯·曼的一生，可将其创作分为两个时期。

创作前期是从出生到 20 世纪 30 年代。1895 年出版了第一部小说集《矮个先生弗里德曼》。1901 年《布登勃洛克一家》的出版确立了他在文坛的地位。第一次世界大战以后，托马斯·曼改变了对战争的看法，《魔山》反映了他对第一次世界大战前后时代的分析和思考，被称为“时代小说”。

30 年代是托马斯·曼的创作从前期转向后期的过渡时期。他因反对法西斯而被迫流亡，流亡期间他发表了长篇巨著《约瑟和他的兄弟们》四部曲。

托马斯·曼后期创作的重要作品有长篇小说《浮士德博士》《被挑选者》等。《浮士德博士》写的是艺术家的悲剧。《被挑选者》主题是宣扬赦罪。

托马斯·曼的创作主要是中长篇小说，小说的基调是现实主义，在方法上同时融合了现代派的表现手法。

二　《布登勃洛克一家》

布登勃洛克家族是卢贝克有钱有势的望族。祖父约翰利用拿破仑战争大发战争财，儿子小约翰虽获得参议头衔却遇到了激烈的竞争，苦撑家业，第三代托马斯为人忠厚、性格软弱，在激烈的竞争中最终败下阵来。其子汉诺生性怯懦，独爱音乐，无法适应尔虞我诈的商业环境，最后关闭了公司。汉诺 15 岁夭折，母亲回到娘家，布登勃洛克家族就此画上句号。

作品是一部卢贝克望族布登勃洛克一家四代从 1835 年到 1877 年的兴衰史。通过布登勃洛克一家在垄断资产阶级的排挤、打压下逐渐衰落的历史过程，详细地揭示了资本主义掠夺兼并竞争惨烈的历史，也是 19 世纪后半期德国社会发展的艺术缩影。

作品塑造了几个鲜明的艺术形象。老约翰老练精明、歧视外乡人、思想激进，有着经商的头脑和气魄。小约翰性格严峻、精明，遇事坚决、果断，善于维护家族利益。托马斯行为举止有节有礼、沉稳大气、积极进取、殷勤、圆滑，坚守传统的经营方式。

汉诺体弱多病、胆小怕事、多愁善感、神经脆弱、钟爱音乐、厌烦经商。

小说生动、形象地描绘了德国从自由资本主义走向垄断资本主义的历史发展过程，通过一个旧式资产阶级家庭在精神道德和经济上的没落，刻画了资本主义社会中人与人之间赤裸裸的金钱关系，揭示了弱肉强食的资本主义法则。

从客观上来说，小说反映了德国传统社会从 19 世纪中叶开始走向没落的过程，预示着德国乃至欧洲社会将发生激烈而巨大的变化。从主观上来说，作者对布登勃洛克家族的没落抱有极大的同情，虽然认为是必然的，却为此感到惋惜和悲哀。此外，一些人物的言行和心理描写批判了封建贵族、基督教会和德意志帝国的教育制度。

在艺术上，小说塑造了典型形象如托马斯和汉诺，以塑造人物典型为创作核心。小说带有浓郁的哀婉和忧伤的情调——一种独特的、德国式的诗意。在结构上，小说前半部分采用历时性写法，后半部分几条线索平行发展。前半部分平稳含蓄，设下许多埋伏，后半部分哀婉凄凉，危机四伏。小说通过婚丧嫁娶、圣诞节庆等活动反映社会历史变迁，德国社会的风土人情。小说语言精练、对话生动，充满幽默和嘲讽。

第五节　肖洛霍夫

米哈伊尔·亚历山大洛维奇·肖洛霍夫（1905—1984）是苏联著名的作家之一。1965 年获得诺贝尔文学奖。他开了苏联叙事文学的悲剧史诗写作的先河。

一　生平与创作

自小生活在顿河沿岸，对顿河和哥萨克生活十分了解。国内战争期间参加红军，增加了社会阅历。1923 年开始创作，次年成为专业作家，从此开始其创作生涯。1939 年当选苏联科学院院士，1965 年获诺贝尔文学奖。

早期创作（1923—1926）主要描写内战时期顿河地区哥萨克内部斗争。此时期的作品大都收录在短篇小说集《顿河的故事》和《浅蓝色的草原》中。《胎记》是他的第一部短篇小说，所写的都是作者亲身经历的事情。

20 年代后半期到 30 年代，创作了两部长篇小说《静静的顿河》和《被开垦的处女地》第一部。作者也成为享誉国际的作家。

卫国战争时期（1941—1945），作为记者奔赴前线，作品多为短篇小说、通讯等。如《在顿河》（1941）、短篇小说《学会仇恨》等。

第二次世界大战以后发表短篇小说《人的命运》（1956 年和 1957 年之交）、《被开垦的处女地》第二部、《他们为祖国而战》

(未完)。其中《人的命运》开了战后战争抒情散文的先河。

二 《静静的顿河》

《静静的顿河》1925年开始创作。全书共4部8卷。以1912年至1922年两次革命和两次战争为背景，主要描绘了顿河沿岸的哥萨克人在战争期间的情况和生活，被称为“史诗性巨作”。

可以说作者早年的生活经历为该书的创作打下了很好的基础。作者自小就生活在顿河沿岸，生父是哥萨克下级军官，母亲是地主家女仆，继父是“外乡人”。这些都为作者的创作提供了素材。

小说以中农哥萨克麦列霍夫一家的兴衰为主要线索，以逐渐走向毁灭的葛利高里为主人公。葛利高里从小就受到哥萨克传统影响。青年时代应征入伍参加帝国战争，十月革命后参加红军赤卫队同白匪作战。但因红军“左”倾错误影响，脱离红军，参加暴乱。后被通缉，再以后他成为白军师长。被打败后又参加红军，但不被信任 。战争结束后复员回家。在小说结局他把武器抛进顿河，独自回到家，看到生活上残留的全部东西——儿子。

主人公葛利高里是一个复杂的人物，在关键的历史阶段他一直在两大阵营之间动摇，如此反复最后被两大阵营所抛弃。

葛利高里，一个哥萨克人，一个摇摆不定的悲剧性人。他具有哥萨克劳动者的一切美好品质：善良、勤劳、纯朴。但同时他身上也带有哥萨克人世代都有的种种缺点，在历史急变的关头，他徘徊于两大阵营之间，犹豫动摇，企图在革命与反革命之间寻找第三条道路，结果只能脱离人民，落得一个悲剧的命运。可以说他反映了哥萨克历史道路的曲折性和矛盾性。

阿克西妮亚身上有传统俄罗斯女性的优点，对葛利高里的爱情具有冲破一切的力量。她的爱情里包含女性的深情、魅力等。

《静静的顿河》在艺术上也很成功，这是一部气势雄浑的史诗性作品。作品结构庞大、复杂，但是组织严谨，逐步展开。

小说塑造人物形象极其成功。葛利高里的形象被塑造得极为鲜明，作者巧妙地描写了他在不同时期的表现，充分表现了人物的复杂性。

肖洛霍夫描写人物时，把人物与社会生活、历史背景相联系，共同构成一个统一体，从整体出发关注人物，同时人物的变化发展又反映了社会。

第二章　现代主义文学

本章学习重点：

1. 现代主义文学产生的背景；

2. 现代主义文学的发展；

3. 后期象征主义、表现主义、未来主义、超现实主义和意识流小说等流派的基本特征；

4. 现代主义文学创作方法上的颠覆性和创新性；

5. 《荒原》在艺术上的创新性。

第一节　现代主义文学概述

一　概述

现代主义是20世纪上半叶诸多用现代主义创作手法创作且具有反传统特征的文学流派的总称，现代主义包括绘画、音乐、戏剧、电影、建筑等艺术范畴。

现代主义在20世纪文学中具有典范性。现代主义文学具体包括后期象征主义、表现主义、未来主义、超现实主义和意识流小说等。它们虽然有不同的主张，风格也不尽相同，但它们相互依存相互影响，都显现出“反传统”的意味。

现代主义文学的形成背景。

1. 战争与革命是现代主义文学形成的独特的背景。苏俄十月革命引发的连锁反应，两次世界大战对西方理性主义的动摇。

2. 现代科学技术和工业的飞速发展，改变了人们的观念，加速了人的异化。

3. 因社会生产力的爆炸式的发展，社会财富的创作速度快于以前任何时代，与此同时，社会财富集中到极少数人手里，贫富差距进一步加大，由此引发了拜金、物质主义泛滥。

4. 叔本华的“唯意志论”、尼采的“超人”哲学、柏格森的“生命哲学”、弗洛伊德的“精神分析学说”等非理性主义和现代心理学思想的出现。

5. 现代审美观的变化增强，文学家为了适应这种变化，提高了自身的创新意识，艺术手法变化多端。

现代主义的基本特征：

“反传统”是现代主义文学的最基本的特征。在思想上，首先，现代主义文学显示出强烈的颠覆性和批判性。其次，异化成为现代主义文学的重要主题。

在艺术创新上，现代主义文学有以下几点。

1. 突出展现主观自我，心灵世界的彰显是其不变的追求，强烈的非理性色彩、鲜明的主观性、内向性和表现性是其主要的特质。

2. 善于使用象征、意识流、荒诞等表现手法，以及神话模式进行创作，追求艺术的深度模式。

3. 大胆采用不合逻辑常规的表现形式，醉心于种种形式技巧的创新和实验。

4. 现代主义文学还把“审丑”“览丑”作为文学创作的主要目的。

二　现代主义文学的发展

象征主义分为前后两个时期，前期象征主义盛行于 19 世纪后半叶的法国，后期象征主义产生于第一次世界大战，到 20 世纪 20 年代后期象征主义达到高潮。在西方现代主义文学运动中象征主义是产生最早、影响力最大的文学流派。后期象征主义的创作具有很强的哲理性、思辨性，主要为诗歌创作。代表作家有瓦莱里、里尔克、宠德、叶芝和艾略特等。

表现主义是 20 世纪初至 30 年代欧美文学一个重要的流派。表现主义首先从绘画开始，随后波及文学。表现主义文学主要透过现象看本质，通过外线的行为揭示人物的内心。代表作家有奥地利的弗朗茨·卡夫卡和美国的尤金·奥尼尔等。

未来主义是 20 世纪出现最早、反叛精神最强的一个文艺流派。其创始人是意大利诗人、剧作家、理论家托马佐·马里内蒂（1876—1944），他在 1909 年发表的论文《未来主义宣言》是这一流派诞生的标志。

未来主义诞生于意大利，后扩展到欧洲各国，一个带有浓烈的反叛精神的现代主义文学流派。意大利诗人、剧作家、理论家托马佐·马里内蒂（1876—1944）是其始创者，他于 1909 年发表的论文《未来主义宣言》标志着这一流派的问世。未来主义反对传统，主张抛弃旧的文化，歌颂现代文明，主张创新。代表作家有意大利托马佐·马里内蒂、法国阿波利奈尔、俄国诗人马雅可夫斯基等。

超现实主义是两次世界大战期间起源于法国的具有先锋精神的文学流派，是从达达主义发展来的。其创作强调意识的作用，主张表现意识。风格特别，内容难以理解。代表作家有法国安德烈·布勒东（创始人和理论家）、法国路易·阿拉贡等。

意识流小说是 20 世纪二三十年代流行于英法美等国的一个现

代主义文学流派。它以象征暗示、内心独白、自由联想等意识流的创作方法为主要特征。是以表现人们的意识流动、展示恍惚迷离的心灵世界为主的一种创作方法。代表作家作品有英国詹姆斯·乔伊斯的《尤利西斯》、美国威廉·福克纳的《喧哗与骚动》、法国马塞尔·普鲁斯特的《追忆似水年华》、英国女作家弗吉尼亚·伍尔夫的《墙上的斑点》等。

第二节 艾略特

一 生平与创作

T. S. 艾略特（1888—1965），戏剧家、批评家，20世纪西方最重要的诗人。其代表作《荒原》（1922）对现代诗歌产生了不可估量的影响，在文学史上具有里程碑式的意义。

1888年生于美国一个富有且有文化修养的家庭。幼时受加尔文教熏陶。1906年考入哈佛，广泛涉猎各种知识，开始接触象征主义。1927年加入英国国籍。1948年获诺贝尔文学奖和英王“劳绩勋章”，1955年获歌德奖。1965年与世长辞，葬于伦敦西敏斯特教堂“诗人之角”。生于美国却宁愿大半生长居英国并以英国人自居的T. S. 艾略特，当被看作英国人。

其诗歌创作大致分三个期期：1. 早期（1915—1922）。主要作品有《普鲁弗洛克的情歌》（1915）、《诗集》（1919）、《一位女士的画像》，本期创作为《荒原》打下基础。2. 中期（1922—1925）。主要作品有《荒原》、《空心人》等。3. 后期（1930年之后）。主要作品有《灰色星期三》（1930），长篇组诗《四个四重奏》。

20世纪30年代之后艾略特致力于诗体戏剧的创作。代表作品有《大教堂凶杀案》（1935）、《合家团圆》（1939）、《鸡尾酒会》

（1950）等。

二　《荒原》

艾略特的代表作《荒原》，被世人称为西方现代派诗歌的里程碑，堪称西方文学中的经典，是一部被赋予了时代意义的佳作。

《荒原》在被庞德删为434行以前有800多行。它扎根于传统诗作，运用传统诗作中的很多典故，使用纷繁复杂的象征结构，以多方面、多层次的意象来展现第二次世界大战以后西方文明和价值观的消逝，最终成为一部史诗性著作。

《荒原》共434行，分为五章。

第一章“死者葬仪”共76行，主要写荒原和荒原人的意象。

第二章“对弈”共95行，通过引证对比突出现代人的可悲处境。

第三章“火的布道”共138行，通过佛陀的净火冶炼来拯救人类精神荒原。

第四章“水中的死亡”是仅10行的插段，写欲望横流带来的死亡。

第五章“雷霆的话”共112行，写上帝对人的忠告。

《荒原》是一部现代主义的经典之作，艺术取得高超成就。主要表现在以下几个方面。

1. 作品内容艰涩，令人费解。这与作者的哲学观和文艺观息息相关。与此同时，第一次世界大战将整个欧洲社会变成了“荒原”，人们内心充斥了恐慌与绝望，精神上受到了极大的打击。

2. 采用剪切和拼接手法，将各时代的不同的事件拼接在一起，相互联系，共同构成一个整体。

3. 使用纷繁复杂的象征方式。诗歌内容涉及面广，万千现象，无所不有，含有许多的典故，综合运用了几十部作品的相关内容。

4. 意象新颖奇特。作者采用迥异于以往的意象来呈现战后的黑暗与丑陋的社会现象，因而这也就注定了意象的丑陋不堪与病变的态势。

5. 作品语言变化万千，纷繁复杂，句式各异，善于使用不同的音律，节奏明朗酣畅。

第三节　卡夫卡

一　生平与创作

弗兰茨·卡夫卡（1883—1924）1883 年 7 月 3 日诞生于布格拉，犹太人，父亲为商店老板，强壮粗暴，对子女管理严格。1906 年卡夫卡取得法学博士学位，后进入保险公司任职。在工作之余从事创作。1924 年 6 月 3 日在维也纳附近的基尔疗养院与世长辞。他是奥地利著名的小说家，西方现代主义文学的奠基者之一。

卡夫卡早期写作（1902—1912）只有一本散文小说集《观察》，共收 18 篇作品，此处留下了未完长篇《乡村婚事》。他创作的黄金期是在 1912 年，诞生了成名作《变形记》和代表作《判决》。1912 年至逝世前，卡夫卡留下了很多未完成的短篇小说和长篇小说。其间创作有短篇小说《司炉》《在流放地》《为某科学院写的一份报告》等。长篇小说《失踪者》（又名为《美国》）、《诉讼》（又译《审判》）、《城堡》。

思想方面来看，卡夫卡的短篇小说可分为四种类型。

1. 注重展示现实社会的种种荒诞现象和人们非理性，突出表达人们生存的痛苦感受和原罪意识。《判决》和《乡村医生》将此思想展现得淋漓尽致。

2. 揭示了资本主义社会中的人在重重压迫下掌握不了自己的命运，以致“异化”。《变形记》是反映这个主题的重要代表作。

3. 刻画资本主义社会中小资产阶级人物（大多是“小人物”），表达他们在社会上找不到生存希望的孤独、愁苦的心态和想改变现状却心有余而力不足的绝望感。《老光棍布鲁姆费尔德》完整地呈现了“小人物”这种现状。

4. 赤裸裸地展现反动统治阶级的罪恶，痛恨异族的不断入侵，为祖国和民族的某些表现感到悲哀。《在流放地》和《往事一页》表达了作者这一情感。

二　《变形记》

在一家公司从事销售一职的年轻人格里高尔睡醒后，惊讶地在镜子里看到自己变成了一只甲虫。他是家里的顶梁柱，若因迟到而失去工作的话，家里也随之会陷入经济危机。刚开始，虽然家人对他的变形惊愕不已，但妹妹对他仍有所怜惜，每天会定时将食物送到他的房间。久而久之，家里失去了经济来源，生活很窘困。与此同时，在家人的眼里格里高尔已经成了一只昆虫，而不再是家人。为获取经济来源，家人为了腾出几间客房，便将无处安放的家具一并塞到格里高尔的房间，格里高尔只能待在狭小的空间生存。祸不单行，房客们无意间看到了格里高尔，执意要求退还房租。妹妹既生气又嫌弃地赶他走。面对家人的无情和冷漠，格里高尔感到无比的痛心。当天夜晚，深深爱着家人的格里高尔，孤独地逝去了。格里高尔离去以后，家人也搬入了新家，很快地遗忘了格里高尔，重新过着她们幸福的生活。

卡夫卡是现代主义文学的奠基人，革新了文学的观念。在艺术的创新上具有划时代的意义。

1. 利用现实主义的描写方式叙述了虚幻的、荒诞离奇、令人难以置信的事情，却给人一种真实感，引人深思。

2. 用与现实相符的事，表现违背现实的事，从而让看似与现实不相符的事显得合情合理。

3. 用反现实的手法，表现现实生活中的真实事情，加强作品的震撼力。

4. 通过人物的潜台词，来打开任务内心的视角，充分彰显人物的心灵世界和精神灵魂。

5. 抽离的方式使作者能更真实地描写人物和故事，作品更加可观，增强其表现力，让孤单的人显得愈发孤单，悲凉哀凄的人显得愈发惨痛。

第四节　奥尼尔

一　生平与创作

尤金・奥尼尔（1888—1953），美国现代戏剧奠基人，表现主义戏剧代表作家。

父亲是名气颇大的剧团演员，母亲爱好音乐，将音乐的种子种到奥尼尔小小的心田。1960 年就读于普林斯顿大学，第二年因恶作剧而不得不休学，从此便无继续读书的打算。1914 年进入哈佛大学贝克尔教授主持的 47 戏剧工作室学习。1916 年进入“普罗文斯顿”剧社，开始在一些小剧场上表演其自创的独幕剧。1920 年他的戏剧《天外边》演出取得非凡的效果，从而一举成名，成为全球瞩目的剧作家。这一年，给他的人生带来了巨大的转变。

1936 年获得诺贝尔文学奖。1953 年 11 月因重病，在波士顿的一家旅馆与世长辞。

奥尼尔一生创作了近 50 个剧本，其作品四次获普利策奖。他的创作可分为三个阶段：

第一阶段（1913—1920）处于练习写作阶段，主要是进行一些短剧创作。其中《格兰凯仑号》里面的几个短小的剧作：《东航卡迪夫》《归途迢迢》和《加勒比斯之月》最为出色。

第二阶段（1920—1924），主要致力于多幕剧的写作。《天外边》《琼斯皇》和《毛猿》是这一时期的代表作。奥尼尔因《天外边》而一举成名。表现主义代表作有《琼斯皇》。

第三阶段（1935—1943），这一时期创作了含有11个独立作品的《占有者自我剥夺的故事》和以反法西斯主义为主旨的三部曲，这两组系列剧并不能代表他此时期的最高成就。独幕剧《休伊》，多幕剧《送冰人来了》《常日入夜行》和《月照不幸人》是他此时期的最高成就。

二　《毛猿》

一艘游轮上的司炉扬克是作品的主要人物。扬克以体力活作为谋生手段，身强力壮，但缺乏智慧的头脑。他看不起头等舱里头的游客，认为他们"只不过是臭皮囊"，而自己却是世界不可缺少的动力，并为此感到无比骄傲。某天，资产阶级小姐米尔德丽德为了获知"另一半人是如何生活"而走到了舱底。扬克出现了，赤裸的上半身沾满了黑煤，资产阶级小姐米尔德丽德惊吓过度，喊叫完"这个肮脏的畜生"这一句后便昏厥过去。这无意间发生的事却给了扬克极大的震撼，他不再为自己是世界的动力而感到无比的骄傲，开始意识到自己卑贱的地位，在上层社会的人眼里连人都不是，仅仅是一畜生罢了。于是，他开始四处寻机挑起事端以报复不把自己当人看的有钱人。他被那些有钱的夫人当空气，丝毫不起任何作用。挑起很多事端后，他被丢进了监狱，他发觉是自己和工人们的辛勤劳作才换来了悠闲自在的资产阶级，而资产阶级却一而再再而三地剥削和压迫他们。他加入了工人组织世界产联，主动提出要去炸掉工厂，不料行动失败，被赶了出来。他无比绝望地来到了动物园，感到猩猩才是自己的知己，于是打开铁笼过去跟猩猩友好地握手。猩猩用力过度，扬克筋骨折断而死。

在作品里奥尼尔塑造了以下几个性格鲜明的人物。

1. 扬克是资本主义社会中的现代产业工人中的典型代表人物，他的经历体现了底层的穷苦人民的凄惨境况。他虽然也有“人的象征”的含义，在顿悟中不断思索自己卑贱的地位和非人的生活，并因此积极主动地寻求真正的社会地位以获取真正的人的地位和生活。底层人物力量的单薄和无能，注定了他始终只能以失败而告终。这一人物的塑造，展现了现代人内心的苦闷、烦躁、困惑和迷惘的复杂心境。

2. 老水手派迪是一个典型的悲观主义者，意志消沉，精神萎靡，异常痛恨代表资本主义文明的黑烟弥漫，始终被黑暗笼罩，机器声音不断的钢铁世界。他认为：这个世界就是地狱。无不向往回到曾经未被污染的社会。

3. 勒昂是一个有先进思想的工人的典型人物。他致力于“启发”工人的阶级意识的事业。他痛恨并始终与暴力做斗争，认为“人人生而平等”，人们应该走和平选举的道路。

4. 米尔德丽德所处的地位虽然与工人阶级相对，但她不是一个十足的资产阶级小姐。她对穷人充满怜悯，一心想要帮助他们，可是她的到来却让工人们发现自己处境的卑贱从而对资产阶级产生了源源不断的仇恨。她虽然是统治阶级的成员之一，却在当前的资本主义社会中无所适从，找不到适合自己的位置。

《毛猿》在艺术上的特色。

1. 表现主义使不易窥见的人物心理活动淋漓尽致地展现在人们眼前，让读者能够感受到人物的思想和心里想法。

2. 将人物的内心奥秘用外界所存在的声音和食物表现出来，使人的意识变成可被视觉接受的声音，而不再是不可捉摸，从而使人们仿佛身临其境，得到更深刻的体悟。

3. 人物设置独树一帜，注重挖掘扬克的内心世界和思想意识。

4.《毛猿》象征主义戏剧的典型之作，始终出现在全剧的毛猿成了人的象征。

5. 善于运用对比手法。人物对比、时代对比和环境对比最为典型。

第五节 普鲁斯特

一 生平和创作

马塞尔·普鲁斯特（1871—1922）是欧美意识流小说家。1871 年生于巴黎，9 岁患哮喘，18 岁参军，一年后入巴黎大学。

1891 年，开始发表文章。1892 年至 1893 年发表的书评、随笔和短篇小说结集为《欢乐与时日》。1895—1899 年的 4 年间，完成自传体小说《让·桑特伊》，但直至他辞世 30 年后，人们才看到此书。1908 年底，著《驳圣伯夫》，至 1954 年才被人们知晓，为 20 世纪法国文学批评著作的经典。

代表作《追忆逝水年华》是一部长篇小说，其发表几经波折。1912 年普鲁斯特将小说命名为《心灵的间歇》，分为《盖尔芒特家那边》和《重现的时光》，被出版商拒绝。他又找桑哥拉出版社自费出版，改名为《追忆似水年华》，小说第一卷于 1913 年底得以发行；第二卷于 6 年后发行，获龚古尔文学奖。

普鲁斯特常年同疾病作斗争，用生命完成了 7 卷本的《追忆似水年华》。1922 年 11 月 18 日去世。

二 《追忆似水年华》

普鲁斯特的《追忆逝水年华》（又译《追寻逝去的时间》）是意识流小说的开山之作，作者也因此一举成名，奠定了他在文学史上的不朽地位，并成为 20 世纪最重要的作家之一。

第一卷为《在斯万家那边》，叙述者马塞尔时常处于半睡半醒的中间地带，他回忆起在贡布雷的童年。1902年的一个清晨，马塞尔在当松维尔古堡中睡醒后，脑海中不断呈现出童年的事迹。那时候大概处于1890年，他住在姨妈家里，每天晚上必须有母亲的吻才能伴他安静的入睡。1892年，他开始对邻居斯万的女儿吉尔贝特产生了兴趣。坐马车时，他会仔细地观察马丹维尔附近钟楼的剪影，并对此保留了清晰的记忆。接下来，开始叙述斯万年轻时如何痴迷于奥黛特。

第二卷《在妙龄少女的身旁》讲述的是斯万于1895年与奥黛特结合。1897年，叙事者爱上了一位名叫阿尔贝提娜的女子。那时他正在巴尔贝克进行疗养，阿尔贝提娜就是当初他在海滩上看到的一群少女中的一位。

第三卷《盖尔芒特家那边》讲述的是马塞尔在接触巴黎圣日耳曼区盖尔芒特的公馆和上流社会后，见闻了贵族们的庸俗不堪、自私自利和低俗的趣味。

第四卷《索多姆和戈摩尔》讲述夏吕斯和朱皮安两人的同性恋情。1899年的夏天，叙述者在盖尔芒特公爵家里的聚会上，一起探讨德雷福斯案件。

第五卷《女囚》讲的是叙述者将阿尔贝提娜关在公寓里，把她当作自己的女囚。阿尔贝提娜的行踪不定，令人捉摸不透，叙述者无法获取他的芳心，最后阿尔贝提娜选择了一走了之。1901年叙述者难以忘怀在维尔杜兰家凡特伊作曲的七重奏。

第六卷《女逃亡者》讲述的是阿尔贝提娜逃走后，不幸从马上摔下而身亡，同性恋者身份才得以揭晓。在威尼斯旅游时，叙事者获知吉尔贝特和圣卢已经喜结连理，随后知道了圣卢是两性人。

第七卷主要描写吉尔贝特失去了往日的年轻貌美；在第一次世界大战期间，凡特伊的沙龙成了巴黎的消息中心，圣卢为了保证百姓们的安全撤退而牺牲在战场。1919 年，叙述者在盖尔芒特家回想起了年轻时的生活场景，发出了“真正的天堂是已经失去的天堂”的感慨。

《追忆似水年华》在艺术上取得很高的成就。

1. 用回忆的方式，将作品的首尾连接成了一个整体，作品的每一卷又各自独立，结构完整，与此同时，又和其他卷本相互联系，相互影响，形成一个密不可分的整体。

2. 对人物的描写突破了传统的束缚，写法新颖奇特。先是给作品中的人物戴上“上百种面具”然后再一步步地揭开面具，最后才使人物的原形得以彰显。

3. 时间概念在作品中体现了不可估量的价值。普鲁斯特从柏格森的关于时间绵延的观点里得到了深刻的体悟，认为时间的世界就是可能性的世界。

4. 小说意识流方法的运用异彩纷呈、争奇斗艳。如通过一些零零散散的细节引发了一条完整的记忆链；运用了错乱时间顺序的方法；捕捉了不同层面的意识；意识的状态是自发形成的，将抽象的心理活动用具体的形式表现得淋漓尽致；注重捕捉人物在典型场景和环境中的细节并加以细致地刻画，例如，嫉妒、半睡半醒、等待，等等，比比皆是；对梦的描写细致入微。

5. 反复重叠的长句与和谐多变的句型合二为一，二者相辅相成，相得益彰。

第六节　乔伊斯

一　生平与创作

詹姆斯·乔伊斯（1882—1941），爱尔兰人，20 世纪现代派文学巨匠和意识流小说代表作家之一。其创作“宣告了 19 世纪的末日”，“标志着人类意识新阶段”，在西方文坛上产生强烈的震撼和深刻的影响。

1898 年他正好 16 岁，有幸到皇家大学都柏林学院学习哲学和语言课程。1902 年获学士学位后，到圣塞西莉亚医学院深造，终因经济困难而辍学。1902 年底到巴黎学医，次年因母亲重疾而回国。后着手写短篇小说。1906 年在罗马工作时，笔耕不辍。

1941 年 1 月 13 日在苏黎世由于身患重疾而离世。

乔伊斯写过诗和剧本，但主要成就是小说。其中短篇小说《都柏林人》内含 15 个主旨相同的短篇小说。短篇小说《死者》被人们公认为 20 世纪英语文学作品中最优秀的作品之一；在《写照》中采用了多种文学技巧，然而它并非意识流小说的代表之作；花了 17 年时间完成的《芬尼根的苏醒》，是其生前的最后一篇作品。

二　《尤利西斯》

《尤利西斯》（1922）是乔伊斯的所有作品中最为出色，最能代表其文学成就的作品。

斯蒂芬·代达勒斯、利奥波尔德·布卢姆和玛丽恩是小说中的三个主要人物。小说不同于以往的传统叙事，主要注重叙述斯蒂芬和布卢姆在 1904 年 6 月 16 日早晨 8 点到第二天凌晨 2 点这段时间在柏林的所作所为，所想所感。布卢姆是小说的中心人物。在斯蒂芬醉酒以后，布卢姆将其带到自己的家中，才使两个原本丝毫没有任何交集的人有所往来。布卢姆一直等到斯蒂芬在凌晨 2 点酒醒告别以后，才躺上床睡觉。布卢姆一直不相信自己的妻子玛丽恩，甚至怀疑妻子做了对不起自己的事情。小说最终是在玛丽恩躺在床上半梦半醒的大段内心独白之中而告终。

布卢姆是生于匈牙利的犹太裔爱尔兰人。他天性善良、忠厚、怀有一颗同情之心但有时又过于懦弱。他以为报社寻觅广告而谋生。他生性温和，充满对美好社会的向往，时常会有一些想象乌托邦式社会的片段。当他面对暴力的来临时，他不会以战斗的方式进行抗争，反而选择逃避和远离。每逢别人以各种无理的方式来嘲笑、奚落甚至侮辱他时，他无力反击，只能默默地承受。作者用毫无遮掩的方式将他内心的真实想法毫无保留地展现了出来。

玛丽恩是一位小有名气但又沉迷于灯红酒绿生活的歌手。她在少女时期就放纵情欲，放任自我，与丈夫结合后，仍然不改其本性。她热爱大自然，她始终相信世上存在一种真实而又美好的情感。

斯蒂芬与现实生活格格不入，他自视清高，认为担任给艾尔拉民族创造“良心”的灵魂工程师的重任。他沉迷于自己的想象中，脑海充斥着严肃深奥的哲学思辨、亚里士多德和莎士比亚等人的著作。但现实生活中的他却碌碌无为：感情生活的失败使他感到无比痛苦；母亲的离去让他陷入了无穷无尽的悲伤中无法自拔。整日在柏林游荡，惶惶不知所措，精神萎靡不振。

《尤利西斯》突破了传统小说的规范，确立了自己的范式。

1. 迥异于以往小说之处在于意识流小说的叙述中心是人物的意识形态。它不再注重于外部事件的描述而是转向内部世界的挖掘。人物的意识状态的变动与外部世界存在相互联系、相互影响。

2. 将文体的潜在功能展现到了极致。

3. 注重语言技巧的探索和创新，并取得了一定的成就。

4. 文学、神话和历史典故完美地结合在作品之中。除了使用很多独创的新词以外，还恰到好处地运用了双关语和外来语。

5. 透过人物的内心视角，来展示都柏林整日整夜纸醉金迷的生活，从而使小说的描写更细致、真切。

6. 与以往心理描写不同，乔伊斯运用内心独白、自由联想等方法，直接展示人物的潜意识活动。

第七节　福克纳

一　生平和创作

威廉·福克纳（1897—1962）生于美国南方密西西比州的新奥尔巴尼，1949 年获得了诺贝尔文学奖，他的意识流文学代表了美国意识流文学的最高成就。

曾祖父老福克纳年轻时拥有非凡经历，对福克纳影响深远。福克纳父亲当家时，家境开始破败，依赖一家小店铺的收入糊口。

他高中期间辍学，以写诗、画画和担任银行小职员来维持生计。第二次世界大战末期，入加拿大皇家空军学校受训。第二次世界大战后，退伍回家。

1924 年，他受著名小说家舍伍德安德森熏陶而出版诗集《大理石雕像》，完成了第一部长篇小说《士兵的报酬》。《蚊群》将“迷惘一代”的沮丧、失落的心态充分地展现出来。

1929 年福克纳成功地做好了三件大事：一是完成其第三部小说《萨托利斯》，标志着著名的“约克纳帕塔法世系”的诞生，这是以虚构的位于密西西比州北部的约克纳帕塔法县为地理背景的一系列长、中、短篇小说的总称。二是与从小一起长大的艾斯德·富兰克林喜结连理。三是在 10 月将小说《喧哗与骚动》成功发表。福克纳因此成为读者们追捧的一个展示美国南方社会历史与社会心理的重要作家。

1949 年，获得诺贝尔文学奖。

1962 年 6 月，福克纳发表了《掠夺者》，这是“约克纳帕塔法世系”的最后一部小说。不久，福克纳因心脏病突发而身亡。

二　《喧哗与骚动》

《喧哗与骚动》是福克纳最出色、最能代表其文学成就的作品之一。小说主要描写杰弗逊镇上康普生家族由盛转衰的过程和在其过程中各个家族成员不同的经历和精神状况。破败不堪的庄园主世家里的康普生先生每天用酒精麻痹自我，沉溺在过去奢华生活的回忆中无法自拔。康普生太太随着生活的没落而渐渐成为一个没有血肉、没有同情心的人。她们共有四个儿女，大儿子为自己感到非常自豪，但是卷入了乱伦的爱情之中不可自持，精神处于崩溃状态。二儿子杰生是一个唯利是图、看淡亲情的人。为生活所迫的妹妹为了独自抚养女儿，而不得不选择出卖自己的肉身。杰生不仅要扣留妹妹给女儿的抚养费，而且提出妹妹必须付费才有机会见到自己的女儿。更令人匪夷所思的是他连自己亲生的白痴弟弟也不放过，要对其弟弟实行阉割。小儿子班吉是一个精神病人，只能一味地遭受杰生的残忍对待。女儿凯蒂是一个热情、开朗的女孩。她被人糟蹋后，便随意嫁了人。故事的情节主要是以凯蒂的故事为中心，全书总共有四个部分，这四个部分均从不同的视角来讲述凯蒂的故事。

凯蒂的故事		讲述者	讲述时间	关系
	“班吉的部分”	班吉	1928 年 4 月 7 日	姐弟
	“昆丁的部分”	昆丁	1910 年 6 月 2 日	兄妹
	“杰生的部分”	杰生	1928 年 4 月 6 日	兄妹
	“迪尔西部分”	迪尔西	1928 年 4 月 8 日	黑人女佣

白痴班吉出现在作品里的第一部分来叙述故事有着深刻的含义。美国南方社会中人们的生活，混沌不堪，“像一个一个白痴所

讲的故事”，这正好与主题相切合。小说中的标题来源于莎士比亚悲剧《麦克白》第五幕第五场中麦克白的一段台词：人生如痴人说梦，充满喧哗与骚动。从班吉模糊颠倒的意识来体现人生的乏味，加深了作品引人深思的象征意味。班吉的智力虽然处于孩童水平，脑海里没有任何时间的概念，无法界定过去和现在，整个世界对他来说是一个混沌不堪的世界。即使如此，我们仍然能够从班吉毫无秩序的意识之中，强烈地体会到他对失去姐姐凯蒂的关怀而悲痛不已的情绪。

作为第二个故事的叙述人的昆丁，在精神上遭受了巨大打击，最终因无法承受这种精神上的冲击而选择自杀。昆丁身为没落地主阶级的末代子孙，自小便带有一种贵族阶级的自豪感。正因为从小受到南方传统价值观念的熏陶，他才卷入与妹妹不伦的爱情之中无法自拔。他自始至终都不敢正面妹妹被糟蹋并随意嫁人的事实，于是以结束自己生命的方式来终结这一切。昆丁的死寓意着南方旧传统教育出来的后人无法适应不断发展进步的社会，在新旧较量之中，显得无能为力，所以在这种较量之中消逝是不可避免的趋势。

杰生是第三个叙述故事的人，他和哥哥不同，具有很强的适应能力，能迅速地接受受资本主义冲击的社会现实。他是集南方庄园主的残忍和资产阶级实利主义者的自私自利与卑鄙无耻的魔鬼的化身。他受美国南方社会的影响，是一个先天不足的资产阶级。他将自身那种偏执狂、虐待狂的眼光中看到的社会现实叙写成一个完整的故事。杰生对妹妹的残忍和对小昆丁的残酷，最终导致小昆丁对杰生的疯狂报复。小昆丁带着杰生的所有钱财和一个路过的流浪艺人私奔了。

黑人女佣迪尔西是一个相对来说神志非常清晰的人，同时也是第四部分内容的叙述者。她的描写主要是对前几部分未完整交代的情节的一个续写。她与前面几个叙述者的叙述相比主观成分更少，评价相对来说也更加公允。

《喧哗与骚动》的思想意义。

1. 福克纳通过叙写康普生家族由盛而衰的转变过程，为南方庄园主的破败和贵族精神的瓦解奏响了一曲哀歌。

2. 对现代文明深深的绝望。

3. 福克纳希求从宗教信仰中获得拯救的方法。他巧妙地运用了对比的方式来表达这一信念。小昆丁的出走被设定在复活节那天，将基督教的博爱与康普生家族中复杂的仇恨和敌对形成鲜明的对比，从而激发人们心中仅存的善念，希望实现“人性的复活”。

作品在艺术上取得了很高的成就。

1. 福克纳首次将多角度的叙述方式同意识流和象征方式完美地结合到一起。即使作品分别采用了四个相异的观察者的视角，但作品之中没有出现叠加重合的内容。

2. 前三部分的内容作者均选择三个精神不正常的叙述者来讲述作品中的故事，而第四部分则以一个神志十分清晰的人的口吻来叙述，这样作品的客观性大大得到了增强。

3. 巧妙地利用了“神话模式”。特意将故事、人物、结构完美地融合于一个人们耳熟能详的神话故事中。

第三章　后现代主义文学

本章学习重点：

1. 后现代主义文学的特征；
2. 后现代主义文学各个流派的特点；
3. 后现代主义文学兴起的意义；
4. 《等待戈多》的艺术特征；
5. 《百年孤独》的艺术特点；
6. 《第二十二条军规》的艺术特点。

第一节　概述

一　后现代主义文学的基本特征

后现代主义文学是第二次世界大战后在西方社会广泛出现的，以存在主义为理论基础的文学现象。后现代主义与现代主义有密切的联系但也有一定差别，是一种前所未有的文化倾向和思潮。

后现代主义文学的基本特征：

1. 更加彻底否定现实，但并未放弃努力走出困境。

2. 逐渐从内向化、梦幻化的倾向，开始直面荒诞的世界与人生。

3. 悲观情绪更加浓郁，更加深入地进行哲理思考。

4. 更加热衷追求形式，认为内容与形式二者为一个有机整体。

二　后现代主义文学重要流派和作家

（一）存在主义文学

20 世纪 30 年代产生于法国，着力于开掘哲理的深度，艺术上较为传统。

1. 存在主义文学的基本主题

主要表现世界的乱序和荒诞，人生的无意义和痛苦失落，以及人异化、孤独、焦虑等现象，准确地表达了西方知识分子的战后心态。激励人们直视现实的压力并努力抗争，表达“自我选择”的自由。

2. 存在主义艺术特征：存在主义文学寓哲理于形象中；充分运用传统和现代的表现手法。

3. 代表作家和作品

（1）加缪（1913—1960）：《局外人》《鼠疫》。

（2）德·波伏娃（1908—1986）：《第二性》《女客》《他人的血》。

（3）诺曼·梅勒（1923—　）：《白色黑人》《一场美国梦》。

（二）荒诞派戏剧

20 世纪 50 年代兴起于法国，是当时法国最有影响力的戏剧流派，1962 年得名于英国戏剧理论家马丁·艾思林写的《荒诞派戏剧》，又称“新戏剧”“先锋派”“反戏剧”。

1. 主要特点

（1）揭示了荒诞的世界、人的处境以及人际关系。

（2）突破传统戏剧基本规律。以不清晰的背景取代确定的时间地点；以非逻辑的荒诞的片段，取代一以贯之的情节结构；以破碎的人物角色代替了性格鲜明的舞台形象；以非理性的语言代替有意义的理性的台词。

（3）对痛苦人生的极大关注以表面的喜剧手法、闹剧场面来表现，悲喜剧性极其强烈。

2. 代表作家和作品

（1）尤内斯库（1909—1994）:《秃头歌女》《椅子》《犀牛》。

（2）让・热奈（1910—1986）:《女仆》《阳台》《黑人》。

（3）阿瑟・阿达莫夫（1908—1970）:《一切人反对一切人》《弹子球机器》。

（4）哈罗尔德・品特（1930—　）:《生日晚会》《一间屋》。

（5）爱德华・阿尔比（1928—　）:《美国之梦》《动物园的故事》。

（三）新小说

于20 世纪50 年代形成于法国，主张“反”19 世纪现实主义小说，创立纯粹的写物风格。

1. 思想倾向

（1）小说无须有意义，作家只需写出一个“直观的世界”“潜意识下的真实世界”或是在混乱的现实中建立起的有秩序的艺术世界。

（2）小说应从用各种方法、从各个角度去写出现实的漂浮和不稳定性。

（3）小说描写的世界不是由人去赋予它某种意义或是某种主观色彩的世界，应描写人所看到的物质世界。

（4）作家更多地重视艺术技巧的创新，如“潜对话”“照相笔法”等。

2. 代表作家和作品

（1）娜塔莉・萨洛特（1902—1999）:《怀疑的时代》——新小说的宣言书、《无名氏的肖像画》;（2）阿兰・罗伯特—格里叶

（1922— ）：《橡皮》《窥观者》；（3）米歇·布托尔（1926— ）：《变》；（4）克洛德·西蒙（1913—2005）：《弗兰德公路》。

（四）垮掉的一代

第二次世界大战后出现于美国的文学群体，他们否定一切，体现了战后一代青年人的虚无主义精神。

1. 基本特征

（1）思想倾向：战后一代青年人受欧洲存在主义影响，他们关心个人在当代社会中的生存状态，抗议社会压抑，却往往以颓废、堕落和犯罪来与传统的价值观和行为规范抗衡。

（2）艺术特色：他们全面否定高雅文化，追求无节制的自我放纵，作品的结构无拘无束乃至杂乱无章，语言粗糙甚至粗鄙。

2. 代表作家和作品

（1）杰克·凯鲁亚克（1922—1969）：《在路上》。

（2）艾伦·斯金堡（1926—1997）：《嚎叫》及其他。

（五）黑色幽默

20 世纪六七十年代流行于美国，得名于美国作家弗里德曼编的一个《黑色幽默》的集子。黑色幽默即“绞刑架下的幽默”。这里的幽默是一种嘲弄，不仅嘲弄他人，更是对人类这个“自我”的嘲弄。

1. 基本特征

（1）黑色幽默有悲喜剧色彩。

（2）小说的主人公往往是性格乖僻的“反英雄”，作者在加以适度嘲弄的同时，又同情他们的处境。

（3）情节结构不合逻辑，作者有意识地突出情节各种不可调和的矛盾。

2. 代表作家和作品

（1）小库尔特·冯尼戈特（1922— ）：《第五号屠宰场》《顶

呱呱的早餐》。

（2）托马斯·品钦（1937—　）：《万有引力之中心》。

（3）约翰·巴斯（1930—　）：《烟草经纪人》。

（六）魔幻现实主义

20 世纪 40 年代形成于拉丁美洲，六七十年代逐渐达到高潮，被称为“拉美文学的爆炸”。它既深刻开掘现实生活，又对历史进行严肃反思；广泛吸收欧美现代主义，又对本大陆传统文化寻本探源。

1. 基本特征

（1）“变现实为幻想而不失其真”，具有民族色彩以及广泛的群众性。

（2）表现现实的严峻与残酷，具有明显的政治倾向。

（3）变现实为荒诞，又都可以对应到现实。

（4）引入各种超自然力量，使现实变得扑朔迷离。

2. 代表作家和作品

（1）阿斯图里亚斯（1899—1974）：《玉米人》。

（2）卡彭铁尔（1904—1980）：《人间王国》。

（3）加西亚·马尔克斯（1928—2014）：《百年孤独》。

第二节　萨特

一　生平与创作

法国 20 世纪最重要的哲学家之一，法国存在主义的主要代表人物。他也是著名的文学家、戏剧家、评论家和社会活动家。

出生于巴黎海军军官家庭的萨特，幼年丧父，从小寄居在外祖父家。从小阅读文学作品，中学时代接触哲学著作。1924 年考入巴黎高等师范学校攻读哲学。1929 年，获哲学教师资格，随后在中学任教。

1933 年，赴德国柏林进修哲学，接受胡塞尔现象学和海德格尔的存在主义。陆续发表他的第一批哲学著作：《论想象》《自我的超越性》等。1943 年秋，其哲学巨著《存在与虚无》出版，奠定了萨特无神论存在主义哲学体系基础，他的哲学著作已成为 20 世纪资产阶级哲学思想发展变化的重要思想资料。

直到 33 岁才发表第一部文学作品。他的中篇《恶心》、短篇集《墙》、长篇《自由之路》，早已被认为是法国当代文学名著。戏剧《苍蝇》、《间隔》（又译《禁闭》，萨特最初定名为《他人》）等，在法国当代戏剧中占有重要地位。

二　《禁闭》

加尔散处处折磨和虐待他温柔体贴的妻子，带其他女人回家过夜，他想成为英雄，但战争来临后却成为一个被人鄙视的逃兵，最后被抓获后枪决。邮政局女职员伊内丝是个变态的同性恋者，她憎恨男人，因心理变态唆使表嫂弗洛朗丝抛弃丈夫投入自己的怀抱，致使表哥惨遭车祸死亡，而她则心安理得和表嫂过上同居生活，最后因表嫂夜半打开煤气管导致伊内丝中毒身亡。贵妇艾丝黛尔是个热恋男性的色情狂，一味追寻异性带给她的欢乐，她蒙骗丈夫另求新欢，嫉恨情人和别的女人在一起，并淹死了私生女儿，气死了情夫，自己也因患肺炎死去。

三个罪人要为他们所做出的一切付出代价，他们先后被投入地狱，囚禁于一室，又都本性不改，形成三角关系。萨特通过这样一个荒诞的题材，详细地分析了“他人即地狱”这个存在主义的命题。

“他人即地狱”，如果你恶化人与人的关系，或无法正确对待他人对你的判断，或自己不能正确对待自己，这时候，无论是他人还是你自己，就是地狱。

这部悲剧题材新颖，主题深刻，在艺术上取得了以下成就。

1. 体裁的超现实性和现实性。萨特设置了荒诞的场景和情节——地狱及地狱罪人的矛盾，却用来描述现实生活，关注悲剧人生，表现人际关系。

2. 境遇的极限性和冲突的集中性。作者深谙古希腊悲剧之妙。在背景上为每个主体设置了一种极限范围内的背景，在这种背景下，容易在故事一开始就让矛盾激化，并使人物陷入冲突的中心。整部剧显得扣人心弦，引人入胜。

3. 哲理的深刻性和情节的具体性。《禁闭》展现了人际关系中“他人即地狱”的情景，这样一个深刻的哲理却借三个鬼魂畸形的关系来体现，处理得极为巧妙。

第三节　贝克特

一　生平与创作

萨缪埃尔·贝克特（1906—1989），荒诞派戏剧的代表。

贝克特生于爱尔兰首都都柏林，幼时的学校教育培养了他杰出的语言才能，为他日后用英、法两种语言的创作打下了基础。1927 年，毕业于都柏林三一学院，获法文和意大利文学学士学位。1928 年，他因出色的多语言才华而被著名的巴黎高等师范学校聘用为英文教师，并移居巴黎。1930 年，回都柏林三一学院教授法文，并获得哲学硕士学位。两年后，因不喜欢而辞职，开始漫游欧洲。于 1938 年起正式定居巴黎。

从青年时代开始，贝克特就喜欢新潮哲学，并对方兴未艾的现代主义思潮产生了浓厚兴趣。20 世纪 20 年代与乔伊斯的结识，使贝克特深受意识流文学的影响。他甚至专门撰写关于意识流的论文。这些研究工作是日后贝克特创作的重要理论支柱。

两次世界大战令其对人类的战争劫难产生了一种悲悯情怀和理性思考。旅法期间，曾因反纳粹而被盖世太保追捕。第二次世界大战后，曾为爱尔兰红十字会工作。直到1945年底返回巴黎，他才开始从事专职文学创作。这些阅历使贝克特的作品始终将人类的命运和存在状态作为思索和描述的对象。

创作包括戏剧和新小说。《等待戈多》确立了他作为荒诞派代表戏剧家的地位。《穆尔非》《莫鲁瓦》《马洛纳之死》让他成为著名新小说作家。还创作了《无名无姓的人》《瓦特》《一局终了》等。

二　《等待戈多》

《等待戈多》是一出两幕剧。

第一幕，两个流浪汉弗拉季米尔和爱斯特拉冈，在黄昏时分无意识地凑到一条小路旁的枯树下，等待着戈多的到来。他们不知道戈多是谁，也不知道戈多来还是不来，就在那里说着无聊的话，做着无聊的动作。后来波卓和幸运儿来了，他们错把这主仆二人当作戈多。幸运儿说了一番晦涩难懂的长篇大论走了，天快要黑时，一个小孩跑来了，告诉他们戈多今天不来，明天准来。

第二幕，第二天黄昏，枯树长出了四五片叶子，两个流浪汉弗拉季米尔和爱斯特拉冈如昨天一样在同一个地方等待戈多的到来，他们好像忘记了昨天发生的事情。爱斯特拉冈想离开，但就是不离开。波卓和幸运儿又来了，不同的是，波卓成了瞎子，幸运儿成了哑巴，摔倒在地起不来，三个人起来后波卓和幸运儿离开了。天黑时，那孩子出现了，说戈多今天不来了，明天准来。两人大为绝望，想离开却又站着不动。

戈多是谁？自作品产生以来就有各种不同的解释。一般认为戈多是上帝（God）：等待上帝，上帝却不来，即“没有上帝的人的苦难”。要么是上帝无动于衷地观看人类，要么上帝不存在，人生便是一场枉然的激动。

总之，《等待戈多》表现的是人类对更加美好生活的期待而不可得的焦虑心理，隐喻的是人类处于茫然无措甚至绝望的境地中，但得不到指引找不到出路的无助状态。

贝克特通过《等待戈多》反映了以下的艺术主张。

《等待戈多》的反戏剧性，这部剧没有情节，没有冲突，没有高潮，传统戏剧应有的要素几乎都没有。全局只有一些微不足道的并且很快中止的无意识的动作，人物的行为无法理解，因为它们只不过是一些木偶般的动作而已。人物思维浅薄，没有性格可言，完全平面化为轮廓相似的二维人，角色甚至可以互换而不影响剧情的发展。两幕剧中自始至终没有出现高潮，人物在徒劳地无意义地等待，剧情没有沿着时间或情节向前发展，人物关系基本保持不变，每个细节至少运用两次，时间从直线变成圆圈，从不可逆变成可逆，周而复始。

第四节　海勒

一　生平与创作

海勒（1923—1999）于1923年生于纽约，父母是俄国犹太移民。4岁丧父，与哥哥、母亲自谋生路、艰难度日。1941年高中毕业，1942年参加美国空军，驻防科西嘉。1945年退役。同年与雪莉·海尔德结婚，又入南卡罗来纳大学学习，不久转入纽约大学。1949年又从哥伦比亚大学获硕士学位，并作为1949—1950年度的富布莱特学者赴牛津大学访学。此后，他曾先后在宾夕法尼亚州立大学、耶鲁大学和纽约市大学任教，当选为美国艺术文学院成员。1999年12月12日海勒因心脏病突发，在纽约家中辞世，享年

76 岁。

主要作品有《第二十二条军规》《出了毛病》《像高尔德一样好》等。

二　《第二十二条军规》

《第二十二条军规》以第二次世界大战为背景，整部小说充满特有的机智和幽默，但也让人感到心酸和恐惧，是黑色幽默的代表作品。

第二次世界大战期间，美国的一个飞行大队驻扎在地中海的“皮亚诺扎”岛上。本书主人公尤索林是这个飞行大队所属的一个中队的上尉轰炸手。他满怀拯救世界的热忱投入战争，立下战功，被提升为上尉。然而在这个混乱与疯狂的环境中，他逐渐变得玩世不恭，从最开始的热爱战争变为现在的厌恶战争。他不想在这里飞黄腾达，也不愿牺牲在这里，只想活着回家。于是他装病，想在医院里度过余下的战争岁月，但是在医院比在战场上更不好过。于是想根据第二十二条军规来离开军队。第二十二条军规规定疯子才能获准免于飞行，但必须由本人提出申请，同时又规定，凡能意识到飞行有危险而提出免飞申请的，属头脑清醒者，应继续执行飞行任务。第二十二条军规还规定，飞行员飞满上级规定的次数就能回国，但它又说，你必须绝对服从命令，要不就不准回国。因此上级为自己的升官加爵可以不断给飞行员增加飞行次数，而你不得违抗。

最后，尤索林终于明白了，第二十二条军规原来是个无形却无法逾越的障碍、圈套。第二十二条军规统治着这个世界，处处时时在，无法逃脱。最后，他开小差逃往被理想化了的瑞典。

《第二十二条军规》的思想意义取得了巨大成功。作品对第二次世界大战进行了深刻的批判和反省；作品对极不合理的社会制度也作了嘲讽；重点表现了作弄人们命运的不可把握的超自然力量。

《第二十二条军规》的艺术成就。

1. 放射状的独特结构，作品写了 40 多个人，用了“人像展览式”的手法，看起来整部作品无主角，无完整故事情节，其实人物观点互相补充，反复阐述，反映了宽阔的生活画面。

2. 将讽刺隐藏在看似荒唐的幽默、荒唐的情节之中，它们反过来又强化了讽刺。海勒说过：“我要让人先开怀大笑，然后回过头去带着恐惧回顾他们笑过的一切。”

第五节　加西亚·马尔克斯

一　生平与创作

加西亚·马尔克斯（1928—　）是哥伦比亚著名的魔幻现实主义作家，其利用时空倒错、内心独白等手法的《百年孤独》引发了拉丁美洲一场文学“地震”，《百年孤独》因此被赞誉为当代的《堂吉诃德》。

马尔克斯的外祖母，博古通今，通晓许多神怪故事。他从小深受民间文化的影响，培养了他的想象力、联想力。1948 年后，作为职业记者，曾去欧洲，也当过撰稿人、剧评人。1967 年《百年孤独》出版。1982 年，获诺贝尔文学奖。

主要创作有：《落叶纷飞》（1955）、中篇《没人给他写信的上校》（1961）、《百年孤独》（1967）、《家长的没落》（1975）、中篇《一件事先张扬的人命案》（1981）、《番石榴飘香》（1982）、《霍乱时期的爱情》（1985）等。

马尔克斯创作风格为“魔幻中的现实”。受到东方的阿拉伯神话的影响，阿拉伯神话通常有夸张、想象、奇幻等特色。其创作风格更是受到了拉丁美洲本土传统文学重视想象、打破生死界限、重视人性等观念的影响。西方现代主义文学对其也产生了重大影响，福克纳和乔伊斯的意识流小说、奥尼尔的表现主义戏剧与小说、存在主义的卡夫卡的作品、荒诞派戏剧的贝克特、象征主义艾略特的诗歌等都影响了其创作风格的形成。

二 《百年孤独》

《百年孤独》引发了拉丁美洲文学的一场“地震”，以魔幻的眼光看世界，以颠倒的现实来影射更为广阔的历史。

西班牙移民的后代伊塞·阿卡迪奥·布恩迪亚担心因与表妹乌苏拉结婚后会像姨妈和姨夫那样因近亲结婚而生出长猪尾巴的孩子，故不与妻子同房。邻居阿吉尔拉在斗鸡口角中嘲笑他而被布恩迪亚长矛刺死。为躲其鬼魂而搬迁到梦中的“镜子城”马贡多定居。人丁兴旺，子孙满堂。内战中其次子奥雷良诺率土著居民的32次起义均败。升格为市，铁路修通。外国冒险者蜂拥而至，布恩迪亚家族一代不如一代。第6代子孙奥雷良诺·布恩迪亚和姑妈玛兰塔·乌苏拉近亲乱伦，生猪尾女（第7代），同时，奥雷良诺·布恩迪亚破译了吉卜赛人百年前用梵语所写之羊皮密码——“家族的最后一人正在被蚂蚁吃掉”，的确看见一阵飓风吹走了马贡多。

《百年孤独》的思想蕴含分析：象征框架中的大小怪圈。

1. 浅层表现

（1）大循环

盛衰马贡多。小村—镇—市，衰—盛—衰—消失。

人种循环。第1代姨妈与姨夫的猪尾孩，第7代猪尾孩。

时间循环。“若干年之后，面对行刑队，奥雷良诺·布恩迪亚上校将会回想起，他父亲带他去见识冰块的那个遥远的下午。”频用叙述语“若干年后……将回忆起……的时候”。（过去—现在—

将来）

（2）小循环

行为循环重复。第 1 代人阿卡迪奥·布恩迪亚日复一日、年复一年地在小屋里制作小金鱼；第 4 代奥雷良诺第二次反复地修理门窗，第四代雷梅苔丝每天都花很多时间洗澡；第 6 代奥雷良诺上校晚年不停地赶制裹尸布，等等，这些行为都与制作第 1 代小金鱼相似。

姓名秉性的循环。布恩迪亚与奥雷良诺重复、交错或相加出现；秉性依次延续出现。这些都隐含着时间的轮回与重复。

时间和思维的循环。吉卜赛人几次到马贡多来，都被好奇围拢，磁铁、放大镜等事物，对于马贡多这个在价值观念、思维方式方面百年如故的人群来说，依然是新生事物。乌苏拉亲自阅历了这几代人的过去和现在，她惊呼“时间在转圈圈”。

2. 深层表现

（1）文明是滞后的，未开化的。即远离科学与文明。

（2）政治是麻木的，无民主的。生命的牺牲无助于社会进步。

（3）经济是贫困的，落后的。财富外流，任人摆布。

（4）观念是保守的，陈腐的。这滋养了经济的贫困与落后。

3. 底层表现

（1）现代人的困惑：不满现状—努力—拼搏—失落—再不满往复循环。

（2）人类命运：明知无所为，偏要为之。即徒劳的“无所为偏为之”。

（3）现代意识：“无所为偏为之”的现代精神。

表现了哥伦比亚和拉美大陆的现实矛盾，传达出作者对拉美深层民族精神与心理的开掘与把握，以及对人类原始意识和情感经验的体悟，表达了作者对民族和人类命运深深的关切与痛苦的思索。

《百年孤独》的艺术成就：

1. 由世界的“魔幻性”到生死的“魔幻性”。人鬼混生、生死交融。摩尔吉阿德斯，穿越生死的人。生、死、再生是宇宙无止境发展过程中的不同阶段。而且“死亡是一面镜子，反射出生命在它面前做的各种徒劳的姿态”。

2. 事物的“魔幻性”。千奇百怪、似是而非的神奇事物——飞毯、磁铁、血流、生育、久雨（4 年 11 个月零 2 天）。

3. 典故的“魔幻性”。神话传说的引用——食禁果离家园、长途跋涉迁居、暴雨洪水、纺织待时（与奥德修斯的妻子佩涅洛佩白天纺织、夜晚拆散以待夫归来相似）。

4. 手法的“魔幻性”。

（1）循环往复的叙事结构：以将来时间为叙事端点，从将来回到过去。

（2）象征隐喻的表现手法：隐喻：传染性的健忘症—遗忘历史的人们。象征：黄色—死亡；蝴蝶—爱情；蚂蚁—毁灭；

（3）讽刺夸张的修辞手法：起义：32 次：17 个私生子一夜间全被杀；久雨至 4 年 11 个月零 2 天；3000 具罢工尸体装 200 节车皮等。

第六节　海明威

一　生平与创作：

海明威（1899—1961）是美国 20 世纪小说家，其作品以刚强和迷惘而著称。

1899 年 7 月 21 日，生于芝加哥附近的橡胶园镇。幼时随父出诊、捕鱼、打猎，钓鱼、拳击等丰富的体育爱好练就了他强健的体魄和刚强的性格。中学时期担任了一家报社见习记者，这一阶段严格的新闻写作训练，使简洁、明快、活泼成为他日后的一贯风格。1918 年，到意大利参战，受伤，住院 3 个月，医生从他身上取出 277 块弹片。获得意大利政府颁发的勋章，而心灵的创伤无人看见。

海明威的一生是传奇的一生，先后经历 4 次婚姻，因战争、狩猎、飞机失事等多次受到重伤，因身体创伤精神受伤导致精神抑郁，曾多次试图自杀，最终，在 1961 年 7 月 2 日，用双管猎枪自杀，结束生命。

海明威的创作以 1945 年为分水岭，分为前后两期。

前期创作主要有：3 部长篇：《太阳照样升起》（1926）、《永别了，武器》（1929）、《丧钟为谁而鸣》（1939）；1 部短篇集《没有女人的男人》（1927），塑造了硬汉形象；1 部剧本《第五纵队》等。

《太阳照样升起》写美国记者杰克·巴恩斯在巴黎工作，他在战争中因脊柱受伤而失去性爱能力。他爱上女主人公艾希利夫人，但又无法在肉体和精神上结合。于是和几个好朋友去西班牙山区狩猎、钓鱼，试图用大自然的平静来解除他们的苦闷与迷茫。然而他们并没有因此安静下来，他们通过酗酒、斗殴、斗牛来寻求刺激。这段时间里艾希利夫人爱上年仅 19 岁的斗牛士，后来又回到巴恩斯身边，但彼此心里清楚，他们依然无法真正结合在一起。无法和心爱的女人在一起，是巴恩斯心中最大的伤痛。作品写出了第一次世界大战以后青年人在思想、道德上出现危机，对生活表现出的失望与厌倦的情绪。《太阳照样升起》是“迷惘的一代”的代表作。

《丧钟为谁而鸣》，罗伯特·乔丹是一个美国教员，在西班牙参加反法西斯的战争，他接受了将军要求炸毁一座有战略意义的桥梁的任务。作品主要写了他领导游击队在据点的三天三夜的活动（1937 年 5 月底一个星期六的下午到星期二上午），游击队长巴勃鲁是一个胆小的酒鬼，其妻毕拉尔却勇敢热情。他们收留了被法西斯侮辱过的女孩玛利亚，乔丹和玛利亚产生了爱情。最后共和国派来了爆破手，在毕拉尔的支持下他们完成了炸毁桥梁的任务，乔丹独自用机枪掩护其他人的撤退，不幸牺牲。这部作品里主人公的责任意识很明确，同时也得到了幸福的爱情。

1945 年之后为后期创作，主要是中篇《老人与海》（1952）。并因此获得 1954 年的诺贝尔文学奖，颁奖词这样评价他的作品及技巧："精通现代叙事艺术，突出表现在其近作《老人与海》之中，同时也因为他在当代风格中所发挥的影响。"

二　代表作《老人与海》

老渔夫圣地亚哥历经沧桑，他很孤独也很快乐，只有一个叫曼诺林的小孩是他的朋友，出海 84 天没有钓到一条鱼，人们认为他倒了大霉，可他并没有因此灰心，依然认为自己能钓到大鱼。在第 85 天他独自一人去更远的海域钓鱼，碰上一条身长 18 尺，体重 1500 磅的大马林鱼，马林鱼拉着老人和他的小船往海里走，老人拉住马林鱼不放。老人孤独地在海上与马林鱼搏斗了两天两夜，终于制服了它，老人将马林鱼视为伟大的对手。他将马林鱼绑在船上要回家的时候遇上了鲨鱼群，为了保住他的胜利成果，又开始与鲨鱼群搏斗，搏斗持续了一天一夜并一一杀死它们。最后鲨鱼群被赶跑了，可马林鱼也被鲨鱼吃的只剩下一副骨架了。他筋疲力尽地回到家便倒头睡了，在梦中梦见了狮子。

《老人与海》塑造了一个虽败犹荣的硬汉形象。老人面对严峻的命运，虽体力精力不济，但斗志不息。表面老人失败了，但精神上并未失败，因为失败的真正标志是气馁和颓废。"一个人并不是生来要给打败的，你尽可能把他消灭掉，可就是打不败他。"小孩曼诺林是未来的象征，人的意志世代相传，永不泯灭。

海明威创作上有以下成就。

1. 迷惘的文学的宿命、逃避、放纵、悲剧等主题。

2. 个性鲜明的“硬汉形象”。“硬汉形象”分为三个阶段。《太阳照样升起》中的杰克·巴恩斯，在斗牛场、拳击台上孤独倔强、争强好胜——为人格尊严拼死而斗。《丧钟为谁而鸣》里的罗伯特·乔丹，有责任意识，不惜牺牲生命向恶势力发难。《老人与海》中圣地亚哥重视精神力量，有着压倒命运的超越时空的永恒硬汉性格。

3. “冰山”风格——独特的形式美。文风朴实简洁，句子结构简单，惯用日常用语；丰富的内涵用简约的形式来表达，用象征手法、意识流手法来表达复杂情感；情节简单明了，节奏缓急相间，反史诗结构让作品在短小的篇幅中反映了重大的主题或事件。

下　编

亚非文学

第一章　古代亚非文学

本章学习重点：

1. 了解古代希伯来文学的基本情况；

2. 了解《吠陀》和古印度两大史诗的基本情况，熟悉此两大史诗的内容。

第一节　概述

古代亚非文学是全世界历史最悠久的文学。人类社会最早的奴隶制国家在亚非两大洲的大河流域与沿海地带形成，于此形成了世界古代文学的发源地：东北非—尼罗河流域—古代埃及文学；西亚—两河流域—古巴比伦文学；地中海和约旦河之间—古代印度文学；东亚—黄河和长江流域—古代中国文学。古代亚非文学有三特点：

其一，民间口头文学形式的传播方式。譬如苏美尔文学和巴比伦的神话及史诗《吉尔伽美什》；古埃及拉神和奥西里斯神话，及各种劳动歌谣、民间故事；古印度的《吠陀》《摩诃婆罗多》《罗摩衍那》及中国的《诗经》。

其二，民间口头文学为后世创设了多种文学体裁和种类。譬如民间歌谣、神话、传说、民间故事、史诗、宗教颂诗、动物寓言及戏剧诗等，类型较古希腊罗马文学多。

其三，古代东方社会的“东方精神”表现在东方的认知、价值和审美三个文化方面，尤其是作品浓郁的宗教色彩。奴隶社会中的祭司和僧侣人员的“加工”，使之适应奴隶主统治需要的舆论工具。伦理本位、道德中心的东方文化泛道德色彩鲜明，等级秩序和伦理规范等外在因素较古希腊罗马清晰。

一　古代埃及文学

由南方沙漠地带的上埃及游牧民族与北方肥沃地区的下埃及农耕民族共同创造的古埃及文明，在公元前4000年至公元前3000年中叶的古王国时，已相当发达，其文学是原始社会末期及奴隶制社会生产生活的反映。其神话最古老，信仰多神的古埃及人的神话中以太阳神喇神和自然神奥西里斯的神话影响最大。

古代埃及的文学经过漫长的发展，艺术成就很高。诗歌类型有世俗诗、宗教诗、赞美诗与宗教哲理诗等。其后出现的散文有训言与箴言等教谕体及大量的故事与旅行记等。

出现于埃及古王国时期的传记文学的代表是第四王朝时期的《梅腾传》和第六王朝产生的《大臣乌尼传》等。古代埃及人认为死后的人为通过冥界诸门的考验方可再生。死后用香料涂抹贵人遗体而成的木乃伊，被麻布包裹放于石棺，伴有《亡灵书》《下界书》和《诸门书》等以供死者阅读的书，以引导死者免除各种困厄，顺利应付审判而平安到达“真理的殿堂”。

二　古埃及宗教的灵魂观与《亡灵书》

古埃及宗教关于人的灵魂观的论述很系统，公元前5世纪古历史学家希罗多德在《历史》中说古埃及人相信人有5个灵魂：其一是看不见的“卡”。它作为人生命之精气与人同存，人死后，“卡”

依然单独住在坟墓周围，故在坟墓中备饮食以供养“卡”；其二是人兽鸟体的“巴”，它是尸体的守护者；其三是“库”，住在活人体内，待其入眠而离体外出，即灵魂出游便成梦；其四是人的影像；其五是人的名字。而《亡灵书》即此灵魂观之体现。

《亡灵书》又译《死者之书》，主要是歌颂神灵、诅咒魔怪，也有古埃及大量的神话与民谣。现存《亡灵书》多掘自金字塔与古陵墓。咒语多书于纸草上、放于棺木中。从《亡灵书》中包罗的信仰及各种细节，可见古埃及人酷爱生命、向往人世欢乐的生活观念，及其对神学、圣典和来生的理解。其核心是相信生命的永恒不灭。由此推理，期望生命永恒不灭而延续的，并非无权拥有此书的奴隶等被统治阶层，而是那些享尽富贵荣华而延续永世的统治者。

三　古代巴比伦文学

坐落于底格里斯河与幼发拉底河交汇点形成的冲积平原美索布达米亚平原中心地带的古巴比伦，与古埃及、古印度和古中国合成为人类文明最古四大发源地。而且，相较其他文明，古巴比伦文学堪称世界最古老。现存古巴比伦文学类型有神话传说、英雄史诗、劳动歌谣、寓言故事、赞歌诗唱、箴言与祈祷文等。其中最著名的是史诗《埃努玛·埃里什》《伊什塔尔下降冥府》和《吉尔伽美什》等。

（一）《埃努玛·埃里什》

《埃努玛·埃里什》是巴比伦创世史诗。它讲述了主神马杜克战胜并杀死了混乱——恶龙与鬼怪的势力，将它们投入地狱的牢笼的故事。他将恶之母蒂亚玛的尸体撕成两半，一半做成天，一半做成地。古希腊神话中也有类似情形。公元前 8 世纪的古希腊诗人赫西俄德在《神谱》中探讨世界的起源时，也以一段天地混沌开始。

而《圣经》开篇也说“地是空虚混沌的”，从混沌中创造天地的这一看法，很可能是后二者接受巴比伦传统的影响。

（二）《伊什塔尔下降冥府》

苏美尔时代的神话故事《印尼娜降入冥府》影响下的《伊什塔尔下降冥府》，主要叙述爱情与生命之女神伊什塔尔的故事，她为拯救植物之神坦姆兹而入地狱，过七道门，身上饰物被层层剥去，后被囚禁。由此，草木枯萎，自然界生机全无。天神担心人类死去而不能得到献祭品，只好救出两神，于是草木复苏，自然界恢复生机。这与古希腊神话中农神德墨忒尔思念被冥王哈德斯掠走的女儿珀耳塞福涅而半年令万木凋零一样，这都是古代人民认为的万物荣枯的季节更迭之原因。

（三）永生的探寻——《吉尔伽美什》

诞生于公元前3500年前的《吉尔伽美什》是目前所知的世界上最古老的史诗，它代表了古巴比伦文学的最高成就，长达3000行。

其内容主要分为两部分：第一部分（1—8），写吉尔伽美什对外在武功的追求。乌鲁克的统治者吉尔伽美什一身“三分之二是神，三分之一是人”。他驯服了天神派来的原始人恩启都，两人结为密友，协力杀死怪物，救出女神伊什塔尔。他拒绝后者的爱情，并杀死前来复仇的天牛，结果遭到惩罚——失去密友恩启都。第二部分（9—12），史诗风格由喜转悲，基调由高昂趋向深沉，由对英雄的歌颂转为末路挽歌，主人公吉尔伽美什在极度悲痛中决定探究人类永生之法。历尽艰辛，他了解到当年大洪水时乌特纳庇什廷得到永生的经过，便潜入海底，取得了长生草。却在归途中被蛇吞食了长生草。回到乌鲁克后，得神之助终与亡友之灵相会，二人对话中，好友恩启都的亡魂描述了冥界的阴惨，哀求吉尔伽美什不要违抗“世界的命运”。于是，他明白了人类不能永生。

《吉尔伽美什》的意义：

1. 为后世文学的创作提供了母题原型。例如《圣经》中的洪水神话和诺亚方舟的故事。

2. 吉尔伽美什对死亡的恐惧以及对永生的探寻，显示了人类意识的初步觉醒，以及蔑视神权、探求自然法则和生死秘密的欲望。

3. 执着探寻未知领域与苦苦追寻永生领地，成为后世作家挖掘不尽的话题宝藏。

第二节　古代希伯来文学

一　概况

最早的犹太人被称作希伯来人，本是闪米特族的一个分支。原在两河流域游牧，公元前 15—前 14 世纪时进入迦南地区（约旦河与地中海之间的地区，被称为“乐土”），并同化当地居民。在腓尼基人的影响下，创造了希伯来文字，并产生文学。犹太民族借一部圣书《圣经》的赞美诗吟唱、故事与预言的讲述，记载该苦难民族的顽强创造。它自公元前 5 世纪始编纂，至公元 1 世纪成书。犹太教的《圣经》后在基督教徒手中被编为《旧约全书》和《次经全书》。

犹太民族自称上帝之选民，无国的流浪历史饱含悲喜，宗教信仰强烈，崇尚智慧生存，善于创立财富神话。

犹太教的《圣经》（又名《希伯来圣经》）特指基督教所称的《旧约》，基督教新教的《圣经》包括《旧约》和《新约》，天主教、东正教的《圣经》除《旧约》《新约》外还有《次经》若干卷。

《圣经》文学的四个特征：1. 民族性和世界性的统一；2. 宗教性和理想主义的统一；3. 具有优美的情致、崇高的风格和浓郁的抒情色彩；4. 在世界文学史上占有十分显著的地位。

二　旧约文学

（一）《旧约》的结构及基本内容（四分法）

1. 律法书：

《创世纪》有三个著名神话故事：上帝创世、伊甸乐园、洪水方舟。《出埃及记》是民族英雄史诗性的作品。此二者与《利未记》《民数记》《申命记》这三经合称“摩西五经”，并作为公元前6世纪以前希伯来唯一的一部法律汇编。

2. 历史书：《约书亚记》《士师记》、《撒母耳记》（上、下）、《列王记》（上、下）、《历代志》（上、下）、《以斯帖记》《尼希米记》共10卷。

3. 先知书：15卷，三大先知书《以赛亚书》《耶利米书》《以西结书》。另有先知书《何西阿书》《约珥书》《阿摩司书》《俄巴底亚书》《约拿书》《弥迦书》《那鸿书》《哈巴谷书》《西番雅书》《哈该书》《撒迦利亚书》《玛拉基书》。

4. 诗文集：诗歌《诗篇》《雅歌》《箴言》《传道书》《耶利米哀歌》。

另有，小说《路得记》《以斯帖记》《但以理书》；诗剧《约伯记》共9卷。共计39卷。

（二）《次经》及其他

《次经》共15卷，是从没有收入正典的著作中挑选出来的，收入不少希伯来人亡国后的小说、哲理诗集和宗教诗文等。

《伪经》是借用《旧约》中的人名、篇名所写的模拟之作。

《死海古卷》，是1947年在死海西北岸库姆兰地区的山洞里发现的希伯来人留下的最后一批经典。

英雄故事：力士参孙、大卫。

《旧约》包含神话、传说、史诗、史传、小说、抒情诗、智慧文学、先知文学和启示文学等，作品反映了氏族社会和奴隶制社会的生活。除少数外，都充斥着一神的犹太教思想，并富于民族思想和爱国主义的色彩。

第三节　古代印度文学

一　概述

四大文明古国之一的古印度在奴隶制社会时期形成了特殊的等级制度——种姓制度，人分四等：婆罗门、刹帝利、吠舍和首陀罗。同时，依次出现的为奴隶主统治服务的婆罗门教、佛教和耆那教，与文学关系密切。古印度文学主要分为两个时期：吠陀时期（约前15—前5世纪）；史诗时期（约前4—4世纪）。这两个时期的最大文学成就分别是《吠陀》和史诗。

二　《吠陀》

吠陀，又译为韦达经、韦陀经、围陀经等，它是古代印度人世代口传、累计结集的、最古老的文献材料，是婆罗门教和现代印度教最根本的经典，其成书年代在公元前1500—前1000年；主要文体是赞美诗、祈祷文和咒语。“吠陀”即梵文veda，意为“知识”“启示”。吠陀用古梵文写成，是印度宗教、哲学及文学之基础。

吠陀为后代保留了大量的不同体裁的诗歌：神话诗歌、劳动歌谣、生活歌谣等多种多样的口头文学创作。其中四大吠陀影响较大：《梨俱吠陀》《娑摩吠陀》《夜柔吠陀》《阿达婆吠陀》。

三　印度两大史诗

（一）《摩诃婆罗多》

传说为广博仙人所作，集中反映了古代印度的社会生活和文学成就。百科全书式的史诗，规模宏大、内容庞杂，堪称“印度的灵魂”，又称世界上最长的史诗。

1. 故事内容

婆罗多族的后代在家族之间的矛盾和斗争。

2. 主要人物

坚战：般度族的代表，容忍。

怖军：坚战的二弟，英勇顽强。

黑天：般度族的幕后统帅，足智多谋但心胸狭隘自私。

难敌：持国王一百个儿子中的长兄，巨卢族突出的代表人物。

3. 思想意义

通过对狂热贪欲、争权夺势和不义战争的批判，深刻地表现了古代印度人民的愿望：反对恶行，提倡和谐友爱的社会环境和施行仁政的政治理想。

4. 艺术成就

（1）虚实结合，成功塑造了一系列性格鲜明的半人半神式人物形象。

（2）插话贯穿故事情节的发展。

（3）运用民间口头文学语言形式，比喻丰富，谚语精辟，为史诗增添了艺术表现力。

（二）《罗摩衍那》

罗摩衍那意为“罗摩的历险经历”，与《摩诃婆罗多》合为印度两大史诗。在印度文学史上被称作最初的诗，它不仅在印度文学史上占有崇高地位，且对整个南亚的民众及其宗教都产生过广泛而深远的影响。全书用诗体的梵文写成，诗律几乎都是输洛迦（意译为“颂”），即每节 2 行，每行 16 个音节。全文共分为七章，2.4 万对对句。

1. 主要内容

主要讲述阿逾陀国王子罗摩（Rama）和他妻子悉多（Sita）的故事。

2. 人物形象

罗摩：古代印度人民理想的英雄形象，深受人民爱戴。

悉多：钟情于丈夫，勇敢坚韧。

3. 评价

（1）《罗摩衍那》的故事情节比较集中，虽有不少神话传说插入，但除第一篇和第七篇外，不像《摩诃婆罗多》那样枝蔓。

（2）主要人物性格丰满，随着矛盾的展开而发展。

（3）不像《摩诃婆罗多》较多客观写景，《罗摩衍那》注重人物眼中情景交融的写景。

（4）多用简单易记的“阿奴湿图朴”诗律，明白晓畅，但已现讲藻饰、精雕琢之迹象。由此，它成为古典梵语诗歌的先导，也称“最初的诗”，其作者蚁垤被称为“最初的诗人”，而将《摩诃婆罗多》称为“历史传说”。

第二章　中古亚非文学

本章学习重点：

1. 了解中古印度的《沙恭达罗》的基本情况；

2. 简单了解中古日本的《万叶集》，了解紫式部的《源氏物语》；

3. 简单了解波斯文学史上的“诗歌之父”鲁达基，了解中古波斯的三大诗人菲尔多西、萨迪、哈菲兹；

4. 简单了解中古阿拉伯文学的三个时期，了解中古阿拉伯文学的代表《古兰经》和《一千零一夜》的基本情况。

第一节　概述

中古亚非文学，一般是指2—19世纪中叶这段包括封建社会兴起、盛行和没落全程的文学。以中国文化、印度文化与阿拉伯文化三大文化圈为代表的中古亚非文学与文化领先同期欧洲而处于世界领先地位。这三大文化圈不仅影响周边，也贡献世界的发展，如中国的四大发明以及印度和阿拉伯在数学、冶金、医学、天文学等方面的贡献。但总体历时长、进展缓，至19世纪中叶终被后起的西方文明超越，且多数国家沦为西方的殖民地或半殖民地。

中古亚非文学的特色主要是：

1. 各民族文学相互交流、促进发展，形成了百花齐放的局面。尤其是中古亚非文学与欧美文学之间的交流也频繁起来。

2. 文学内容丰富、形式繁多。内容上除为统治阶级高唱赞歌的作品外，大多反映下层民众的心声、揭露封建统治的罪恶；诗歌体裁最成熟，民族史诗、长篇叙事诗、山水田园诗、哲理劝谕诗等已高度发展。同时，戏剧、散文与小说也有不同程度的发展。

3. 民间文学发展快速，有民间故事、民间歌谣、民间寓言、民间说唱等样式。

4. 各国文学受宗教（佛教、伊斯兰教和印度教）影响巨大。

除将分章节细讲的印度、日本、波斯、阿拉伯外，中古亚非文学较有成就的还有如下几个。

一　朝鲜文学

1. 朝鲜在新罗时期传入汉字并产生汉文文学，其中崔致远成就最大；发展自此基础上的新罗乡歌是国语文学的代表。中国的《四库全书》录有崔志远的文集《桂苑笔耕》，其七言诗《双女坟》、五言古诗《江南女》《古意》《寓兴》和《蜀葵花》等是代表作。

2. 高丽时期，盛行的是汉诗。

李奎报和李齐贤被称为“高丽文学双璧”。

李奎报有写高丽始祖东明王开国业绩的长诗《东明王篇》及《孀妪叹》《苦寒吟》《代农夫吟》等。

李齐贤有《蜀道》《望华山赋水调歌头》《焦山》《金刚山二绝》等。

现存朝鲜历史文献中最古老的，是金富轼的《三国史记》和僧一然的《三国遗事》，而此二人曾大量浏览新罗及中国三国时代的文学作品。

15—16 世纪，金时习的短篇小说集《金鳌新话》。

17—18 世纪，人民集体创作的小说《壬辰录》，许筠以农民起义为题材的长篇小说《洪吉童传》，金万重的长篇小说《谢氏南征记》和《九云梦》。

18—19 世纪，《春香传》。

二　越南文学

16 世纪越南南北朝时阮屿仿照中国明代瞿佑的《剪灯新话》以汉语文言文撰写的《传奇漫录》，被看作越南的《聊斋志异》，共有 4 卷 20 回的故事。此书文字典雅，情节丰富完整。

曾于 1813 年出使中国的阮攸，将中国青心才人的章回体小说《金云翘传》改编成越文同名六八体诗作，全书共 12 卷 3254 行。在越南又名《翘传》或《断肠新声》。《金云翘传》主要叙述出身书香门第的王翠翘一生坎坷的生活遭遇，故从三位主要人物金重、王翠云、王翠翘的姓名中各取一字组名而成《金云翘传》。

三　东南亚文学

1. 文学名著《昆昌与昆平》是由泰国曼谷王朝二世王菩陀勒拉和诗人顺吞蒲等人依据流传在民间的一些说唱故事编辑而成的。

2.《卖水郎》是缅甸著名诗人、剧作家吴邦雅的著名剧作。

3.《马来由史话》和《杭杜亚传》是印度尼西亚和马来西亚古典文学最重要的文学著作。

第二节　中古印度文学

中古印度文学分为古典梵语文学时期（1—12 世纪）和各种方

言文学时期（12—19 世纪中）。中古印度的佛教与印度教并存而势力此消彼长、互相压制；8 世纪起，伊斯兰文化开始传入印度。

各地方言替代梵语开始在印度流行时，地方语言文学取得了一定成就，出现了叙事诗、抒情诗、戏剧、寓言、故事和传奇等，10—14 世纪成为地域文学之英雄史诗期，金德伯勒达伊的《地王颂》是代表。

15—17 世纪出现了一批如诗人比尔达斯的虔诚运动人物，有加耶西及其长篇叙事诗《伯德马沃德》、苏尔达斯及其诗歌总集《苏尔诗海》。在印度北部和中部让人耳熟能详且被奉为宗教的经典之作、文学的范本、伦理道德的宝库、生活百科全书的是杜勒西达斯的长篇叙事诗《罗摩功行录》。

这一时期最大的文学代表是迦梨陀娑及其《沙恭达罗》。

迦梨陀娑是 5 世纪前的印度著名的古典梵语诗人、剧作家。现存其 7 部作品：抒情短诗集《时令之环》、抒情长诗《云使》、叙事诗《鸠摩罗出世》和《罗怙世系》、剧本《摩罗维迦与火友王》《优哩婆湿》和《沙恭达罗》，而《沙恭达罗》被认为是最重要的作品。

七幕诗剧《沙恭达罗》的主人公沙恭达罗是理想的古代东方女性形象。她自小遭父母遗弃，被净修林的隐士干婆收养，在大自然中成长，天生丽质，集自然美、朴质美和青春美于一身。她善待身边女性朋友并与之建立深厚友谊，对森林中小动物充满怜爱之情。得知她要离开净修林的消息，女友恋恋不舍，小动物们陷入悲伤：孔雀不再翩翩起舞；野鸭拒绝吃任何食物；小鹿则紧紧地拉着她的衣裙，不肯放手。她愿不顾社会陈规而随时为美好幸福奋斗，追求人的个性解放。她爱上国王豆扇陀后，便坚如磐石地为爱付出。因过于思念丈夫而惹怒过路仙人达罗婆，遭后者报复，即让国王豆扇陀忘却自己对沙恭达罗的许诺——回宫后立即派人来迎娶她。干婆把怀孕的沙恭达罗送到王宫，豆扇陀不记此事，沙恭达罗怒不可遏，在走投无路后，被生母接回天国。国王恢复记忆后，想起沙恭达罗，万分悔恨，最终由于帮助天帝降魔有功，在仙界一家团圆。

在爱情婚姻曲折道路上，沙恭达罗是一个热情、勇敢的追求者，她美丽自然、坚贞果敢，虽然是一个理想的大团圆结局，但也包含作者对贵族统治阶级的批判和对当时印度妇女悲惨遭遇的同情。

第三节　中古日本文学

一　概述

日本的中古文学从公元8世纪开始，为奈良、平安、镰仓和室町、江户四个时期。此时日本的两部较完整的著作《古事记》和《日本书记》是奈良时代出现的一些古文献的代表。

汇聚了山上亿良、柿本人麻吕、大伴家持等很多著名诗人的作品的诗歌总集《万叶集》是日本最古的和歌总集，相当于日本的《诗经》。《万叶集》共有20卷，内含4500余首诗歌，时间跨度约为350年，由于当时的日本并没有属于自己的文字，所以里面的诗歌都是依靠汉字即“万叶假名”记录而成的。诗歌作者来自各个阶层，诗歌内容丰富，有皇室黎民、都市乡土、自然爱情等。

被公认为“俳圣”的著名俳句作家松尾芭蕉是江户时期的市民文学代表。

小说家代表井原西鹤（1642—1693）被奉为“浮世草子”（社会小说）开创者，有注重描写一些商人阶层的生活及其“好色物”（如《好色一代男》《好色一代女》《好色五女人》等）；有描绘商人经济生活的“町人物”（市井人物）（如《日本永代藏》《世间兄算用》等)；有描绘武士生活的《武道传来记》(1687) 和《武家义理物语》(1688) 等“武家物”；有描绘世态百相的《西鹤诸国故事》(1685) 和《本朝二十不孝》(1686) 等“杂话物”。井原西鹤堪称日本市民阶级最早的代言者。

二　紫式部与《源氏物语》

紫式部(约978—1015) 是日本平安时期著名女作家，日本第一位长篇小说家，日本文学传统的奠基人。

1. 生平

(1) 原姓藤原，幼聪慧，精汉学，儒学和佛学造诣很深。

(2) 以才女身份被大贵族藤原道长招进宫，给其女儿做侍从女官，目睹宫中荒淫奢靡的生活和宫女们的悲惨境遇，为写作打下基础。

(3) 22岁成为48岁中等贵族藤原孝宣的第三个妻子，两年后丈夫去世，带着儿子凄苦度日。

2. 创作

《源氏物语》《紫式部日记》《紫式部家集》等。

3. 代表作《源氏物语》

小说共54回，前半部以光源的官场和情场生活为中心，后半部以其子薰君的情场生活为主线。光源相貌绝伦，但生性多情好色，与多名女性有染，甚至与长相酷似母亲的继母藤壶乱伦，生私生子冷泉。后来第一妻子紫上的侄子与自己新纳的夫人三宫乱伦，似乎是对光源的报应。光源深感绝望，抑郁而死。得知自己是私生子的薰君也生活在痛苦哀伤的心境中。

《源氏物语》具有很强的现实主义色彩。它将平安贵族奢侈糜烂的生活情景真实地复原在人们眼前，得以让后人有机会了解贵族阶级内部鲜为人知的生活。

《源氏物语》艺术成就很高：

（1）人物性格刻画细致入微，形象栩栩如生。光源氏虽多情好色，但不失治国救世的宏韬伟略；紫上才貌出众，且宽厚仁顺；空蝉善于思考，又具有独立反抗意识。

（2）日本文学悲天悯人之“物哀”文学传统由此开启，对后世产生了无法估量的影响。

首先，用巧妙方式描绘人物内心世界的无限悲凉。主人公光源氏的爱欲始终贯穿全文，其内敛的性格也随着情节发展而逐渐显现。光源氏是平安贵族由盛转衰的代表。他瞻前顾后、多愁善感、优柔寡断、柔弱纤靡的个性特点，正表明当时的平安贵族早已没有前一时期（奈良时期）处于古代国家上升阶级的那种积极进取、乐观向上的精神品质。他们已全然成为软弱无能、耽于幻想的人群。紫上为自己的年老色衰而郁郁寡欢。

其次，作者善于用悲凉之景来映衬人物悲凉之情，以达情景交融之境，即所谓“物哀”，这是日本文学中独有的一种审美情感。

第四节　中古波斯文学

一　概述

在历史学界，7 世纪中叶至18 世纪初被称为中古波斯的断代时期；而在文学史上，10 世纪到15 世纪500 年的“黄金时代”才体现出中古波斯文学的概念。

主要诗体——嘎扎勒 、鲁拜、卡斯台、玛斯纳维、双形体。

中古波斯八大诗人：鲁达基、菲尔多西、海亚姆、内扎米、莫拉维、萨迪、哈菲兹和贾米。

鲁达基（858—940）：波斯文学史上的“诗歌之父”，“鲁达基体”（抒情诗）霍拉桑诗风的代表。

中古波斯的最著名的三大诗人。

1. 菲尔多西（940—1020）：耗时35年完成长诗《王书》（又名《列王纪》），现存十余万诗行。共涉及25个王朝50多个帝王故事，讲述了从波斯远古神话传说中的国王到萨珊王朝的末代国王期间发生的主要事件。

2. 萨迪（1208—1292）：生于设拉子的传教士家庭，萨迪是笔名，把自己对人生的感悟和哲思凝结成集《萨迪全集》。叙事诗集《果园》和故事集《蔷薇园》成就最高。前者主要表现心中理想君王及对正义、善良、纯洁等赞美；后者成就更高，在波斯民族看来，蔷薇象征着青春和美丽。《蔷薇园》采用当时传统的文体（散文与诗歌混合）。

3. 哈菲兹（1327—1390）：哈菲兹是其笔名，意思是“能熟背《古兰经》的人”，他在文学史上颇有名气，被称为加宰里（一种抒情诗体）大师。善于运用典故、隐喻、象征、双关等来创作旨趣朦胧的抒情诗，令人回味无穷。

二　《鲁拜集》

《鲁拜集》共收录252首诗歌，是波斯数学家、天文学家和诗人奥玛·海亚姆（Omar Khayyam，1048—1123）的四行诗集。它也被称作“柔巴依”（阿拉伯语，意为“四行”“四行诗”），其形式和押韵则类似于中国的绝句。

（一）《鲁拜集》的基本思想

1. 否定来世和宗教信条，谴责僧侣之伪善。

2. 感慨时间流逝，生命短暂，勉励珍惜时光，纵情享受人生。

（二）生命哲思

1. 不断追问宇宙的无穷和永存，对生命的消逝发出悲伤的感慨。

2. 追求物质生活的富足，提倡享受现实人生。

3. 勇于接受并分析生活中存在的矛盾，敢于面对生命的悲痛。

（3）艺术风格：

1. 情感样式异彩纷呈，多种多样。

2. 睿智哲思的艺术品质。

3. 立意构思细致入微，巧妙精致。

4. 语言风格质朴、简洁而富有很强的表现力。

第五节　中古阿拉伯文学

一　概述

中古阿拉伯文学是指阿拉伯帝国时期（7 世纪中叶—1258 年）的文学，包括除波斯以外的用阿拉伯语写作的阿拉伯半岛、中近东、北非地区的文学。

中古阿拉伯文化特点：突发性、宗教性、国际性、过渡性。

沙漠特质：突发性、散装性、包容性。

中古阿拉伯文学有三个分期：蒙昧时期、伊斯兰时期、阿拔斯时期，三时期的代表作品分别为“悬诗”、《古兰经》和《一千零一夜》。

“悬诗”的字面意思是“被悬挂的（诗歌）”。曾有解释说：贾希利叶时期，每年的“禁月”都会举行赛诗会。各部族代言诗人以竞争方式到麦加城东百公里处的欧卡兹集市上来参赛。用金水将优秀诗作写于亚麻布上，高挂于麦加克尔白神庙墙上，以此为嘉奖。乌姆鲁勒·盖斯是“悬诗”的代表诗人，而《悬诗》的首篇则是其经典。

《古兰经》在伊斯兰教中被奉为经典，是穆罕默德将其 23 年的传教过程中曾经宣读过的“安拉启示”汇总而成的一本著作。“古兰”是由阿拉伯语 Quran 音译过来的，有“宣读”“诵读”“读物”等含义，一般解释为复述真主的话语之义。中国曾经将《古兰经》译为《古尔阿尼》《可兰经》《古兰真经》和《保命真经》等名称。中世纪伊斯兰的经学家们通过对经文的翻译，认为它有 55 种名称，其中最常见是“克塔布”（书、读本）、“启示”、“迪克尔”（赞念）、“真理”“光”与“智慧”等。现存最古老的《古兰经》是西元 688 年收藏于埃及的国家图书馆。

二　《一千零一夜》

《一千零一夜》是阿拉伯帝国臻于全盛、文学空前繁荣的阿拔斯时期（750—1258）著名的民间故事集，是世界民间文学的一朵奇葩。它是世界上最具生命力、最负盛名、拥有最多读者和影响最大的作品之一。同时，它以民间文学的朴素身份却能跻身世界古典名著之列，也堪称世界文学史上的一大奇迹，为后世历代人们所喜爱。

故事来源：1. 波斯和印度。2. 伊拉克。3. 埃及买马里克王朝。

突出艺术特色：“连串插入式”的框架结构，大故事套小故事。

三个最脍炙人口的故事：《阿里巴巴和四十大盗》《辛伯达航海冒险的故事》和《阿拉丁和神灯的故事》。

中古阿拉伯文学中较为重要的作品还有：

1. 讴歌伊斯兰教先驱穆罕默德的作品蒲绥里的长篇宗教颂诗《斗篷颂》。

2. 阿拔斯王朝时期，伊本穆格法将印度的寓言集《五卷书》（6 世纪中叶被人译成古波斯巴列维文）转译成阿拉伯文译本《卡里来和笛木乃》，这一举措富有极强的创新性。

3. 9 世纪的传奇故事《安塔拉传奇》，它是由说书人编撰整理而成的著作，在阿拉伯地区大受欢迎，其影响甚至超过《一千零一夜》。

第三章　近现代亚非文学

本章学习重点：

1. 简单了解近现代亚非文学发展的基本状况，了解这一时期几个代表人物及其作品；

2. 了解日本作家夏目漱石的创作及其代表作《我是猫》；

3. 了解日本作家川端康成的创作及其代表作《雪国》；

4. 了解亚洲第一个诺贝尔文学奖得主泰戈尔的创作及其代表诗集《飞鸟集》；

5. 了解黎巴嫩作家纪伯伦的创作及其代表作——抒情哲理性散文诗集《先知》；

6. 了解埃及作家马哈福兹的创作及其小说《宫间街》三部曲；

7. 了解尼日利亚作家索因卡的创作及其小说《解释者》。

第一节　概述

从19世纪后半期到20世纪后半期的亚洲和非洲的文学被称为近现代亚非文学。到19世纪后半期，除日本因明治维新走向资本主义道路外，亚非大多数国家沦为西方列强的殖民地或半殖民地。民族矛盾、阶级矛盾与文化冲突等因素成为此时的主要矛盾。此即近现代亚非文学的时代背景。

一　近现代亚非文学的基本特点

1. 鲜明的政治倾向性和时代特征。诞生于东方各国民主、民族解放运动的斗争中的近现代亚非文学，反帝、反殖、反封建成为文学作品的时代主题，呼唤民族解放及独立后的经济与政治建设，具有丰富的社会政治内容。

2. 既具有世界性，也具有民族性。近现代亚非文学与世界各国文化广泛交流，在欧美近代文学之影响下发展起来，一方面借鉴西方文学，另一方面又致力于弘扬民族文化，有很强的民主自觉意识。

3. 从内容到形式都有借鉴西方和革新传统的努力，发展为具有民族性的新文学，转折意义重大。

4. 文学形式多样，现实主义文学仍是主流。在融合西方现代主义各派文学特点的同时，保留了现实主义文学的主流位置。

二　近现代亚非文学的发展状况

在近现代亚非文学中，日本与印度取得较高成就。

1. 夏目漱石是日本近代文学的代表，《我是猫》是其代表作；芥川龙之介以短篇小说闻名于世；无产阶级作家小林多喜二描写工人阶级生活与斗争，其代表作《为党生活的人》；日本近代文学的集大成者川端康成以独特的手法，表现了日本人的道德性和伦理性的文化意识，获得 1968 年的诺贝尔文学奖，《雪国》是其代表作；三岛由纪夫用长篇巨著反映战后日本人民动荡的生活与畸变的内心，《金阁寺》《丰饶之海》是其代表作；大江健三郎以西方存在主义视角来审视战争与现实，《燃烧的绿树》《万延元年的足球队》是代表作，并荣获诺贝尔文学奖，是继川端康成后第二位；被白领阶层所喜爱的村上春树把离奇的情节、唯美思想和现实生活融合为一体，《挪威的森林》闻名于世。

2. 印度近现代文学的奠基人是普列姆昌德（1880—1936），其代表作是《戈丹》，是一部描写农民的苦难史。泰戈尔是近现代印度文学的杰出代表。

3. 亚非的其他国家的也出现了有世界影响的作家，如黎巴嫩的纪伯伦，《先知》是其代表作；阿拉伯的马哈福兹是第一位阿拉伯诺贝尔文学奖获得者，代表作《三部曲》；尼日利亚的索因卡是第一位获得诺贝尔文学奖的非洲作家，代表作《解释者》。

第二节　夏目漱石

夏目漱石（1867—1916）是日本近代文学的代表。

一、生平与创作

（一）生平

1. 本名金之助，1867 年生于武士之家，明治维新后家道败落，幼时被送至盐田家作养子。因养父母不和，童年生活痛苦。自幼好学，中学时即深受汉学熏陶，对汉诗文和小说兴趣极浓。

2. 随着日本汉学衰落，他入大学读英文专业，并说“予有意于以文立身”。大学毕业后，入东京高等师范学校做教师，随后陷入精神危机。

3. 1900 年，夏目漱石公费赴伦敦留学，两年英国生活使他积极思考日本民族文学问题，苦读并撰写《文学论》。回国后在东京教书。

4. 自然主义兴起时的 1905 年，他完成首部长篇《我是猫》，惊动日本文坛。此后，他以顽强精神和勤奋态度创作。虽积劳成疾，仍拖着病体坚持创作。他拒绝了天皇政府授予的文学博士称号，透出正义感的作家骨气。

5. 1916 年，正创作长篇小说《明暗》时，病情恶化，于年底病故。夏目漱石晚年的文名大振，被许多青年文学家颂为“人生导师”。

（二）创作

夏目漱石一生作品甚丰，有诗歌、小说、评论、随笔等，尤以小说成就最突出。他共创作了十几部中、长篇作品和为数不少的短篇佳作，创作耗尽了他一生的精力。十余年的创作分三个阶段。

1. 业余作家创作期。他一面从事繁忙的教学工作，一面进行紧张的文学创作。首部小说《我是猫》，短篇小说《一百二十天》《疾风》，随笔《伦敦塔》《幻影之盾》《薤露行》，中篇小说《旅宿》。

2. 辞去教职后成为职业作家。首部长篇《虞美人草》及《三四郎》《后来的事》和《门》这构成描写近代日本知识分子生活的“三部曲”。三者尽管人物各异、情节不同，但贯穿的中心主题是反映日本近代知识分子追求、反抗及破灭的历程。知识分子复杂、矛盾、敏锐的心理变化的描写十分出色，显示出夏目漱石精于心理分析的艺术才能。

3. 艺术更娴熟精当、思想更深沉敏感的后期。创作了“后三部曲”《过了春分时节》《行人》《心》，自传色彩的小说《路边》及随笔《玻璃窗内》等，《明暗》是其最后一部长篇小说。

二　代表作

1905 年发表的长篇讽刺小说《我是猫》是夏目漱石的出世之作，也是他的代表作之一。

（一）情节

无完整故事情节，以猫为故事叙述者，通过其感受与见闻，描述其主人穷教师苦沙弥及其一家平庸、琐细的生活及其朋友迷亭、寒月、东风、独仙等人常谈论古今、嘲弄世俗、吟诗作文的故作风雅的无聊世态。巧妙贯穿始终的是邻家金田小姐的婚事引起的风波。

（二）思想内容

主角是一只猫，猫以第一人称“我”的口吻讲述。情节无完整线索，在看似不经意的猫的见一闻一感的表述中，严肃主题鲜明显现。

猫的视野中，苦沙弥“执迷不悟”、寒月不慕时尚、迷亭玩世不恭、独仙“大彻大悟”，乃至铃木自私势利等不同品性清晰浮现。“苦沙弥们”的嬉笑怒骂，蕴含对拜金主义社会的嘲讽，对军国主义暴力性质的痛恨，表现出知识分子不与权贵同流合污的品质。与此同时，作品对苦沙弥们胸无大志、无所事事、孤芳自赏、故作风雅的弱点也加以批评和嘲笑，但这是一种“带着苦艾的余韵的”嬉笑怒骂，蕴含作者本人的同情、苦闷和悲哀。塑造了日本明治时代不满社会现状，但又不能与百姓为伍的中下层知识分子的群像。

“苦沙弥”形象分析：

苦沙弥是日本近代小知识分子的典型，他其貌不扬、平庸无奇，但为人正直、善良、蔑视权贵、甘居清贫，他讨厌资本家，蔑视资本家的走狗。

苦沙弥的弱点表现在为心胸狭窄，目光短浅，消极混世，得过且过，精神十分空虚，夸夸其谈，不学无术，庸俗无聊，最后一事无成。

一方面，他们接受了比较新式的教育，思维开阔活跃；另一方面，刚刚起步的近代教育还无力全面地、健康地培养他们。他们既针砭时弊、不满现状又缺乏高度的社会责任感，无力把握时代的潮流，同时丧失了人生目标，认识不到人生的意义，是一群无所适从的弱者。

（三）艺术特色

1. 独特的叙事视角。小说以猫为叙述者，以猫眼看人世，从而产生了一种“陌生化”的效果，深化了主题的表达。

2. 出色的幽默讽刺艺术。《我是猫》继承了日本诙谐文学的传统，又吸收了西方讽刺文学的手法，对明治维新以后的社会进行了揭露和批判。

3. 灵活、自由的结构。全书以猫的见闻和感受为主线，以苦沙弥及周围的人物活动为中心，将一些平凡琐碎的日常生活片段连缀在一起，虽然显得松散，但叙述流畅、自然天成。

4. 丰富多彩的语言风格。作品的语言通俗，有生活气息，巧妙地运用汉语、雅语，生动活泼、简洁凝练、含蓄幽默而不失严肃，滑稽而不落俗套。

第三节　川端康成

川端康成（1899—1972）是日本现代著名作家，诺贝尔文学奖获得者，在日本文学史占有特殊地位。

一　生平与创作

（一）生平

1. 两三岁时，父母因肺结核相继去世；7 岁时，最疼爱他的祖母病逝；10 岁时，唯一的姐姐又突然离世；16 岁时，与他相依为命的祖父也最终辞世。幼小的川端康成经历了常人难以想象的痛苦，而随之产生的孤独、恐惧以及伴其一生的哀伤，其创作受此影响很深。

2. 1968 年获诺贝尔文学奖，是日本第一人。1972 年，在家中自杀。

（二）创作

1. 1921 年，川端康成在《新思潮》上发表《招魂节一景》，登上日本文坛。1926 年，《伊豆的舞女》使他名声大噪，展现出“西方现代手法 + 日本古典传统”的独特风格。

2.《雪国》是川端康成“西方现代手法 + 日本古典传统”独特风格的巅峰之作。

3. 创作历经半个多世纪，可以第二次世界大战分三期：前期—战前，中期—战时，后期—战后。

前期：代表作《十六岁的日记》《参加葬礼的人》《招魂节一景》《伊豆的舞女》等。前二者是纪念亲人、回忆往事的作品，记录了作者童年、少年时在孤独、恐惧与悲伤等情感伴随下坎坷的人生经历；而后二者等作写社会底层人物，尤其是妇女，如艺妓、女侍者、女艺人等生活的不幸与痛苦，表达了深切同情与爱怜。

中期：代表作《花的圆舞曲》《母亲的初恋》《雪国》等。作品中出现了一些“虚无”色彩。“西方现代手法 + 日本古典传统”的独特风格表现得十分完美，《雪国》是代表。

后期：创作情况比前、中期更复杂，且“虚无”思想与悲哀情绪仍在蔓延，有《舞姬》《名人》《古都》《千只鹤》《睡美人》等。

二　代表作《雪国》

（一）艺术特色

1. 创作方法。“西方现代手法 + 日本古典传统”的独特融合风格。以本民族传统审美精神为基础，充分借鉴、汲取西方现代主义表现手法。

2. 结构安排。自由灵活，又严谨完整。《雪国》是以“短篇”形式自1935年开始以《暮景的镜》《白昼的镜》等题名发表而于1948年合为《雪国》，是十几个“短篇”的组合体，结构较为松散，却因人物和情节而使各篇间有着内在的联系。

3. 人物描写。重视人物感受，心理刻画十分细微。该作长于细致入微地刻画人物的心理，描摹人物纤细的内心感受，且寄托情思丁景物描绘，以至物我合一之境。

4. 文章风格。《雪国》钟情于日本的“幽玄”“物哀”“余情”等古典文学美学思想，文字间透出忧郁、伤感、凄凉的情绪，有悲美交融的“川端式风格”。正如诺贝尔颁奖词所说的：“……川端先生热爱纤细的美，并赞赏那种洋溢着悲哀情调的象征性语言，用它来表现自然的生命和宿命的存在。”

第四节　泰戈尔

罗宾德拉纳德·泰戈尔（1861—1941）是印度近代伟大的诗人和作家，于1913年获得诺贝尔文学奖，是印度文学史上与迦梨陀娑齐名的两颗巨星之一。

一　生平与创作

（一）生平

1. 泰戈尔生于加尔各答的书香门第，父亲热衷研究印度宗教圣典和西方哲学，还致力于宗教改革。泰戈尔自幼即爱好文艺、关注社会问题。

2. 12岁发表第一部长诗《憧憬》；14岁发表《献给印度教庙会》；16岁发表受欢迎的长诗《诗人的故事》。

3. 1878年到伦敦大学学习法律，后主修英国文学。

4. 1880 年未毕业即回国，正式开始文学创作。

（二）创作

一生创作颇丰，其创作可分三期。

前期：1884—1901 年，大多在父亲庄园度过，广泛接触遭地主剥削和英国殖民者暴虐压榨的农村社会，开始寻求解决方案。有《故事诗集》和 60 多篇短篇小说，如《喀布尔人》《摩诃摩耶》《两亩地》《婆罗门》《被俘的英雄》等。

中期：20 世纪初，泰戈尔经历了亲人离世的巨大悲痛，但未一蹶不振，毅然投身民族解放、保卫国家的运动。本期有《吉檀迦利》《飞鸟集》《园丁集》《新月集》等诗集，《小沙子》《家庭与世界》《沉船》《戈拉》等长篇小说，后二者是泰戈尔最具代表的鸿篇巨制。

后期：此时民族解放运动，重新燃起了泰戈尔的爱国热情。散文和诗歌是他这一时期的主要创作形式，代表作有《在中国的谈话》《民族主义》《俄罗斯书简》等著名演讲集，《生辰集》《非洲集》《劳动者》等诗集，《摩克塔拉》《红夹竹桃》等戏剧。

二　代表作

《吉檀迦利》是 103 首由泰戈尔亲自译成英文的散文诗集。以泛神论和泛爱论为基本主题，体现了泰戈尔抒情诗的艺术特色。

1. 深邃的哲理性与高度的抒情性完美结合。诗人的人生理想、内心矛盾以及自己的宗教与哲学思想渗入其中。

2. 意象朴实，语言清新，又有神秘主义色彩。诗集中意象多采自日常生活，语言也多用生活口头语，饱含朴实无华之美。兼以泛神论和泛爱论主题，以及浓厚的哲学与宗教思想，富有神秘主义色彩。

3. 散文诗的韵律十分优美。《吉檀迦利》初写的是格律诗，泰戈尔又译成英文的散文诗，兼具格律诗与散文诗优点，“富有内在节奏感”的韵律，十分优美。

第五节　纪伯伦

哈利勒·纪伯伦（1883—1931）是黎巴嫩诗人，阿拉伯小说和散文的主要奠基人，阿拉伯文学复兴运动的先驱之一。

一　生平与创作

（一）生平

1. 纪伯伦生于山民之家，母亲是虔诚的天主教徒。12 岁时因生活困顿随母亲到美国波士顿生活，之后回国学习，并深入社会记录见闻，开始发表批判帝国统治和陈腐传统的文章。

2. 1902 年，完成学业，回到美国，正式开始创作。

（二）创作

1. 1905 年，首部作品《音乐短章》。通过巧妙的联想和比喻，以拟人化手法，将音乐的本质生动形象地表现出来。

1906 年，第一部短篇小说集《草原新娘》揭露了残酷的社会现实和教会的黑暗；1907 年，第二部短篇小说集《叛逆的灵魂》塑造了几个敢于反抗现实社会和陈腐传统挑战的英勇女性。

1911 年，中篇小说《折断的翅膀》故事情节吸引人，读者反响热烈。

2. 20 世纪 20 年代开始，纪伯伦转向散文和散文诗创作。如用阿拉伯语创作发表的散文诗集《泪与笑》，长诗《行列》，散文集《暴风集》《珍趣集》；用英文发表的寓言《疯人》，散文诗集《先驱者》。

另有哲理抒情散文诗集《先知》，箴言集《沙与沫》，福音体传记《人子耶稣》，诗剧《大地之神》。

（三）小说艺术风格

1. 具有丰富的社会性和深邃的东方精神；

2. 不描写那些复杂的人物关系和情节，而是着重表达人物内心的真实感受，借以抒发自我情感；

3. 常以“我”为主人公之一而介入故事，增强真实性。

二　代表作

《先知》是纪伯伦的“顶峰之作”。这部抒情哲理性散文诗集的内涵丰富、意境深邃、风格别致，具有很强的教育性和启示性，是东方现代文学的经典，也使他跻身20世纪世界最杰出的散文诗人之列。该作也被称为“东方送给西方最珍贵的礼物”。

（一）情节

滞留海外12年的主人公艾勒·穆斯塔法一直企盼回到故乡。一个秋天，他远眺大海，看见故乡的船慢慢驶来，心中充满欣喜，但又留恋曾经生活之地的人们。他应前来送别他的城中男女老少的请求而讲说一些关于生死的真理，回答完26个问题，发表了充满祝福与希望的告别之辞后，扬帆驶向东方。

（二）艺术成就

1.《先知》中的每一句话，都凝结着作者对人生和社会深刻的哲理性思考。在他看来，人的本质，即所谓“真我”应该是一种“神性”的，是一种“像海洋”“像太阳”的“无穷性”；人类的目标应该是实现这样的无穷性，然后成为“神性的人”。

2.《先知》的语言别致新颖，严肃而带温馨；启示性强，很感染人。被称为“圣经式的语言”，因为它把严肃的训示、诚挚的关怀和冷静的启迪、热烈的希望都完美地结合在一起，情感性与哲理性俱佳。

3. 纪伯伦一生都是“爱”与“美”的使者，他的每字每句，都是其内心最真挚的情感写照。

第六节　马哈福兹

纳吉布·马哈福兹（1911—2006），是当代埃及乃至阿拉伯世界最著名的作家，同时也是阿拉伯地区唯一一个获得诺贝尔文学奖的作家。

一　生平与创作

（一）生平

1. 马哈福兹从小在富于宗教和传统文化氛围的家庭中长大，时刻关心国家大事和民族命运，对其后来的创作产生重大影响；

2. 1936 年，决定走文学艺术创作之路；

3. 1970 年，荣获国家文学荣誉奖；

4. 1988 年，因“《宫间街》三部曲”而获诺贝尔文学奖。

（二）创作

60 多年的创作生涯，32 部长篇小说，14 部短篇小说集以及许多电影剧本。他是阿拉伯世界公认的杰出小说家，是“阿拉伯小说史上的一座‘金字塔’”，其创作分 3 个阶段。

第一阶段（30 年代初—40 年代中），历史小说创作。马哈福兹受“埃及现代派”、《古埃及史》和英国历史小说家沃尔特·司各特的影响，创作了一系列关于埃及历史的小说，如《命运的嘲弄》《拉杜比丝》《底比斯之战》等，填补了埃及长篇小说的空缺，且小说结构紧凑、悬念重重、想象奇特，浪漫气息浓郁。

第二阶段（40 年代中—50 年代末），现实主义小说创作。马哈福兹意识到历史小说的局限性是许多现实问题都是无法用历史题材来表达的，故转而创作现实主义小说。1945年的《新开罗》即为转向标志。另外还有《赫利利市场》《梅达格胡同》《始与末》等，都从不同角度探索了殖民统治下的中小资产阶级知识分子的命运和思想变化轨迹，而最能代表这一探索主题的作品则是其三部曲，它也是马哈福兹现实主义小说的巅峰之作。

第三阶段（50年代末至去世），现实主义哲理小说创作。有《我们街区的孩子们》《小偷与狗》《鹌鹑与秋天》《尼罗河上的絮语》《卡尔纳克咖啡馆》《平民史诗》《续天方夜谭》等。

二　代表作

《宫间街》三部曲是由《宫间街》《思慕宫》和《怡心园》构成，是马哈福兹创作的现实主义小说的压轴之作，被公认为“阿拉伯长篇小说的里程碑”。

小说以艾哈迈德家族三代人的生活为线索，再现了两次世界大战期间埃及的政坛风云、时代变迁和知识分子心路历程。第一代艾哈迈德是当时商人的代表，集富有、精明、诚信、善施、爱国、传统、严肃、好色与猥琐于一身；第二代大儿子亚辛是邪恶情欲的象征，小儿子凯马勒在西方科学与思想影响下成长起来的埃及知识分子的化身，展现了知识分子的精神危机；第三代艾哈迈德、蒙伊姆和拉德旺分别是共产主义者、穆斯林兄弟会与极端利己主义者的代表，反映当时埃及复杂的社会思想和现实。

《宫间街》三部曲的艺术成就。

第一，近百万字的篇幅，却结构独特巧妙，布局严谨，每部都主次有序、详略得当。以时序贯穿小说，社会内部变化也体现在时间流逝上，小说整体联系紧密且脉络清晰。

第二，善以多角度、多手法来塑造人物性格，如用对比来强化人物性格，揭示内在复杂的人性。

第三，采用现代小说表现手法，如通过意识流、独白与对白交织等来探讨人物的心理。且时而第一人称，时而第三人称，大大增强了表现力。

第七节　索因卡

奥莱·索因卡（1934—　）尼日利亚作家，是当代非洲最有创新精神的作家之一，且他是第一个获诺贝尔文学奖的非洲作家。

一　生平与创作

（一）生平

1. 早年教育良好，会讲约鲁巴语，曾在英国学英语，喜欢戏剧创作，毕业后在伦敦任皇家剧院剧本审稿人。观摩许多名剧，丰富人生阅历和视野，1958 年，首部剧本《沼泽地的居民》上演。

2. 1967 年，因反对暴力和内战遭关押 2 年，后写不少反映内战的作品。此后 30 年间发表了 42 部剧本、4 部诗集、2 部长篇以及自传、散文集、评论集等，故称“英语非洲现代剧之父”“卓越的散文大师”等。

3. 戏剧奠定索因卡创作的基石。60 年代后，他的戏剧更多采取欧美现代戏剧的象征手法来表现抽象哲理，也吸收非洲传统文化精华。其作品战斗性强，批判种族偏见，嘲笑社会现象，抨击政治腐化，揭露专制黑暗。

（二）创作

1. 戏剧

（1）《沼泽地的居民》：表现当时农村的落后愚昧，以及由于殖民主义入侵、城市日益资本化而产生的种种罪恶，揭示了金钱统治下骨肉相残的残酷社会现实。

（2）《狮子和宝石》：这部轻松喜剧以幽默方式展现了三四十年代非洲农村的主要冲突，揭示了当时非洲社会发展的滞后性。

（3）《裘罗教士的磨难》：这部短小精悍的讽刺喜剧是索因卡上演最多的剧作。该剧主要表现了在殖民化和资本主义化的过程中，非洲传统宗教与基督教的相互渗透和宗教异化。

2. 70 年代中期，索因卡开始转向时事讽刺剧的创作

（1）《回家做窝》：讽刺政治投机家。

（2）《失去控制的大米》《重点工程》：反映经济生活中种种不合理的现象。

（3）《巨头们》：讽刺非洲独裁统治者。

（4）《文尧西歌剧》：抨击 70 年代各种社会弊端。

3. 诗歌

内容丰富、形式多样，既有庄严的颂词、辛辣的讽刺诗，也有含义深刻的哲理诗。重要诗集有《狱中诗抄》。

4. 小说

（1）长篇小说《解释者》《混乱的岁月》；（2）自传性作品《在阿凯的童年生活》《狱中纪实》。

5. 文艺论著《神话、文学和非洲世界》。

（三）艺术特色

1. 深深植根非洲土地和非洲文化，堪称非洲文化宣传大使。

2. 巧妙运用许多源于非洲的舞台艺术手段：假面舞、哑剧、击鼓和声乐舞蹈、宗教仪式，使作品有浓厚的民族特色。

3. 戏剧借鉴西方古典和现代派戏剧手法；小说中采用意识流等西方现代小说写法；诗歌创作中学习了象征主义的表现手法。

4. 作品洋溢着战斗激情。批判种族偏见，揭露专制黑暗，抨击政治腐化。

二 代表作

《解释者》在 1968 年曾获英国《新政治家》杂志颁发的国际文学奖，这极大地提升了索因卡的国际声望。

它是一部描写尼日利亚 1966 年内战前社会现实的全景式长篇小说，同时又是一部内涵丰富、立意深刻的哲理小说。小说集中描写了几个归国留学生，他们每两周在伊巴丹和拉各斯的俱乐部聚会，在两次聚会中，他们过着普普通通而又杂乱无章的生活。他们同尼日利亚城市的各个方面有广泛的接触。通过他们，作家多侧面展现了内战前尼日利亚社会的种种弊端，迂回地解释了国内种种腐败的症结所在。这是一部反映尼日利亚社会发展过程的写实作品。

深奥复杂是索因卡作品的特色：

1. 刻意追求情节的象征和抽象含义。索因卡主张历史循环论，人不应该隔断现在和过去的联系，更不能否定传统。小说中人与物往往具有难解的象征意蕴。

2. 小说结构复杂，不按传统的时间顺序来表现过去、现在和未来，而是把意识流、新小说、联想、回忆、梦幻等交织在一起，共同构成复杂难解的世界。